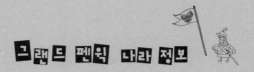

그랜드 펜윅 나라 정보

국토 면적 : 약 40제곱킬로미터

총 인구 : 6천 명가량

주요 소득원 : 와인과 양모 수출

지리 : 북부 알프스의 험준한 습곡에 자리한 작은 나라. 이 나라를 빼먹은 지도도 상당수 있음. 계곡 셋, 강 하나, 높이가 60미터쯤 되는 산 하나와 성 한 채가 있는 산악 국가. 북부 지역은 높은 산봉우리로 둘러싸여 있어 토질이 좋고 일조량도 풍부하다.

국가 원수 : 글로리아나 12세 대공녀

주요 정당 : 공화당, 노동당

대외관계 : 프랑스와 국경이 접해 있어 통신, 외교에서 상당 부분 의존하지만 그다지 좋아하는 편은 아니다. 미국과 우여곡절이 많으면서도 우호적인 관계에 있는데, 이것이 조롱인지 진심인지는 명확하지 않다.

경제 : 주요 수출품은 알이 작은 포도로 만들어 세계 와인 애호가들을 애타게 하는 와인. 그리고 뽀송뽀송한 양모.

교통 : 그랜드 펜윅 공국에는 헬기가 내릴 만한 장소조차 없으므로, 비행기를 타고 입국하겠다는 것은 말도 안 된다. 가까운 프랑스 공항에서 내려 자동차를 타고 가야 한다. 국내에는 자동차가 두 대뿐이고 대부분 자전거를 이용하거나 걸어다닌다.

국민성 : 넉넉지 않은 살림이지만 자급자족하며 자유롭게 살아온 국민답게 위풍당당함. 돈의 본질(돈이란 실은 종이 쪼가리에 불과하다는)을 제대로 파악하고 있는, 지구상 얼마 남지 않은 현명한 민족.

언어 : 신기하게도 영어

약소국 그랜드 펜윅의 뉴욕 침공기

약소국 그랜드 펜윅의 뉴욕 침공기

지은이 레너드 위벌리 **옮긴이** 박중서

초판 1쇄 발행 2005년 6월 15일
개정판 1쇄 발행 2010년 7월 23일

펴낸곳 뜨인돌출판사 **펴낸이** 고영은
총괄상무 김완중 **책임편집** 이진규
기획편집팀 이준희 이재두 신문수 이혜재
마케팅팀 이학수 오상욱 엄경자 진영수 **총무팀** 김용만 고은정

표지그림 이강훈 **필름출력** 스크린 **인쇄** 예림 **제책** 바다

신고번호 제313-1997-156호 **신고년월일** 1997년 3월 31일
주소 121-840 서울특별시 마포구 서교동 396-46
대표전화 (02)337-5252 **팩스** (02)337-5868
뜨인돌 홈페이지 www.ddstone.com **뜨인돌 블로그** blog.naver.com/ddstone1994

책값은 뒤표지에 있습니다.
ISBN 978-89-5807-133-4 03840
ISBN 978-89-5807-309-3 (세트)

이 도서의 국립중앙도서관 출판시도서목록(CIP)은
e-CIP 홈페이지(http://www.nl.go.kr/ecip)에서 이용하실 수 있습니다.
(CIP제어번호 : CIP2010002467)

약소국 그랜드 펜윅의 뉴욕 침공기

THE MOUSE THAT ROARED

레너드 위벌리 지음 ★
박중서 옮김

뜨인돌

지난 수세기에 걸쳐 자유를 얻기 위해,

그것을 지키기 위해

최선을 다해 노력한 모든 약소국가들에게 이 작품을 바칩니다.

실은 저도 약소국가 출신입니다.

– 레너드 위벌리

THE MOUSE
THAT ROARED

세상에서 제일 작은 나라, 그랜드 펜윅 ······ 8

글로리아나, 최고의 전략가를 만나다 ······ 24

가장 명예로운 방법은 전쟁이다! ······ 37

그랜드 펜윅, 미국에 전쟁을 선포하다 ······ 51

코킨츠 박사는 비밀무기 제작 중 ······ 63

공습대비훈련을 앞둔 뉴욕의 불안 ······ 80

원정부대, 적이 없는 적진에 도착하다 ······ 92

화성인이 뉴욕을 침공했다! ······ 104

"그나저나······ 샌드위치 가져오셨소?" ······ 117

코킨츠 박사와 Q폭탄과 카나리아는 그랜드 펜윅으로 ······ 127

어쩌다 보니 전투에서 승리하다 ······ 135

차 례

묻고 싶은 것은 하나, "대체 무슨 일이 일어난 거야?" ······ 148

백악관, 완전히 뒤집어지다 ······ 166

계획과 전혀 다르지만, 어쨌든 개선행진 ······ 178

모스크바, 워싱턴, 런던, 그리고 파리 ······ 191

그랜드 펜윅, 폭탄의 처리를 고심하다 ······ 208

코킨츠 박사, 펜윅 성을 향해 걷다 ······ 218

강대국들, 쥐구멍 앞에 줄 서다 ······ 231

약소국가연합의 탄생 ······ 242

마운트조이, 최후의 수단을 쓰다 ······ 255

글로리아나의 말랑말랑한 청혼 ······ 267

그리하여 모두 오래오래 행복하게 ······ 275

역자 후기 ······ 282

세상에서 제일 작은 나라, **그랜드 펜윅**

그랜드 펜윅 공국公國은 북부 알프스의 험준한 습곡에 자리한 작은 나라로 계곡 셋, 강 하나, 높이가 60미터쯤 되는 산 하나와 성 한 채로 이루어진 산악 국가이다. 공국의 북부 지역은 높은 산봉우리로 둘러싸여 있어 토질이 좋고 일조량이 풍부하다. 거기에 있는 1.5제곱킬로미터가량의 포도밭에서는 알이 작은 포도가 생산되는데, 이것이 바로 뛰어난 향을 자랑하는 그랜드 펜윅 와인의 원료다. 그랜드 펜윅의 와인은 향도 향이지만, 워낙 생산량이 적어서 와인 애호가들이라면 누구나 탐을 낸다.

지난 6세기 동안 그랜드 펜윅 와인의 생산량은 연 2,000병을 넘어본 적이 없다. 포도가 흉작이었던 어느 해에는 500병밖에 안 나온 적도 있다. 최악이었던 해는 1913년으로, 아직까지도 그 당시를 엊그제처럼 생생하게 기억하는 사람들이 꽤 있다.

그해에는 눈이 너무 늦게 온 데다가 비가 변덕스럽게 내린 탓에 겨우 350병밖에 생산되지 않았다. 와인 애호가들에게는 그해의 일이 이후 열두 달보다 더 강렬하게 기억 속에 남았다. 이듬해 그랜드 펜윅의 포도가 풍작이라는 소식이 전해지자, 전쟁이 터졌다는 불길한 소문이 번지는 와중에도 다들 안도의 한숨을 내쉬었을 정도였다.†

공국의 영토는 길이가 8킬로미터, 폭이 5킬로미터 정도이다. 이곳의 군주는 지난 6세기 동안 대공大公, 혹은 대공녀大公女였고 공용어는 놀랍게도 영어이다. 어떻게 이런 일이 가능한지, 몇 세기를 거슬러 올라가 1370년 그랜드 펜윅의 초대 대공인 로저 펜윅 경을 통해 알아보도록 하자.

해발 60미터의 산 정상에 자리한 성의 대회의실에는 흥미롭긴 하지만 아무도 관심을 갖지 않는 로저 펜윅 경의 초상화가 걸려 있다. 그는 어느 영국인 기사騎士의 별 볼 일 없는 일곱째 아들로 태어났다.†† 형제들 가운데 다섯 살까지 살아남은 사람은 로저 말고 두 명뿐이었지만, 로저가 사회에 발을 디딜 무렵에는 아버지가 갖고 있었던 빈약한 재산마저 다 사라지고 없었다. 그래서 일단 옥스퍼드 대학에 진학해 열심히 공부한 다음 안정적인 교회 서기로 취직하든가, 아니면 유력자의 밑에서 일하는 수밖에 없었다. 그러나 로저는 열네 살이 되기 전에 옥스퍼드를 떠났다. 공부가 적성에 맞지 않아서는 아니었다. 돈이 없어서 공부를 마치기도 전에 굶어 죽을 판이었기 때

† 1914년 7월에 발발한 제1차 세계대전을 말한다.
†† 작위는 대개 장남에게만 세습된다.

문이다.

아직까지도 전해지는 그의 명언 가운데 하나를 들어보자. 그는 옥스퍼드에서 2년간 공부하면서 다음 세 가지를 배웠다고 한다. 첫째, 상황에 따라서는 "그렇지"도 "아니지"로 변할 수 있고, 그 반대도 가능하다. 그는 이 사실을 매우 중요하게 생각했다. 둘째, 어떤 논쟁에서도 승자의 말은 항상 옳다. 셋째, 펜이 칼보다 강한 것은 사실이지만, 정작 더 크고 우렁찬 소리를 내는 것은 펜이 아니라 칼이다.

옥스퍼드를 떠난 로저는 고향에 있는 아버지에게 돌아가지도, 남아 있는 두 명의 형들에게 도움을 청하지도 않았다. 대신 장궁長弓을 쏠 수 있다는 특기를 이용해 일당 5실링에 마음껏 전리품을 약탈해도 된다는 조건으로 에드워드 3세 휘하의 궁수가 되었다. 곧이어 기마궁수에서 중기병重騎兵이 되었으며, 푸아티에의 전투에서 승리한 뒤에는 기사의 지위에까지 올랐다.

스물네 살이 되었을 때는 흑태자† 휘하의 수비대가 되어 프랑스에 남기로 했다. 애국심 때문이 아니라 경력을 위해서였다. 그는 흑태자를 따라 스페인으로 가서 폐왕廢王 페드로를 다시 한 번 카스티야의 왕위에 올리는 짧은 전투를 치렀고, 이후에는 영국군을 떠나 자기만의 용병부대를 만들었다.

용병부대는 로저 자신과 시종, 그리고 40명의 궁수로 이루어져 있어 그리 규모가 큰 편은 아니었다. 하지만 전투 경험은 풍부해서 나바르 전투에선 프랑스의 현왕賢王 샤를††에게 고용되어 싸우기도 했다. 로저 경은 영국에서 그랬던 것처럼 프랑스

에도 충성을 바쳐 싸웠고, 굳이 가식적인 태도를 보이지도 않
았다. 기록된 바에 의하면, 그는 나바르 전투에서 프랑스군과
영국·나바르 연합군이 대치하고 있는 중에 프랑스 편에 서서
싸우기로 했다고 한다. 프랑스군 대장인 베르트랑 뒤 게클랭†
이 당시 받던 급료에 갑옷 한 벌을 얹어주기로 약속했기 때문
이었다.

이 전투 결과 로저 경은 뛰어난 전사로 인정받았다. 샤를 왕
은 프랑스 남부 알프스 경계에 있는 성으로 가서 적을 편든 군
주를 잡아오라고 그에게 명령했다. 샤를 왕은 이 원정으로 인
해 로저 경과 그 부하들이 무슨 일을 벌일지 어렴풋하게나마
짐작하고 있었는지도 모른다.

로저 경은 부하들을 영국인으로만 뽑았다. 이들로 말하자면
하나같이 난폭한 도둑에다가 싸움꾼들로, 설혹 영국으로 돌아
간다고 해도 지갑을 슬쩍 한 일부터 남의 목을 따버린 일까지
갖가지 죄로 처벌받을 운명
이었다. 이런 부하들의 도
움으로 로저 경은 어렵지
않게 성을 점령했다. 그리
고 곧바로 요새를 샤를 왕
에게 넘겨주는 대신, 정문
에 자기 깃발을 올리고 스
스로를 새로운 대공이라 선
언했다. 부하들은 그때부터

† 흑태자 에드워드(1330-1376) 영국 왕 에드워드 3세
의 장남이자 리처드 2세의 아버지다. 검은색 갑옷을 즐
겨 입었기 때문에 이런 별명이 붙었다. 백년전쟁 당시
푸아티에 전투 등에서 혁혁한 전공을 거두고, 이후 프랑
스 영지를 하사받아 통치했다. 중세 영국 기사도를 상징
하는 대표적 인물로 평가된다.

†† 샤를 5세(1337-1380) 백년전쟁 당시 푸아티에에서
영국군에 사로잡힌 프랑스 왕 장 3세의 아들로, 신중하
고 현실적인 정책을 실시하여 치세 말년에 영국군이 점
령한 영토 대부분을 탈환했다. 재위 기간은 1364년부터
1380년까지다.

⚜ 베르트랑 뒤 게클랭(1320-1380) 프랑스의 군인으로
백년전쟁 당시 샤를 5세 휘하에서 혁혁한 전과를 올린
명장이다.

그랜드 펜윅 공국의 신하가 되었다.

하지만 주민 가운데 몇 명은 그를 거부하고, 대공의 작위를 내보이라고 요구했다. 그러자 로저 경은 탁자 위에 장검을 턱 올려놓은 뒤, 이것이 명백한 증거라고 말했다.

"내가 이제껏 본 왕들은 하늘의 도우심을 입기는커녕 사람들만 잔뜩 죽이고 왕위에 오르더군. 왕이 되는 법이 그런데 대공이라고 다를 게 있겠나."

그가 말했다.

대공 자격에 대한 시비는 그것으로 끝이었다. 그는 곧 성의 남북으로 각각 화살이 날아갈 만한 거리의 10배 이내, 그리고 동서로는 6배 이내를 자신의 영토로 선언하였다. 그랜드 펜윅 공국은 이렇게 시작되었다.

사실 공국의 초창기는 무척 소란스러웠다. 샤를 왕이 두 번이나 군대를 보내 토벌을 시도했기 때문이다. 그러나 로저 경은 영국제 장궁의 위력을 미처 깨닫지 못한 프랑스군을 연달아 물리쳤다. 샤를의 후계자들도 계속해서 그랜드 펜윅을 노렸지만 매번 실패로 끝났다. 그렇게 세월이 흐를수록 그랜드 펜윅의 명분은 단단해진 반면 왕실의 명분은 퇴색해갔다. 결국 그랜드 펜윅이 독립 군주국으로 인정받게 된 것은 물론, 몸 하나에 머리가 둘 달린 독수리가 그려진 국기도 세계 각국에 공식적으로 받아들여졌다. 국기 속 독수리의 한쪽 머리는 "그렇지", 다른 쪽 머리는 "아니지"라고 말하고 있었다.

세월이 흘러도 그랜드 펜윅의 영토는 결코 늘어나지도 줄어들지도 않았다. 운 좋게도 로저 경이 공국을 세운 땅은 중요한 무역로 한가운데에 있지도 않았고, 영토 내에 귀중한 금속이 나오는 광산도 없을뿐더러 하다못해 항구나 수로도 없었다. 한마디로 굳이 정복하고 싶을 만큼 특별한 매력이 없는 것이다. 하지만 그랜드 펜윅의 국경에 위치한 세 개의 계곡 근처 땅은 상상을 초월할 정도로 비옥했다. 주민들은 그곳에서 오로지 먹을 곡식과 수출용 와인을 만들 포도만 재배했다. 땅이 조금 거친 언덕에는 목초지가 펼쳐져 있어서 거기에 양 떼를 길러 고기와 양털을 얻었다. 그리하여 20세기로 접어들기까지 그랜드 펜윅은 누구도 찾는 이 없고, 알려지지도 않은 채 자급자족하며 자유롭게 이어지고 있었다.

만약 인구가 자연스럽게 증가하면서 토양이 황폐해지지만 않았더라면 그랜드 펜윅은 지금도 예전처럼 행복했을 것이다. 그랜드 펜윅의 인구는 20세기에 접어들면서 4,000여 명이었다가 제1차 세계대전 발발 당시에는 4,500여 명이 되었다. 제2차 세계대전이 끝나고는 유아사망률이 크게 감소한 덕분에 인구가 무려 6,000명에 육박했다. 그러자 식량과 옷에 대한 수요가 늘어났다. 이 때문에 이제까지 외국에 의존하지 않고 독립적으로 살아가던 그랜드 펜윅은 건국 이래 600년 만에 처음으로 수출로 돈을 벌 궁리를 하기 시작했다.

그 방법 가운데 하나로 와인에 물을 타서 양을 늘리자는 제안이 나오자 공국은 여기에 찬반을 표시하는 두 진영으로 나뉘었다. 한쪽은 일명 '희석당稀釋黨'으로, 와인 발효통에 물을 딱

10퍼센트씩만 더 넣어도 그랜드 펜윅이 전처럼 자급자족하기에 충분한 돈을 마련할 수 있다고 주장했다. 물론 품질이 떨어지기는 하겠지만, 와인을 사가는 사람들 중 80퍼센트는 맛도 잘 모르면서 상표만 보는 미국인이기 때문에 별 문제는 없으리라는 것이었다.

1956년의 선거에서 희석당의 구호는 "와인에 물을!"이었다. 이 주장에 동의하는 사람들 중에는 와인 제조업자들은 물론이고 의사도 있었다. 그들은 순수한 와인보다는 물을 탄 와인이 건강에 더 좋고 심지어 어린아이가 마셔도 별 문제가 없다고 큰소리쳤다.

이에 반대하는 진영은 이른바 '반희석당反稀釋黨'으로, 희석당의 주장을 천벌받을 짓거리라고 비난했다. 그건 강대국이 돈을 마구 찍어내서 통화에 물을 타는 것처럼 비열한 행동이라는 것이다. 그들은 와인에 물을 타는 것이 부를 쌓으려는 목표 자체를 갈취하는 셈이라고 말했다. 그러면 삶의 목표가 낮아지고, 결국 사람들로 하여금 더 나은 삶을 향한 열망을 버리게 한다는 것이 이유였다.

반희석당의 대표인 은발 노인 마운트조이 백작은 우렁찬 목소리로 다음과 같이 주장했다.

"그랜드 펜윅 와인에 물을 타야 한다고 주장하는 사람들은 단 하나의 걸작 대신에 수백만 개의 모조품을 만들어야 한다고 주장하는 것이나 마찬가지다. 이런 작자들이라면 〈모나리자〉는 우표에나 넣으면 그만이고, 불멸의 음유시인인 우리 로저

벤트실드의 장엄한 시구조차도 담배 광고에나 쓰면 그만인 것이다. 와인은 우리 포도의 피나 마찬가지다. 따라서 물을 탈 수도 없고, 그런 시도도 있어서는 안 된다."

그는 계속해서 강조했다.

"이런 터무니없는 주장은 외국의 잘못된 이데올로기에서 영향을 받은 결과임에 틀림없다. 조사를 해보면 이것이 음침한 크렘린 동굴에 틀어박힌 공산주의자들의 흉계이거나, 미국의 삐죽한 마천루 어딘가에서 나온 간계임이 금방 드러날 것이다. 그랜드 펜윅의 자유와 명예와 미래, 그리고 전통을 지키려면, 이 제안은 '절대 불가'라고 3월 선거에서 항변해야 한다."

선거는 예정대로 3월에 치러졌고, 그 결과 총 열 명의 '자유회의', 즉 그랜드 펜윅 의회의 대의원이 선출되었다. 그런데 공교롭게도 희석당과 반희석당에서 각각 다섯 명씩 의석을 얻음으로써 동률을 기록하였다. 상황이 여의치 않았으니 망정이지, 평소라면 의회는 전원 사퇴하고 재선거를 실시했을 것이다. 그랜드 펜윅에는 예부터 어느 한쪽이 다수가 되어야 정치가 잘된다는 믿음이 있기 때문이다. 양쪽 세력이 대등하면 교착상태를 벗어날 수 없다는 생각이었다.

하지만 그때는 봄이라서 파종작업이 한창이었기 때문에 밭을 갈고 씨를 뿌리고 새끼 양을 받아내는 일에도 손이 달리는 판이어서 재선거는 꿈도 못 꾸었다. 결국 이 문제는 그랜드 펜윅의 여성 군주인 글로리아나 12세 대공녀에게 넘어갔다. 그녀는 22세의 젊은 처녀로, 이 나라를 세운 용맹스러운 로저 경의 직계 후손이었다.

　이러한 위기 상황에서 대공녀가 의회에 참석한다는 것은 실로 역사적인 사건이었으나 외부에서는 관심 밖이었다. 오로지 이 작은 나라에서 발행되는 유일한 신문인 「펜윅 프리맨」만이 전면에 두 줄짜리 표제를 박아넣으며 대대적으로 다루었다.

　대의원들이 중세풍 옷차림을 하고 철퇴†를 든 경비병의 안내를 받아 의회가 열리는 성의 회의실로 속속 모여들었다.

　무장군인은 철퇴를 대공녀 뒤의 오래된 업무용 탁자 위에 올려두었다. 대공녀는 코르셋이 달린 중세풍 옷차림에, 머리에는 귀족을 상징하는 작은 관을 쓰고 있었다. 대의원들은 대공녀에게 허리를 굽혀 엄숙하게 인사하고, 정중히 자리에 앉아 대공녀의 개회사에 귀를 기울였다.

　대의원들은 모두 대공녀의 아버지뻘이었다. 그녀는 꼬마 아가씨였을 때 종종 이들이 모는―마운트조이 백작은 농부가 아니었으므로 제외하고―수레에 올라타기도 하고 배나 포도를 얻어먹었으며, 이들의 아이들과 같은 학교에 다니며 매년 활쏘기 시합에 나가기도 했다. 하지만 1년 전에 그녀의 아버지인 대공이 갑자기 사망하는 바람에 얼떨결에 군주의 지위를 물려받았다. 그녀는 삽시간에 이웃에서 지도자로, 젊은 처녀에서 절대 군주로, 평범한 사람에서 국가의 상징이자 권력, 그 자체로 변하고 말았다.

　글로리아나는 비교적 침착한 성격인데도, 대공녀로서 처음 개최하는 의회라는 생각에 적잖이 신경이 쓰였다. 그래서 요

며칠 밤을 새워가며 개회사를 준비했다. 그녀는 최근 이 나라를 소란스럽게 하는 정치적 사안은 가급적 건드리지 않고, 논란의 여지가 없는 사안만 언급하려고 했다.

불행히도 논란의 여지가 없는 사안이라곤 날씨 이야기뿐이었다. 게다가 그나마도 완전히 중립적이지는 않았다. 가령 북부의 포도 재배 농가에게 딱 좋은 날씨도 남부의 밀과 보리 재배 농가에는 전혀 좋지 않은 날씨가 될 수 있었다. 그래서 구체적인 내용을 생략한 채 공국 전체에 적절한 날씨가 계속되기를 기원한다고만 해두고, 예부터 이 나라의 전통인 와인 산업 및 자급자족이 지속되어 어려운 시기를 잘 극복하고, 평화와 번영을 누리기를 바란다고 했다.

대공녀의 개회사가 끝나자 요란한 박수갈채가 터졌다. 모든 대의원들에게 대공녀는 딸 같기도 했고, 언제든 자기 목숨을 기꺼이 내던져 지켜야 하는 절대 군주이기도 한 그녀를 존경했기 때문이다. 모두가 "글로리아나 12세 대공녀 만세"를 합창했다. 이윽고 다수파의 대표가 답사를 할 차례가 되었다.

그런데 오늘 문제의 핵심은 다수파가 없다는 데 있었으므로 양 진영 대표가 번갈아서 답사를 하기로 합의했다. 이들은 각자의 의견을 주장하고 나서 대공녀의 결단을 촉구할 예정이었다.

여러 색이 뒤섞인 반바지에 저킨†† 을 입고 망토를 걸친 마운트조이 백작이 먼저 말문을 열었다. 선거가 끝난 만큼 더 이상 희석당에 대한 공

† 철퇴는 직장職杖, 즉 정부의 수반인 여왕의 직위를 상징한다.

†† 16세기부터 17세기까지 유행한 소매 없는 남성용 상의.

격에 열을 올리지는 않았다. 그래서 그랜드 펜윅 와인에 물을 타면 처음에는 수익이 조금 늘어날지 몰라도 나중에는 우리 와인에 대한 불신이 생겨서 수출이 완전히 막힐 것이라고 지적하는 데 그쳤다.

이제 고집이 세고 땅딸막한 몸집에 말도 생각도 느릿느릿한 희석당 대표 데이비드 벤터가 연설할 차례가 되었다.

그는 와인 한 병당 더도 말고 딱 10퍼센트씩만 물을 타자는 것임을 강조했다. 그런다고 와인 특유의 향이 죽지는 않을 것이며, 적절한 예산이 뒷받침되면 생산량은 물론이고 수익도 늘어날 거라고 주장했다. 그렇게 되면 당장 이 나라에 필요한 물건과 식량을 수입할 수 있다고 말했다. 그러면서 반희석당은 이런 성과를 낼 만한 다른 방안을 갖고나 있냐고 물었다.

마운트조이는 이 질문에 대해 직접적인 답변을 하지 않았다. 단지 희석당에 대한 공격을 전처럼 반복했을 뿐이다. 그는 물을 10퍼센트만 섞으면 와인의 향이나 명성에 전혀 해가 없다는 말을 누가 납득할 것이며, 희석당이 정확히 10퍼센트씩만 물을 탄다는 보장이 어디 있느냐고 물었다.

그리고 와인 수출로 얻는 수익 가운데 10퍼센트만 늘어나도 지금의 공산품 수요를 감당할 수 있다고 했는데, 그 수요가 늘어나지 말란 법도 없지 않느냐고 했다. 그는 세계 무역 시장에서 식량과 양털 가격이 널뛰고 있음을 언급하며, 해마다 더 많은 돈이 필요할 것이라고 지적했다. 그렇게 되면 희석당은 물을 점점 더 많이 타서 세계적으로 유명한 그랜드 펜윅 와인을 프랑스인들이나 마시는 싸구려로 만들 것이며, 그 결과로 빚어지는 국가적 망신이며 국민의 구겨진 자존심은 희석당원이 책임져야 한다고 말했다. 이렇듯 희석당의 계획은 위험하기 짝이 없어 국가의 생존을 보장하기는커녕 결국 쇠락을 불러올 것이라고 주장했다.

열기를 띤 토론이 계속되었지만 해법을 찾지 못하자 양 진영은 군주를 향해서 결정을 내려달라고 촉구했다. 대공녀는 드디어 최초의 정치적 위기를 맞이했다.

"보보 아저씨."

그녀는 격식을 차려야 하는 자리인 것을 깜빡 잊고 그만 마운트조이 백작의 별명을 부르고 말았다.

"다른 나라에서는 돈이 없으면 어떻게 하죠? 큰 나라들 말고 우리처럼 작은 나라 말예요."

"대개는 새 우표를 한정판 시리즈로 발행하죠. 높은 값을 매겨도 세계 수집가들이 구입하니까요."†

"우리는 이미 우표를 너무 많이 발행했습니다. 이제는 액면가보다도 가치가 떨어졌어요. 겨우 제작비나 건질까 말까입니다."

벤터가 말했다.

"제가 듣기론 미국이 다른 나라에 수백만 달러씩 돈을 주고서 아예 돌려받을 생각도 않는다던데요. 우리도 미국에서 돈을 빌릴 수 있는 방

† 세계에서 가장 작은 국가 가운데 하나인 리히텐슈타인은 뛰어난 품질의 희귀 우표를 발행해 국고를 충당하는 것으로 유명하다.

19

법은 없나요?"

대공녀가 물었다.

"전하, 그들은 공산주의 국가가 될까 봐 걱정되는 나라에만
돈을 준다고 합니다."

역시 벤터가 대답했다.

"그랜드 펜윅에 공산주의자가 되려는 사람은 없을 겁니다.
모두 자기 땅을 갖고 있으니까요. 일을 해서 돈을 벌기가 얼마
나 힘든지도 알고 있고요. 어느 누구도 자기만 박해받는다고
생각하지는 않을 겁니다. 공산주의자란 자기보다 남들이 뭔가
를 더 얻는 게 불공평하다고 생각하는 사람들이거든요."

"우리야 돈만 빌리면 되니까, 그냥 공산당을 하나 조직하면
안 되나요?"

글로리아나가 물었다.

"진짜 공산당을 만들자는 건 아니고요. 그냥 누구 한 명한테
사람들을 선동하라고 하면 되잖아요. 족쇄를 벗어던지고 압제
자를 물리치자고요. 그리고 이 사실을 미국 신문사에 알리는
거예요. 그러면 미국에서는 대중집회를 직접 확인하러 상원의
원 한 사람쯤 우리 쪽으로 보내겠죠. 마침 농번기니까 집회는
일요일에 해야겠네요. 아, 물론 주일에 정치집회를 열어도 괜
찮은지 주교님한테 미리 허락을 받아야겠죠. 어쨌든 미국 상원
의원이 워싱턴에 보고만 하면 되니까, 우리는 그 사람을 잘 구
워삶아서 우리나라를 공산주의의 위협에서 구할 수 있게 돈을
빌려달라고 하면 되는 거예요!"

그러자 놀랍게도—다른 대의원들도 마찬가지였지만—희석당의 대표이며 노동자 계급의 유력한 대변인 격인 데이비드 벤터가 그녀의 주장에 강하게 이의를 제기했다. 그는 오랜 전통을 자랑하는 지방 무인 출신으로, 로저 펜윅 경과 함께 공국을 건설한 주역 가운데 한 사람의 후손이었다.

"전하."

그는 커다란 머리를 무겁게 흔들며 말했다.

"그건 안 될 말입니다. 그렇게 돈을 빌린다고 해도 우리로선 빚을 갚을 능력이 없을뿐더러 다른 나라에 빚을 지면 더 이상 독립국가로 존재할 수 없으니까요. 전하, 우리의 조상은 독립국가를 세우기 위해 싸우셨습니다. 물론 큰 나라는 아니지요. 하지만 세상 그 어느 나라보다도 더 큰 자유를, 그 어느 나라보다도 더 오랫동안 누려왔습니다. 이제 와서 그 자유를 잃을 수는 없습니다. 우리의 조상이 우리가 태어난 이 땅과 함께 자유를 물려주셨듯이, 우리의 아이들에게 자유를 물려주어야 합니다. 비록 비참하게 사는 한이 있더라도 말입니다."

그러자 마운트조이 백작이 말했다.

"미국이 우리에게 돈을 빌려준다고 해서 이 나라를 점령한다거나 돈을 돌려달라고 재촉하는 건 아니오. 그런 점에서 미국은 세상 어느 나라와도 다르지요. 무슨 까닭인지 모르지만, 그들은 자기 나라에 사는 것만으로 만족할 뿐 다른 나라를 점령하려고 하지는 않는 것 같습니다. 그러니 그랜드 펜윅을 공산주의의 위협으로부터 건져달라고 하며 거액을 빌린다고 한들

크게 문제되진 않을 겁니다. 저는 전하의 말씀대로 공산당을 조직해서 미국에 돈을 빌리는 데 찬성합니다."

열띤 토론이 한 시간이나 더 계속된 끝에 마운트조이는 이 문제를 표결에 부치기로 했다. 제안에 찬성하는 쪽이 여섯, 그리고 반대가 네 표 나와서 일을 밀어붙이기로 했다.

"자, 그러면 공산당 대표는 누구로 하죠?"

지도자로서 최초의 시험을 통과했다는 사실에 기뻐하며 대공녀가 물었다.

"반드시 그랜드 펜윅 출신이어야 합니다. 외국 출신 공산주의자들은 도무지 믿을 수 없어요. 심지어 조국에도 충성하지 않는 작자들이니까요."

벤터가 진지하게 말했다.

"털리 배스컴이 어떻겠습니까?"

마운트조이가 말했다.

"그 친구는 항상 모든 일에 반대하지 않습니까. 이게 다 그랜드 펜윅을 위한 일이고 실제로는 공산주의에 반대하는 거라고 이야기하면, 그는 아마 그랜드 펜윅에 반대하고 공산주의에 찬성할 겁니다. 저는 기꺼이 희석당 대표와 함께 초당파적 연합을 결성하겠습니다. 그리고 배스컴을 찾아가서 지금으로선 공산당이 되어 국가 전복을 꾀하는 것이 그랜드 펜윅에 충성하는 길이라고 설득하겠습니다."

글로리아나 12세 대공녀는 부드러운 뺨 위에 고운 손가락을 갖다 대고 깊은 생각에 잠겼다.

"아니, 아니에요."

그녀는 말했다.

"중요한 임무이니 제가 직접 그를 만나보겠어요. 혹시나 두 분이 너무 설득을 잘하시는 바람에 배스컴 씨가 진짜 공산주의자라도 되면 큰일이니까요."

글로리아나, **최고의 전략가를 만나다**

털리 배스컴은 펜윅 숲 외곽에 있는 작고 외딴 통나무집에 살았다. 숲은 성 주위를 둘러싸고 있으며 펜윅 시로부터 3킬로미터쯤 떨어져 있었다. 펜윅 시에는 공국 사람들 대부분이 살고 있었다.

숲은 국가의 소유이다. 2제곱킬로미터밖에 되지 않기 때문에 '숲'이라고 부르기 뭐해서인지, 외부인들은 모두 '수풀' 아니면 '녹지'라고 불렀다.

하지만 그랜드 펜윅 사람들은 이 숲을 캘리포니아 주의 레드우드 숲† 못지않게 넓고도 다채로운 곳으로 생각하며 자부심을 가지고 있었다. 실제로도 이 숲은 보존이 잘된 정도 이상이었다. 나무만 해도 50여 종이 넘었고, 6미터 높이의 폭포가 있는가 하면, 5킬로미터쯤 되는 산책로가 있었다. 산책로는 사실

짧은 거리를 구불구불 돌아가게 나 있어 실제로는 그보다 긴 편이었다. 어찌나 수풀이 무성한지 아까 지나간 길 바로 옆을 지나더라도 알아채기 힘들었다.

틸리 배스컴은 그랜드 펜윅 공국의 산림경비대장이었다. 직책으로만 보면 수많은 대원들을 거느린 것 같지만, 그의 밑에 있는 대원이라곤 아버지인 피어스 배스컴 단 한 명뿐이었다. 틸리는 태어나서 지금까지 28년 동안 줄곧 아버지와 함께 숲의 외곽 지역에서 살아왔으며, 산림경비대장이란 직책은 그의 아버지가 물려주었다. 아들을 취직시키는 동시에 자기가 죽어도 숲이 계속 보존될 수 있도록 말이다.

배스컴 노인은 그랜드 펜윅 최고의 유명인사로 안경을 꼈고, 큰 키에 마른 체형이었으며, 정수리의 부족한 머리카락을 보충이라도 하듯 짙은 속눈썹을 지니고 있었다. 그는 그랜드 펜윅의 역사상 단 두 명뿐인 작가들 가운데 유일하게 생존해 있는 사람이었다. 그의 저서인 『그랜드 펜윅의 철새들』은 탁월한 학식을 바탕으로 한 역저로서 큰 인기를 끌었다. 또 다른 책인 『그랜드 펜윅의 맹금류猛禽類』와 『그랜드 펜윅의 명금류鳴禽類』는 유럽에서 나온 어떤 책과 비교해도 손색이 없다는 평이었다.

한번은 미국의 어느 조류학자가 비아냥거리길, 길이가 겨우 8킬로미터에 폭이 5킬로미터인 나라에 자생종 조류가 있을 리 없다는 것이다. 그러면서 대담하게도 모든 새들은 이동 중에 그랜드 펜윅을 잠시 거쳐 갈 뿐이라고 주장했다. 이

† 미국삼나무(레드우드)로 이루어진 캘리포니아의 국립공원 지대.

에 대해서 피어스 배스컴은 오듀본 협회†에 제출하여 책으로 출간된 바 있는 논문을 통해 새들의 국적을 명확히 주장할 수 있는 존재는 새 자신뿐이라고 답변했다. 그런 논리라면, 이제 껏 영국이나 미국에서 '우리 새들'에 대해 수많은 책을 출간했 어도 영국 새니 미국 새니 하는 것 역시 존재할 수 없다는 이야 기였다.

따라서 국토의 넓이와는 상관없이 그랜드 펜윅 또한 자생종 조류 생태가 존재한다고 충분히 주장할 수 있다고 했다. 이로 써 논란이 해결됨과 동시에 그랜드 펜윅의 조류 생태에 대한 피어스 배스컴의 책도 인정받기에 이르렀다.

그랜드 펜윅 공국의 최고 작가인 피어스 배스컴의 업적은 이 뿐이 아니었다. 그는 공국 내의 식물군#에 관한 세 권의 책을 저술하기도 했다. 판매부수는 5,000부 미만이었지만, 이로 인 해 대공녀인 글로리아나 다음으로 그랜드 펜윅에서 가장 존경 받고 사랑받는 시민이 되었다.

피어스 배스컴은 이렇게 그랜드 펜윅 최고의 철학자이자 재 사才士로 종종 사람들의 입에 오르내렸지만, 그의 아들 털리는 아버지만큼 좋은 평판을 얻지 못했다. 그가 어느 누구의 의견 도, 심지어 자신의 의견조차도 존중하지 않는다는 사실 때문이 었다. 그는 누군가의 의견을 듣는 족족 부정했다. 혹시 부정하 지 않더라도 최소한 그것이 진실인지 아닌지를 가리기 위해 꼼 꼼히 따져보아야 한다고 주장했다. 그는 또한 방랑벽이 있었 다. 프랑스와 스위스뿐 아니라 이탈리아와 영국에도 갔었고,

미국에는 두 번이나 다녀왔다. 공국 내에서 가장 부유한 사람이라도 감당하기 쉽지 않은 여행을 한 탓에 지금은 주머니에 땡전 한 푼 없는 신세였다.

그는 종종 국유림을 관리하는 임무를 아버지에게 떠넘기고, 홀로 한 달, 혹은 6개월이나 1년씩 어디론가 떠나버리곤 했다.

잠시라도 그랜드 펜윅 공국을 떠나 외국에서 산 사람은 아무리 여행객으로 기여한 바가 있다 해도 대부분 애국심이 부족한 것으로 간주되었다. 그래서 언젠가 한번은 모두가 들고 일어나 털리는 시민이 되기에 부적격하다며 나라에서 쫓아내려고까지 했다. 그의 아버지가 지닌 영향력 때문에 그 움직임은 곧 잦아들었지만, 털리 배스컴은 여전히 절반은 그랜드 펜윅의 시민으로, 나머지 절반은 이방인으로 살아야 했다.

성에서 숲 가장자리에 위치한 털리의 오두막까지 자전거를 타고 가면서 글로리아나 12세 대공녀는 이런저런 생각에 잠겨 있었다. 그녀는 자신이 털리를 좋아하는 건지 확신하지 못하고 있었다. 그녀가 공산당 결성에 대한 문제를 마운트조이 백작이나 벤터에게 맡기지 않고 직접 나선 것은 아마 그런 감정 때문이었는지도 모른다. 이야말로 그에 대한 감정을 확인할 수 있는 좋은 기회였기 때문이다.

외모만 보면 털리는 대공녀의 이상형이 아니었다. 털리는 아버지로부터 짙은 속눈썹과 두드러진 코를 물려받았다. 그는 키가 컸고, 약간 구부정해 보였으며, 갈비뼈조차 서로

† 미국 자연보호협회. 이 명칭은 미국의 조류연구가인 존 제임스 오듀본의 이름에서 따온 것이다.

어긋나 있는 것처럼 보였다. 한마디로 서로 맞지 않는 부품들을 억지로 끼워 맞춘 듯한 외모였다. 그는 아무런 사심 없는 대화 중에도 마치 숨겨진 꿍꿍이를 찾아내겠다는 듯 상대방을 무례할 정도로 빤히 쳐다보곤 했다. 여기까지 생각하고 나서 대공녀는 틸리와 면담할 때는 무조건 본론부터 이야기하겠다고 결심했다.

틸리는 오두막 부엌에 앉아 가죽 앞치마를 허리에 두르고 투박한 장화 밑창을 깁고 있었다. 대공녀가 들어가자 그는 자리에서 일어나 망치를 든 손으로 의자를 밀어 권하더니, 입에서 한줌 가득 못을 뱉어냈다.

"그렇지 않아도 오실 줄 알았습니다, 전하."

그녀가 앉자 틸리가 말했다.

"분부만 내려주십시오."

"올 줄 알았다니, 무슨 말인가요?"

글로리아나가 약간 얼굴을 붉히며 물었다.

"내가 온다고 누가 이야기라도 하던가요?"

"아닙니다. 하지만 지난번 선거에서 희석당과 반희석당이 비기지 않았습니까. 자기 주장을 강요하는 이들과는 민주주의를 실천하기 어렵지요. 그러니 전하께서는 비록 진정한 형태의 의회는 있지만 정부는 구성하지 못한 상황에 이르셨습니다. 이럴 때는 양측 정당으로부터 추천받은 누군가가 제3당을 구성하는 법이지요. 프랑스에서는 이런 방식이 꽤 오랫동안 시행되었습니다. 그래서 요즘 사람들은 정당들이 서로 어떻게 다른지조차 모른답니다. 그다음은 대개 독재로 이어지죠. 전 전하께서도 제게 제3당을 만들라고 분부하실 줄 알았습니다만."

글로리아나는 깜짝 놀라기도 했거니와 이런 식으로 선수를 빼앗겼다는 데 충격을 받아서 잠시 동안 아무 말도 하지 못했다. 속은 기분이었다. 그녀는 제3당을 만들자고 제안해서 털리를 놀라게 하고 싶었다. 그런데 그가 이야기를 먼저 꺼내자 완전히 김이 샜다. 그 순간 글로리아나는 자신이 털리를 전혀 좋아하지 않는다고 확신했다.

"맞아요."

그녀는 결국 말을 꺼냈다.

"당신이 제3당을 구성해주었으면 해요. 하지만 저는 그 정당이 별로 성공적이지 않았으면 좋겠어요. 그래도 최소한 성공적인 것처럼 보일 정도는 되어야 하고요. 아시겠지만 우리는 돈이 없어요."

"저도 마찬가지입니다."

털리가 말했다.

"보시다시피 전하께서 들어오셨을 때 저는 신발을 고치고 있었으니까요. 물론 해보니까 나름대로 재미가 있어서, 왜 사람들이 굳이 남에게 돈을 주고 이걸 시키나 모르겠다고 생각하던 참이었지요. 혹시 전하께서도 고칠 신발이 있으시면 제가 기꺼이 그랜드 펜윅 공국에서 가장 특이한 구두수선공으로서 성심껏 봉사하겠습니다."

"농담 아니에요."

글로리아나가 날카롭게 말했다.

"전 심각하다고요. 그랜드 펜윅은 돈이 필요해요. 이젠 인구가 너무 많아서 자급자족을 할 수가 없어요. 식량과 피복을 수입해야 해요. 그러기 위해서는 돈이 있어야 하고요. 벤터 씨는 와인 수출로 얻는 수익을 늘리려면 와인에 물을 타야 한다고 해요. 하지만 마운트조이 백작은 그러다간 와인 시장을 망쳐서 장기적으로는 더 큰 재난이 몰려올 것이라고 하고요. 그래서 당신에게 제3당을 만들어달라는 거예요. 공산당을 조직해주세요. 다음 주 일요일에 집회를 여세요. 아, 물론 앨빈 주교님께 미리 허락을 받아야죠. 그 집회에서 사람들에게 우리 정부를 전복시키자고 이야기하세요. 그러면 우리는 미국에게 우리 정부가 공산주의자들의 침투로 위협받고 있다고 할 거고, 그럼 그들이 우리에게 돈을 빌려줄 거예요."

털리는 대공녀의 설명을 들으면서 파이프에 불을 붙였다. 성에서 열리는 공식 회의석상이 아니라면 대공녀 앞이라 하더라도 굳이 격식을 차릴 필요가 없다. 이건 대공녀를 존중하지 않아서가 아니라 일일이 격식을 따지다가 대공녀가 나라를 한 바퀴 돌기라도 하는 날에는 다들 반나절은 일에서 손을 놔야 하기 때문이었다.

털리의 손에서 성냥이 떨어졌다. 그는 글로리아나의 말을 무척 흥미롭게 듣고 있었다.

"공산당이라고요?"

털리가 이렇게 반문하고는 말을 이었다.

"우리나라에선 공산주의가 먹히지 않아요. 우리 같은 농경사회에는 부적합한 철학이라고요. 공장에서 일하는 불쌍한 친구들에게는 상품을 많이 만들어내라고 강요할 수 있지만 농부가 땅한테 곡식을 많이 키워내라고 할 수는 없으니까요. 제아무리 마르크스가 설교를 한다고 해도 비가 필요할 때만 내릴 리는 없죠. 소련을 다 뒤져도 스탈린이 하늘에 떠 있는 해에게 경제정책을 지시했다는 이야기는 못 찾을걸요. 그랜드 펜윅에서 공산주의는 전혀 먹히지 않아요."

"재미있는 의견이군요."

글로리아나가 새침을 떨며 말했다.

"앞서 말한 대로 그리 성공적일 필요는 없어요. 미국 사람들에게 필요한 돈을 빌릴 수 있을 정도면 된다고요."

"게다가,"

그녀의 마지막 말을 듣지 못한 듯, 털리는 말을 계속했다.

"저는 공산주의가 싫습니다. 세상에 나하고 동등한 누군가가 있다고는 생각지 않습니다. 어느 누구도요. 저는 수많은 사람들보다 우월한 동시에 열등해요. 그렇기 때문에 저는 민주주의도 좋아하지 않습니다. 죽어라고 노력해야 겨우 글줄이나 읽는 사람과, 무려 24가지의 언어를 구사하는 사람이 똑같이 한 표씩 행사하다니, 말도 안 되지 않습니까. 물론 글을 읽을 수 있다는 것이 절대적인 평가기준은 아니지만 말입니다. 예를 들면 그렇다는 것이지요."

바로 이 순간부터 대공녀는 원래의 주제에서 완전히 벗어나

버리고 말았다.

"그렇다면 당신이 원하는 정부는 어떤 것인가요?"

"저도 모르겠습니다. 한때는 아나키즘을 좀 갖고 놀았습니다만, 공부해보니 그것도 민주주의만큼 오만 가지 종류가 다 있더라고요. 평범한 아나키스트에서부터, 생디칼리슴적 아나키스트며, 편향주의적 아나키스트, 듣자 하니 생디칼리슴적-편향주의적 아나키스트도 있다고 하더군요. 정치철학이 그렇듯이, 아나키즘 속에도 수많은 아나키즘이 있나 봅니다. 아직도 계속 찾아보는 중입니다."

틸리가 말했다.

"그래요? 계속 찾아보는 중이라면 잠깐 동안만이라도 공산주의자가 되어보는 게 어때요? 물론 내키지 않겠지만, 이게 다 나라를 위한 일이라고 생각해보세요. 우리의 생존 여부가 달린 일이니까요. 큰 나라들처럼 우리에게도 생존할 권리가 있어요. 지난 600여 년 동안 우리는 자유국가였고, 수십만 명의 사람들이 이 그랜드 펜윅에서 행복하게 태어나고 자라나고 죽어갔어요. 단지 우리가 작은 나라라는 이유로 생존을 위해 자유와 명예와 모든 전통과 유산을 포기하고 다른 나라에 편입되어야 한다는 건 말도 안 돼요! 돈이 없는 건 우리 잘못이 아니잖아요. 우리는 6세기 동안이나 용감하고 명예롭게 살아왔지만, 시대가 변한 거죠."

말을 마쳤을 때, 그녀의 눈에는 눈물이 글썽거렸다.

틸리는 아버지에게만 보여주는 애정 어린 눈길로 그녀를 부드럽게 바라보았다.

"전하는 그랜드 펜윅을 정말로 사랑하시는군요. 그렇죠?"

그가 공손하게 물었다.

"그럼요. 여기 모든 사람들도 마찬가지예요. 우리의 땅이고 우리의 공기니까요. 당신도 그렇죠? 아닌가요?"

털리는 창문 쪽으로 다가갔다.

"때때로,"

그는 천천히 말했다.

"시애틀이나 런던이나 독일의 흑림黑林†에 머물면서 행복하다고 느낄 때면, 저녁때마다 푸른 안개를 머금은 이 계곡이며 산이 문득 생각나서 가슴이 허해지더군요. 그래서 여기로 다시 돌아오게 되지요. 솔직히 말하자면 이곳에 미친 것 같아요. 안개야 어느 산에건 있고, 저녁의 목소리도 어느 계곡에서건 들을 수 있는데 꼭 돌아오게 되니 말예요."

"그 산들이 프랑스나 스위스의 땅에 있었어도 그렇게 좋았겠어요?"

"전혀요."

"그럼 당신도 그랜드 펜윅을 사랑하는 거예요. 단지 산 때문이 아니고, 이 나라를요. 지금 이 나라가 위험에 처해 있어요. 예전에는 장궁과 독립정신으로 살아남을 수 있었어요. 하지만 이제는 어느 것도 소용이 없어요. 우리는 돈이 필요해요. 제가 부탁한 대로 공산주의

† 독일어로는 슈바르츠발트. '검은 숲'이라는 뜻. 독일 남서부의 거대한 침엽수 숲을 이루는 산맥지대를 말한다.

자인 척해줄 수 있겠어요?"

틸리는 그녀를 향해 얼굴을 돌리고는 고개를 천천히 저었다.

"아니오."

그는 말했다.

"그렇게 해서 돈을 손에 넣는다고 해도 이 나라가 구제되는 것은 아닙니다. 실제로는 우리의 나은 부분을 팔아먹은 셈이니까요. 지금까지 지켜온 명예 말입니다. 이건 고의적으로 다른 관대한 나라에 사기를 치는 셈이고, 그 나라가 부자라는 이유로 도둑질을 하는 것과 마찬가지니까요."

그는 잠시 말을 멈추고 긴 손가락으로 파이프에 담배를 채워 넣었다.

"전하께서는 작은 나라도 큰 나라와 마찬가지로 생존할 권리가 있다고 하셨죠?"

그는 말을 이었다.

"맞는 말입니다. 하지만 크고 부자인 나라들은 생존 때문에 명예를 팔아먹을 일이 없죠. 미국이 돈을 가지고만 있고 쓰지 않으니, 술수를 써서 약간 우려내는 것은 큰 문제가 안 될 겁니다. 하지만 백만장자를 상대로 강도질을 하는 것이나, 가난한 과부를 상대로 강도질을 하는 것이나 불명예스럽긴 마찬가지입니다. 그런 사기로 살아남는다 해도 우리는 한 나라로서 다시는 남들 앞에서 떳떳하지 못할 겁니다. 그런 국제적 갈취를 한다면 다시는 국가의 명예를 입에 올리지도 못할 거예요. 그렇게 미국으로부터 얻은 돈으로 그랜드 펜윅의 모든 이들을 백만장자로 만든다 하더라도, 이들은 결국 생존을 위해 국가의 명예를 팔아버린 부정한 백만장자에 불과합니다."

"미처 그런 생각까지는 못했어요."

대공녀가 천천히 말했다.

"제가 생각한 것은 돈을 빌려서 예전처럼 살아가는 것뿐이었어요. 어쩌면 당신 말이 맞는지도 몰라요. 하지만 지금은 뭐든 해야 해요. 혹시 다른 명예로운 방법은 없을까요?"

"이민이 있긴 하죠."

털리가 대답했다.

"사람들에게 다른 나라로 가서 일자리를 구하라고 권하면 됩니다."

글로리아나는 고개를 저었다.

"그랜드 펜윅 사람이라면 누구나 여기에 머무를 권리가 있어요. 여기는 그들의 나라이니까요. 단지 먹고살기 위해 이 땅을 떠나라고 할 수는 없어요. 게다가 한때는 이민이 통했는지 몰라도 이제는 아니에요. 어디선가 한때 이탈리아에서 인구 문제 해결 방안으로 미국 이민을 장려했다는 글을 읽은 적이 있어요. 하지만 이탈리아는 이민정책 시작 전보다 인구가 늘어나 여전히 가난하다더군요. 미국도 이제는 인구가 많아서 국가별로 이민자 수를 제한하고 있고요. 그랜드 펜윅이라면 몇 년에 한두 명씩밖에 이민할 수 없을 거예요. 그 정도로는 아무 소용이 없어요."

두 사람은 잠시 말이 없었다. 글로리아나는 털리를 흘끗 바라보다, 문득 이 남자는 또래 다른 남자들과 뭔가 다르다는 사실을 깨닫고, 앞서 국가 경제 문제로 당황한 만큼 또 한 번 당황했다. 그는 겉보기에는 평범한 사람이었지만 어딘가 남다른데가 있었다. 그녀로부터 절반쯤 고개를 돌리고 머리는 하늘로 향한 모습을 보는 순간, 잠깐이지만 그의 얼굴에서 자신의 조상인 로저 펜윅 경의 초상화를 떠올렸다. 그러나 그가 얼굴을 돌리자 그 모습은 사라져버리고 말았다.

"전통에 따라 외국으로부터 명예롭게 돈을 빌리는 방법은 단한 가지뿐입니다."

틸리가 심각하게 말했다.

"그게 뭐죠?"

대공녀가 물었다. 틸리가 아닌 로저 펜윅 경에게 묻고 있는듯한 이상한 느낌이었다.

틸리는 난로 쪽으로 가서 주목으로 만든 받침대에 세워져 있는 180센티미터짜리 장궁을 집어들었다.

"전쟁입니다."

"전쟁이요?"

글로리아나가 깜짝 놀라 물었다.

"전쟁이죠."

틸리가 다시 한 번 말했다.

"미국을 상대로 전쟁을 선포하는 겁니다."

가장 명예로운 방법은 **전쟁이다!**

글로리아나 대공녀는 앞에 놓인 과일 쟁반에서 석류 하나를 골라 집었다. 추밀원樞密院[†] 회의 같은 진지한 자리에서도 그녀는 기쁨의 미소를 감출 수가 없었다. 석류는 그녀가 가장 좋아하는 과일이기 때문이다. 그랜드 펜윅에서는 석류가 무척 귀해서 그녀의 아버지인 대공이 다스리던 시절에는 오직 크리스마스와 생일에만 석류를 먹을 수 있었다. 하지만 대공녀가 된 이후부터는 언제든지 먹고 싶을 때마다 석류를 먹었다.

"보보 아저씨."

그녀는 은제 과일칼을 집어들며 마운트조이 백작에게 말했다.

"우리나라가 가장 최근에 전쟁을 벌인 게 언제였죠?"

"500년하고도 조금 더 전입니다."

[†] 영국의 정치 자문기관이다. 여기서는 양당 대표가 모인 자리를 말한다.

백작이 대답했다. 그는 이것을 자신의 군주인 동시에 호기심 많고 제멋대로인 여자아이가 던지는 단순한 질문으로만 생각했다. 그는 아직도 왜 추밀원 회의가 소집되었는지 모르고 있었다.

"프랑스와 와인 샛길에서 전투가 벌어졌지요. 펜윅의 쌍두 독수리 깃발 아래 400명하고도 30명이 모였습니다. 궁수가 400명이었고, 중기병이 30명이었습니다. 그중에는 물론 전하의 선조와 제 선조도 계셨지요. 당시 프랑스군은 1,200명에 달했습니다. 적군은 400명씩 세 무리를 지어 샛길을 따라 공격해 내려왔는데, 거기서 노련하고 용감한 그랜드 펜윅군의 화살을 맞았죠. 날이 저물 때쯤 프랑스군은 700여 명이 죽었지만, 우리 쪽 사망자는 다섯 명에 불과했습니다."

"그 이후에는 전쟁이 없었나요?"

작은 루비 구슬처럼 반짝이는 석류 알을 파느라 정신없는 대공녀가 물었다.

"한 번도 없었습니다."

백작이 대답했다. 햇빛에 반사되는 그의 은발머리는 문장에 있는 독수리 머리와는 딴판이었다.

"굳이 전쟁을 벌일 필요가 없었습니다. 와인 샛길 전투 이후 우리는 주권과 권리를 존중받을 수 있었고, 그랜드 펜윅의 자유 또한 정착되었기 때문이지요."

"그러면 우리는 실전 경험이 전혀 없는 셈이네요. 그러니까 전투 경험 말이에요."

대공녀가 중얼거렸다.

"그렇지요. 하지만 필요하다면 의심할 나위 없이 멋지게 해낼 겁니다. 그런 전투야말로 무엇보다 흥미롭기도 할 테고요. 우리나라의 전통 무기인 장궁은 시대에 뒤처지는 감이 있지만, 실은 매우 견고한 무기입니다. 유효 살상 거리가 500미터나 되죠. 숙련된 병사에겐 최적입니다. 소음도 전혀 없고요. 화살 제작 비용도 비교적 저렴한데다가 일제 사격을 가하면 대단히 위협적입니다."

"그런 말씀을 들으니 안심이 되네요."

대공녀는 이렇게 대답하며, 석류 껍질을 조심스럽게 옆으로 밀어두었다.

"조만간 전쟁을 하게 될 것 같거든요."

"장궁이야말로 철퇴와 마찬가지로 훌륭한 무기……."

백작은 이야기를 계속하다가 깜짝 놀라 멈췄다.

"죄송하지만 전하, 방금 뭐라고 하셨습니까? 조만간 전쟁을 하게 될 거라니요?"

"그렇게 됐어요."

글로리아나가 말했다.

백작의 외눈안경이 무릎 위로 툭 떨어졌다.

"농담하시는 거죠?"

그는 유쾌하게 물었다.

"아뇨, 진짜예요."

"어째서요?"

백작이 말했다.

"이건 말도 안 됩니다. 터무니없어요. 생각해보고 자시고 할 것도 없습니다. 전하, 혹시 어디 불편하신 것 아닙니까?"

"아뇨, 전 멀쩡해요."

글로리아나가 대답했다.

"혹시 벤터 씨가 밖에 계신지 보고 와주실래요? 그러면 추밀원 정족수가 채워질 테니까, 제가 어떻게 된 일인지 자세히 설명해드릴게요."

백작은 정신이 아득해지는 느낌이었다. 그러나 이것은 군주가 신하에게 내리는 명령이었으므로, 조용히 자리에서 일어나 희석당 대표를 데리러 밖으로 나갔다. 그는 평소 같으면 무례하다 싶을 정도로 한참 있다가 벤터와 함께 돌아왔다. 두 사람은 모두 흥분과 걱정에 사로잡혀 있었다.

"여러분."

글로리아나의 눈은 여전히 석류를 향하고 있었지만, 사안이 중요한 만큼 더 이상 그쪽을 보지 않기로 결심했다.

"오늘 회의를 소집한 목적은 두 가지입니다. 첫 번째는 그랜드 펜윅의 두 주요 정당 대표께 이전에 논의한 공산당 조직 건에 대한 진행 결과를 알려드리기 위해서입니다. 두 번째는 여러분의 조언을 듣고자 해서입니다. 좀 더 구체적으로 말하자면, 대안을 추진하는 데 있어 여러분의 동의를 구하려고 합니다."

공식적인 자리에서 글로리아나 12세 대공녀는 어린 아가씨에서 냉정한 군주로 변화하는 뛰어난 능력을 보여주었다. 새로 선출된 정당 대표들도 이러한 사실을 깨닫고는 그야말로 속수무책이었다. 몇 달 전만 해도 대공녀는 그저 석류나 까먹는 순진한 아가씨였다. 하지만 이제는 한 나라의 어엿한 군주로서 막강한 권력을 휘두르고 있었다.

"공산당 조직에 대해서 제가 직접 틸리 배스컴 씨와 이야기해보겠다고 한 것을 다들 기억하실 거예요. 그런 조직을 만드는 데 있어서 가장 적절하고도 안전한 인물이라고 생각했죠. 하지만 그는 그게 옳지 않다고 반박하더군요."

마운트조이 백작과 벤터는 깜짝 놀라 서로의 얼굴을 마주보았다.

"그는 만약 계획이 성공해서 미국으로부터 돈을 얻어낸다 하더라도 그랜드 펜윅이 국제적으로 사기를 쳤다는 혐의를 벗어나기 힘들 거라고 했어요. 결국 오랜 세월 지켜온 우리의 명예에 오점을 남길 것이라고 하더군요."

"하지만, 전하."

마운트조이가 끼어들었다.

"명예로 백성들을 배불리 먹일 수는 없습니다. 이것은 명예냐 필요냐의 문제이자 정신적 생존과 물리적 생존의 문제입니다. 이럴 땐 물질적인 것이 우선입니다. 사람은 배가 부르기 전에는, 그리고 그 상태가 어느 정도 지속되기 전에는 자기에게 영혼이 있는지 없는지도 모르니까요. 배고픈 사람에게 명예가 필요 없듯이, 배고픈 국가는 굳이 훌륭한 예절을 고수할 필요가 없습니다."

"그건 아니죠."

벤터가 말했다.

"갑자기 그 털리란 친구가 좋아지는군요. 그 친구가 늘 반대만 하기에 기분이 썩 좋지는 않았는데 말입니다. 내 생각에도 사람이나 국가나 자존심 없이는 결코 살 수 없는 겁니다."

"배스컴 씨가 한 말하고 똑같군요."

글로리아나가 말했다.

"하여튼 그는 공산주의가 싫다면서 우리의 제안을 거절했어요. 물론 민주주의도 마찬가지로 싫다고는 했지만요. 사실은 자기가 무엇에 찬성하는지 잘 모르겠다고 하더군요."

"그러면 차라리 와인에 물을 타는 게 낫겠습니다."

벤터가 끼어들었다.

"이 문제를 해결하는 방법은 그것뿐입니다. 우리 명예가 손상되는 일도 없을 겁니다. 그랜드 펜윅 와인의 상표에는 물 함량이 어느 정도인지 알려주는 표시가 없으니까요."

"그렇게 하면 이 나라의 유일한 수익원을 깡그리 말아먹고 말걸세."

마운트조이 백작이 열을 내며 반박했다.

"제 생각에는 두 분 모두 틀린 것 같아요."

글로리아나가 말했다.

"그렇다면 배스컴 씨한테는 다른 방법이라도 있답니까?"

마운트조이가 비아냥거리듯 말했다.

"그럼요. 그러니까 이렇게 회의를 소집한 것 아니겠어요?"

글로리아나가 대답했다.

"배스컴 씨는 미국에서 돈을 빌리면서도 국가의 명예는 전혀 손상시키지 않는 해결책을 내놓았어요."

그녀는 다음에 할 말을 강조하기 위해 잠시 말을 멈추었다.

"배스컴 씨는……"

그녀는 한 마디 한 마디 또박또박 말했다.

"우리가 미국을 상대로 전쟁을 선포해야 한다고 했어요."

그 순간 마운트조이 백작은 그날 아침에 벌써 두 번째로 외눈안경을 떨어뜨렸다. 벤터는 졸다가 옆구리를 손가락으로 쿡 찔린 듯 소스라치게 놀랐다.

"미국을 상대로 전쟁을 한다고요?"

백작이 소리를 질렀다. 어찌나 충격을 받았는지 미처 외눈안경을 다시 끼지도 못했다. 평소의 그는 안경을 끼고 나야지만 제대로 갖춰 입었다고 생각하는 사람이었다.

"미국을 상대로 전쟁을 한다고요."

글로리아나는 승인을 요구하듯이 위엄 있는 모습으로 무표정하게 같은 말을 반복했다.

백작은 몸서리쳤다. 그는 외눈안경을 원래 자리에 끼우며, 자기의 이런 행동으로 말미암아 뭔가 특별한 기적이라도 일어나서 이 세계가 모두 제정신으로 돌아왔으면 싶었다. 그는 약간 떨리는 긴 손가락으로 은발머리를 쓰다듬었다. 입술에 침을 바르는 것도 잊은 채 거의 넋을 잃고 있었다.

"그 친구는 미쳤습니다."

백작이 간신히 입을 열었다.

"정신이 나간 게 틀림없어요. 그 친구는 위험인물입니다. 그렇게 말을 함부로 하면 심각한 문제가 생길 겁니다. 만약 그 이야기가 미국 신문에라도 나면, 미국 국민들로부터 대대적인 반감을 불러일으켜 우리 와인이 미국 시장에서 불이익을 당하게 될 겁니다. 그렇게 되면 미국과는 물론이고, 사실상 세계 전체와 전쟁을 하게 되는 셈입니다. 결국 모든 것을 잃고 말 거예요! 전하, 배스컴을 얼른 정신병원에 가두어야 합니다. 그 친구가 제멋대로 구는 것도 이 정도면 됐습니다."

벤터도 이 의견에 찬성하는 기색이었다. 공국의 지배자가 조용하게 던진 천만뜻밖의 제안으로 인해, 그는 말문이 막히고 머릿속이 하얘졌다. 하지만 백작이 배스컴에 대한 탄핵 의사를 표시하자 그도 입을 열어, 도대체 어떻게 그런 계획이 나왔는지 묻고 싶었다.

"전하."

백작이 입을 다물자, 벤터가 물었다.

"도대체 배스컴은 미국에 전쟁을 선포하면 무슨 이득이 있다고 생각하는 건가요?"

"그의 말에 의하면, 돈이 필요한데 빌릴 수는 없는 나라가 필요한 것을 얻을 수 있는 유일한 방법이 전쟁이라더군요."

"물론 그렇긴 하죠."

아직도 제정신을 차리지 못한 벤터가 말했다.

"하지만 그러기 위해서는 고려해야 할 문제가 많습니다. 우선 전쟁 과정만 따져보도록 하죠. 제가 알기론 미국 인구는 대략 1억 6,000만 명에 달합니다. 우리는 겨우 6,000명이죠. 미국은 어마어마한 전함과 전투기 편대며, 수백만 가지의 탱크며 중화기며 소화기, 무엇보다도 숫자를 정확히 알 수 없는 원자폭탄과 수소폭탄까지 갖고 있습니다. 그에 비해 우리가 갖고 있는 것은 장궁과 창과 철퇴뿐입니다. 우리가 동원할 수 있는 군대라야 어린아이를 합쳐 남자 1,000명에 불과하고요. 말할 필요도 없이 전쟁을 시작하자마자 지고 말 겁니다."

"그거야 그렇죠."

대공녀가 침착하게 그의 의견에 동의했다.

"우리가 전쟁에 질 것이라는 건 잘 알고 있어요."

"그렇다면 무엇 때문에 싸워야 한다는 겁니까?"

벤터가 말했다.

대공녀는 자신이 그랜드 펜윅의 두 정당 대표들을 어리둥절케 한다는 사실에 만족스런 우월감을 느끼며 의자에 앉은 몸을 뒤로 젖혔다. 그녀는 은제 과일칼을 집어들고 고운 손가락으로 칼날을 만지작거렸다.

"미국인들은 이상한 사람들이에요."

그녀가 말했다. 목소리가 어찌나 컸는지 자기 자신도 놀랄 정도였다.

"그들은 늘 다른 나라들과는 다르게 행동하더군요. 거의 정반대예요. 다른 나라들이 아무것도 용서하지 않는 반면, 미국인들은 그 어떤 것도 용서해요. 다른 나라들이 잘못된 일을 결코 잊지 않는 반면, 미국인들은 거의 기억하는 게 없더군요. 그들은 뭔가를 쉽게 용서하고 또 쉽게 잊어버리는 게 마음속에서 경쟁이라도 하듯 빨라요."

"옳으신 말씀입니다, 전하."

벤터가 말했다.

"하지만 그게 우리가 미국과 전쟁해서 박살 나는 것과 무슨 상관이 있다는 말씀이십니까?"

"그것은 벤터 씨께서 역사에 별로 관심이 없으셔서 그래요."

대공녀가 그를 가볍게 꾸짖듯 말했다.

"마운트조이 백작께서는 그랜드 펜윅의 역사에 대해서는 전문가이시지만, 다른 나라의 역사에 대해서는 전혀 모르시기 때문에 그렇고요. 사실 돈이 필요한 나라에겐 미국에 전쟁을 선포한 다음 지는 것보다 더 수지맞는 해결책이 없어요. 그런 전쟁이라면 영토를 잃을 염려도 전혀 없고요.

일반적으로 패전국에서는 훗날 다시 전쟁에 쓰일 수 있는 중공업 설비 같은 것들을 파괴하고 제거한 뒤에, 다시는 재건할 수 없도록 해야 한다더군요. 허나 이것은 말뿐이지 실제로는 그렇게 하지 않는 경우가 많대요. 그렇게 하면 패전국의 경제가 침체를 면치 못하거나, 다른 적국의 침범에 속수무책으로 당할 수밖에 없으니까요. 그래서 미국인들은 이 두 가지 경우에 대비해 자기네 예산을 들여서 도움을 준다는 거예요.

다시 말하면 미국에 패배한 나라의 국민들은 국가적으로나 개인적으로나 미국의 공격으로 인해 무척이나 고통받고 있다고 간주하는 거죠. 따라서 평화협정에 서명만 하면 곧바로 미국이 어제의 적을 구하기 위해 식량이며 기계, 피복, 돈, 건축 자재에 기술까지 원조한대요.

한 가지 더 있어요. 흔히 패전국은 군대를 해산하고 다시는 조직할 수 없도록 해야 한다고 말하죠. 하지만 조금 지나고 나면 이들 군대야말로 간접적이긴 하지만 확실히 미국의 안전에도 필수적이라는 사실이 드러나요. 그래서 패전국은 자체적으로 육·해·공군을 보유할 수 있게 하거나, 아니면 미군이 무기한으로 주둔하는 거죠.

그런데 미국인들, 특히 미국 군인들은 해외에 오래 머무는 것을 좋아하지 않아요. 그래서 미국은 적국이었던 나라에게 군대를 육성하라고 처음에는 점잖게 요청하다가 나중에는 거의 애걸하는 신세가 되죠. 그러면 패전국들은 자신의 치안 유지와 방어를 위해 자체 군대를 육성하는 조건으로 오히려 필요한 것을 미국에 요구할 수 있어요. 조건 중에는 미국이 거액을 지원한다거나, 신용장 기한을 연장해주거나, 패전국에 유리하도록 무역협정을 갱신해주거나, 운송료를 환불해주거나, 전쟁으로 인해 파괴된 공장을 다시 건설해주거나, 심지어 군사장비를 무상으로 제공해주는 것도 포함되어 있어요.

이런 것만 봐도 돈도 신용도 없는 나라로선 미국에 전쟁을 선포한 다음 완전히 패배하는 것이야말로 무엇보다 확실한 방법 아니겠어요?"

그녀는 두 사람을 향해 인자한 미소를 보냈다.

마운트조이 백작은 사형 선고를 받듯이 대공녀의 말을 듣다가 이야기가 끝날 즈음에는 매우 구미가 당겼다.

"그 계획은 제법 그럴싸하군요."

백작이 말했다.

"그러면 월요일에 전쟁을 선포하고 화요일에 점령당하면, 금요일 저녁쯤에는 우리가 간절히 바라던 것 이상으로 복구가 된다는 것이군요. 제가 배스컴 씨를 이제껏 잘못 보았나 봅니다. 그 친구는 진정한 천재임에 틀림없어요."

"이 계획이 전부 배스컴 씨의 머리에서 나온 건 아니에요."

글로리아나는 장난스럽게 주의를 주었다.

"전쟁을 벌였다가 곧바로 항복하자는 것은 제 생각이에요. 배스컴 씨는 미국을 공격해서 이기자는 쪽이니까요."

"미친 놈 같으니. 역시 미친 놈이야."

백작이 씁쓸한 듯 중얼거렸다.

"하지만,"

대공녀가 말을 이었다.

"어떠한 결과가 나올지는 뻔하니까, 굳이 그 미친 짓을 말릴 이유도 없지 않아요?"

"전혀 없죠."

마운트조이가 기쁜 듯 말했다.

"제 생각에는 우리가 너무 서두르는 것 같습니다."

벤터가 끼어들었다.

"저로선 아직 이해가 안 되는 것이 몇 가지 있어요. 배스컴에게 명예를 지키면서 이 나라를 구하려는 열망이 있다 해도 그렇습니다. 돈이 없다는 것 외에 어떤 이유를 들어 전쟁을 선포하겠다는 겁니까? 평화를 사랑하는 나라, 그것도 매우 큰 나라를 상대로 정당한 이유 없이 전쟁을 선포한다는 것은 야만적인 행위일 뿐인데요."

"아, 그 사람에겐 정당한 이유가 있어요. 아니, 우리에게 있다고 해야겠죠."

대공녀가 대답했다.

"한번 알려지기만 하면 전 세계의 공감을 이끌어낼 만한 충분한 이유가 있으니까요."

"그게 뭔가요?"

"그랜드 펜윅 공국에 대한 미국의 권리 침해요."

그녀가 책상에 있는 묵직한 종을 흔들자, 시종이 조심스레 안으로 들어왔다.

"그 병을 가져와요."

대공녀가 지시했다.

시종은 잠시 후에 눈에 익은 크기와 색깔의 병을 하나 들고 왔다.

"이 상표를 좀 보세요."

글로리아나가 그들 앞에 병을 올려놓으며 말했다. 두 사람은 상표를 읽고 전율했다.

그랜드 엔윅 와인

전문가용

상표에는 그랜드 펜윅의 성 그림이 그려져 있었고, 어느 면
으로 보나 진짜 상표와 흡사한 모양새였다. 상표 맨 아래쪽에
보일락 말락 한 작은 글씨로 다음과 같이 적혀 있었다.

원산지 : 미국 캘리포니아 주 산라파엘

"이 나쁜 놈들!"

마운트조이가 소리치며 벌떡 일어나는 바람에 의자가 뒤로
나동그라졌다.

"그렇게 넘쳐나도록 부자인 녀석들이 우리의 유일한 수입원
마저 빼앗겠다는 건가! 단지 몇 달러 더 벌어먹겠다고 그랜드
펜윅을 사칭하다니, 이 일에 대해서 응당 대가를 치르게 해야
합니다!"

그리하여 추밀원은 물론이고 이후 의회에서도 미국에 대한
전쟁 선포 안건이 만장일치로 가결되었다.

그랜드 펜윅, 미국에 전쟁을 선포하다

미국 국무부의 중유럽 담당 연락사무관인 쳇 베스턴은 다시 운동을 시작해야겠다고 생각했다. 그는 30대 중반으로 매우 활동적이며 범상치 않은 경력의 소유자였다. 컬럼비아 대학에서 정치학과 언론학을 전공했고, 제2차 세계대전 발발과 동시에 육군에 입대했다.

교수들은 그에게 전공을 살려 특수한 분야에 지원해보라고 조언했다. 하지만 진지하고도 깊은 애국심에 사로잡힌 쳇은 그것이 도덕적으로 옳지 않다고 생각했다.

조국을 위해 싸울 사람이 하나라도 아쉬운 판에, 특혜를 바란다는 것은 일신의 안위를 구하는 비겁한 행동이라 생각한 것이다. 그래서 보병 연대의 이등병으로 군 생활을 시작했다. 그는 곧 하사관이 되었고, 이후 낙하산병으로 자원했다가 결국에는 전략사무국†에 들어갔다. 그리고 발칸 지역에서 여러 번 낙하산을 타고 특수 임무를 수행했다.

전쟁이 끝나자 훈장이 한 무더기나 남았지만 정작 마땅한 일자리가 없었다. 그래서 전공을 살려 외교관이 되었고, 국무부의 중유럽 담당 연락사무관이 된 것이다.

"이보게, 무슨 일이든 밑에서부터 배워나가는 게 최고라네."

그를 이 자리에 앉혀준 그리핀 상원의원의 말이었다.

"외국인들 틈에서 자네가 할 수 있는 일은 모두 배우되, 항상 우리나라 사람들에게서 눈을 떼지 말게나. 외국인은 3년 이상 미국에 거주해야 미국인이 되지만, 멀쩡한 미국인도 6개월만 국무부에서 근무하면 완전히 외국인이 되어버리니까. 그리고 특별한 정보가 있으면 내게 즉시 알려주게."

쳇이 알아낸 정보라곤 굳이 열심히, 많이 일하지 않아도 쫓겨날 위험은 없다는 것뿐이었다. 그는 점차 자기 말마따나 '국무부식 조깅'에만 익숙해졌다. 그의 일은 나름대로 집중과 숙련을 요하는 일로서, 오만상을 찡그린 채 사무실에서 사무실 사이를 어슬렁거리는 것이었다. 하는 운동이라곤 이것뿐이었다. 그래서 오늘만큼은 조지타운으로 가서 카누에 올라타고 노를 저어 포토맥 강에서 몇 킬로미터씩 오르락내리락하며 운동할 생각이었다.

사환이 다가와서 매우 길고도 특이하게 생긴 봉투를 책상 위에 올려놓았을 때, 그는 마침 사무실을 떠나려던 참이었다.

"요즘은 어떠세요?"

쳇은 무척 친근한 말투로 물었다. 그는 무려 20년째 국무부 곳곳을 누비고 있는, 이 나이 많은 사환을 안쓰럽게 여겼다. 때때로 그는 이 사환이 일종의 죄수, 커다란 외교적 감옥에 갇힌 수감자나 다름없다고 생각했다.

"그저 그렇죠."

사환은 대답했다.

"기자실 녀석들도 늘 하던 식으로 장난질을 하고요. 그게 다예요."

사환이 고개를 끄덕이며 밖으로 나가자 쳇은 봉투를 집어들었다. 그 위에 찍혀 있는 묵직한 구식 인장이 워낙 별나게 생긴 탓에 이게 뭔가 특별한 것인가 잠깐 긴장을 했다. 하지만 봉투를 열어 내용물을 확인하자마자 그는 킬킬거리기 시작했다.

편지 꼭대기에는 쌍두 독수리 그림이 있었는데, 한쪽 독수리는 "그렇지", 다른 쪽 독수리는 "아니지"라고 말하고 있었다. 그림 바로 아래에는 무척이나 고풍스러운 글씨체로 '그랜드 펜윅 공국'이라고 적혀 있었다. 매우 멋진 필기체로 씌어 있는 내용인즉 다음과 같았다.

미합중국 대통령 및 의회, 그리고 국민 여러분께 인사드리며,

우리 그랜드 펜윅 공화국

은 서기 1370년 건국된 이래   † 미국 중앙정보국CIA의 전신이다.

자주 독립국가로 유지되어온 바,

이러한 자격으로 다른 독립국가와 조약을 체결함에 있어 지난 5세기에 걸쳐 여러 문명국가들 사이에서 그 권리를 인정받아온 바이다.

그랜드 펜윅 공국의 주 수입원은 북부 산악지대 남쪽 사면의 오랜 경작지에서 산출되는 포도로 만든, 이른바 그랜드 펜윅 와인이란 이름으로 유명한 탁월하고 독특한 와인이나,

이 뛰어난 와인의 저질 모조품이 미합중국의 영토 가운데 일부인 캘리포니아 주 산라파엘이라는 도시의 어느 양조장에서 그랜드 엔윅 와인이라는 이름으로 대량생산되어 정품의 절반 가격에 팔리고 있는 바,

이 위조된 제품이 독립국인 그랜드 펜윅 공국의 생계를 심각하게 위협하고 있음을 인지한 바이며, 또한 이러한 불법적인 행동의 시정을 촉구하는 우리의 요구가 미국 정부에 의해 묵살되어온 바로서, 이에 그랜드 펜윅 공국은 위 모조품 와인 판매가 불법한 행위이며, 우리 공국에 대한 지속적이며 계획적인 침해로 간주함을 선포한다.

그랜드 펜윅 공국은 이 문제를 평화적으로 해결하기 위해 모든 노력을 경주해온 바, 지금 이 시간부로 미합중국을 상대로 전쟁에 돌입함을 선포하는 바이다.

서명인

그랜드 펜윅 대공녀 글로리아나 12세
희석당 대표 D. 벤터
반희석당 대표 마운트조이

쳇은 이 문서를 두 번이나 연거푸 읽으며 킬킬 웃어댔다.

"기자 녀석들도 장난치는 데 별 궁리를 다 하는군. 이름 한번 잘도 지어냈네."

그는 이 공문서를 윗옷 주머니에 넣고 카누를 타러 가버렸다. 그런데 아직 숙련되지 않은 탓에 카누가 그만 뒤집어졌다. 덕분에 주머니에 넣어둔 문서도 흠뻑 젖었다. 그는 집에 도착해서 젖은 편지를 말리려고 아파트의 라디에이터 위에 올려놓았다. 그리고 그 사실에 대해서는 까맣게 잊어버리고 말았다.

미국을 공격하기 위한 그랜드 펜윅 원정부대를 구성하는 일은 대공녀나 양당 대표들이 예견했던 것보다 훨씬 복잡했다. 마운트조이 백작은 굳이 원정부대를 조직할 필요는 없다고 생각했다. 전쟁 선포만으로도 충분하다고 생각했기 때문이다. 이 소식이 전 세계로 퍼지고 나면 재빨리 항복하고, 그러면 미국으로부터 엄청난 지원이 쏟아지리라는 것이 그의 계산이었다.

하지만 전쟁을 선포한 지 4주가 지나도록 미국은 침묵만 지킬 뿐이었다. 어떤 반응이라도 보였다면 대환영이었을 텐데, 이건 아예 관심도 없었다. 차마 대공녀에게 이야기하진 못했지만, 백작은 때때로 하늘을 쳐다보면서 이러다가 미처 항복할 새도 없이 원자폭탄이 떨어지지나 않을까 걱정하는 게 버릇처럼 되었다. 그랜드 펜윅 내에는 미국 대사관이 없었기 때문에, 그는 결국 대공녀에게 허락을 구한 뒤 프랑스에 있는 가장 가까운 미국 영사관으로 가서 확인해보기로 했다.

그가 만난 미국 사람들은 사연을 듣고 모두 빙그레 웃거나, 아예 대놓고 킬킬거렸다. 어떤 사람들은 왁자지껄 웃음을 터뜨리기도 하고, 재미있다는 듯 그의 등짝을 두들기거나, 혹은 누구랑 내기를 하기에 이런 장난을 치냐고 묻기도 했다. 이런 일들을 글로리아나 대공녀에게 보고하기란 정말로 굴욕적이었다.

이런 시점에서 원정부대를 결성해서 진짜로 전쟁을 시작하자는 결정이 내려졌다. 털리 배스컴은 그랜드 펜윅의 육군 최고사령관으로 임명되었고, 미국 침공을 위해 필요한 군사를 징집하라는 명령을 받았다.

그는 중기병 세 명과 장궁수 스무 명만 있으면 충분하다고 생각했다. 옛날부터 전해지는 공국의 법률에 의하면, 전쟁 발발 시 필요한 경우, 신체 건강한 모든 남자들은 계급에 따라 무기와 장비를 갖춘 다음 모이도록 되어 있었다. 결전의 날이 오자 가죽 저킨이며, 미늘, 쇠사슬 갑옷을 머리와 목과 어깨에 걸친 700여 명의 남자들이 활, 화살통, 작고 둥근 방패, 단검, 철퇴, 창을 들고 모여들었다.

그랜드 펜윅 국민들은 전쟁을 적극 지지했다. 싸구려 모조품을 생산하여 자국 와인의 판로와 평판을 위협하는 캘리포니아 양조업자의 행위에 온 국민이 분노하고 있었기 때문이다. 모두가 군에 입대하여 자기네 물건이며, 기술이며, 선조들에 대한 모욕에 복수하고 싶어 했다. "우리 와인을 지키자"라는 구호가 인기를 끌었고, "사기꾼을 물리치자"라는 구호는 전쟁을 승리로 이끌어야 하는 고매한 목표가 되었다. 어른은 물론이고 아이들도 전쟁에 사로잡혀서, 공국의 골목마다 손에 작은 장난감 활을 들고 머리에는 투구 대신 냄비를 뒤집어쓴 꼬마들이 군인 처럼 열을 지어 행진하곤 했다.

이러한 열기 속에서 원정부대원을 스물세 명만 뽑아야 한다 는 것은 털리 배스컴에게 너무 힘든 일이었다. 그는 실기시험 을 거쳐 오십 보 밖에서도 과녁판 한가운데 있는 도토리를 절 반으로 쪼갤 수 있는 뛰어난 궁수 스무 명을 선발했다. 중기병 세 명을 뽑기는 훨씬 쉬웠다. 공국 안에서 창과 철퇴를 가진 사 람은 스무 명 남짓이었기 때문이다. 물론 이들 중에서도 대부 분은 탈락했지만 말이다.

곧이어 그랜드 펜윅 군대의 혹독한 훈련이 시작되었다. 모두 가 완전 군장을 갖추고 산을 오르내렸으며, 얼음처럼 차가운 강물을 건너고, 건너고, 또 건넜다. 궁수들은 혼자서 활을 쏘거 나, 여럿이 한꺼번에 쏘거나, 혹은 한 사람씩 돌아가면서 연달 아 쏘는 훈련을 했고, 두 무리로 나누어 서로를 공격하는 야간 전투 훈련까지 마쳤다. 마침내 털리는 미국을 침공하기 위한 원정부대가 출전 태세를 마쳤다고 보고했다.

하지만 어느 누구도, 심지어 대공녀조차도 원정부대가 어떻 게 미국까지 갈지는 미처 생각하지 못했다. 글로리아나는 이 문제를 정당 대표들에게 위임했고, 대표들은 이 문제를 또다시 군 최고사령관인 털리 배스컴에게 떠넘겼다. 털리가 의회에 출 석하여 전쟁에 돌입할 준비가 되었다고 보고하자, 추밀원은 당 황해서 어쩔 줄 몰랐다.

"사실,"

마운트조이 백작이 말했다. 그는 날이 갈수록 원자폭탄 때문에 점점 불안해져서, 전쟁 선포가 미국의 비위를 거스르지 않았으면 하는 마음이 간절했다.

"우리가 굳이 비용을 들여가면서 군대를 대서양 건너로 보내 미국을 침공할 필요는 없네. 이 전쟁을 하는 목적은 돈을 벌기 위해서이지, 돈을 쓰기 위해서는 아니니까 말일세. 차라리 리옹에 있는 미국 영사관을 공격하는 건 어떨까? 매일 한 차례씩 그곳을 오가는 버스 편이 있으니, 기차로 가는 것보다는 싸게 먹힐걸세."

털리는 백작을 향해 마치 철제 장갑으로 얼굴을 한 대 갈겨 주고 싶다는 듯한 경멸의 표정을 지어 보였다.

"조국을 위해 기꺼이 목숨을 내놓겠다는 사람들에게 한 사람당 단돈 2실링도 아깝다는 건가요?"

그가 말했다.

"무장도 하지 않은 미국 영사관을 공격하고선 적의 무장 세력을 공격했다고 우길 셈이군요. 우리 그랜드 펜윅의 군대를 무슨 유명한 교수의 처형에 항의하기 위해 거리로 나온 학생들 떼거리로 보시는 겁니까? 우리는 지극히 명예로운 이유로 전쟁을 선포했습니다. 따라서 적을 상대로 명예롭게 전쟁을 치러야 합니다."

"어쩌면 말일세."

마찬가지로 비용 문제를 걱정하던 벤터가 제안했다.

"특별세를 부과하면 그럭저럭 정기여객선으로 우리 군대를 미국까지 보낼 자금은 생길 걸세. 물론 3등석으로 가야 하고, 외교 문제가 발생할지도 모르니 중립국의 배를 골라야겠지."

"그렇게 도착한다고 해도 미국 세관과 입국심사대는 어떻게 빠져나가겠습니까?"

틸리가 반박했다.

"싸워보지도 못하고 모조리 엘리스 섬†에 억류될 가능성은 생각해보시지 않았습니까? 아니면 미국이 자기 나라를 공격하려는 우리에게 순순히 비자를 발급해줄 만큼 관대한 나라라고 생각하시는 겁니까?"

"나는 도움이 될까 해서 한 소릴세."

벤터가 풀이 죽어 대답했다.

"자네 말대로 우리는 지금 전쟁 중이니 앞으로 그 사실을 명심하겠네. 자네가 적절한 제안을 해주면 내가 전적으로 지원하지."

"미국까지 가는 유일한 방법은 배를 한 척 빌리는 겁니다."

틸리가 대답했다.

"작은 배를 한 척 빌려서 원정부대를 미국까지 데려갔다가 도로 데려오는 겁니다. 명예를 위해서 배에는 당연히 그랜드 펜윅 국기를 달아야지요. 다른 국기가 달린 배를 타고 가진 않을 겁니다. 배의 선장은 어디에 상륙할 것인지를 비롯한 모든 일에 전적으로 제

† 미국 뉴욕 만의 작은 섬. 19세기 말부터 20세기 중엽까지 외국에서 온 이민자를 격리 수용하던 검역소가 있었다.

지시를 따라야 합니다."

"그럴 만한 배가 있나요?"

글로리아나가 물었다.

"예."

틸리가 대답했다.

"제가 지난번 미국에 갈 때 마르세유†를 출발해 노바스코샤††까지 가는 범선에 선원으로 탔거든요. 배의 이름은 엔데버⌖ 호입니다. 우리의 임무에 딱 어울리는 이름이죠. 제 생각에는 적당한 가격으로 빌릴 수 있을 것 같습니다. 다른 대안이라면, 우리가 미국까지 갈 수 없어서 전쟁을 취소하기로 했다고 공국 사람들에게 말하는 겁니다. 물론 그렇게 하면 분명 좋지 않은 상황이 벌어지겠지만요."

어느 누구도 다른 제안을 내놓지 못한 까닭에, 결국 엔데버호를 빌리는 것으로 결론이 났다. 비용은 공국 내에서 마시는 와인 한 잔당 1페니씩 특별세를 물려서 충당하기로 했다. 확고한 대의명분이 있었던 탓에, 이후 2주 동안 그랜드 펜윅의 와인 소비량은 사상 최대로 증가했다.

드디어 원정부대가 출발하는 날 아침이 되었다. 부대는 성의 안마당에 소집되었다. 선두에는 햇빛 속에 근사하게 반짝이는 갑옷 차림의 틸리가 서 있었다. 그 옆에는 커다란 칼을 차고 손에는 펄럭이는 그랜드 펜윅의 쌍두 독수리 깃발을 든 기수가 서 있었다. 그 뒤에는 세 명의 중기병이 갑옷 차림에 장검을 들고 서 있었다. 그들은 불편할까 봐 창을 휴대하지 않기로 결정했다.

후미에는 가죽 저킨과 바지 차림에 갑옷으로 된 가슴받이를 착용하고, 등에는 180센티미터짜리 장궁을 둘러메고, 팔에는 둥근 방패와 화살이 가득한 화살통을 든 장궁수들이 네 명씩 다섯 열을 지어 서 있었다.

글로리아나는 출발 직전에 이들을 사열하고, 비록 적이 강대국이긴 하지만 일당백으로 적을 물리쳤던 선조들을 본받으라고 말했다.

"여러분은 혼자 싸우는 것이 아닙니다. 여러분의 깃발 아래 지금까지 조국을 위해 싸웠던 모든 분들의 영혼이 모여 있기 때문입니다. 그들의 영혼이 여러분에게 일당백의 강력한 힘을 부여할 것입니다. 만약 여러분이 죽는다면 여러분은 이 세상에서 가장 용감한 사람들 무리에 속하게 될 것입니다. 여러분 이전에 같은 이유로 죽었던 사람들과 함께 말입니다. 여러분이 살아 돌아온다면, 동료들로부터 부러움을 살 것이며, 축복 속에 기억될 것이며, 진심으로 애정과 존경을 받는 영예를 누릴 것입니다. 자, 이제 조국을 위해 최선을 다해 싸워주십시오. 여러분이 날리는 화살 하나하나가 여러분의 조국에 자유를 가져다준다는 사실을 명심하시기 바랍니다."

그녀는 털리를 쳐다보았다. 그가 칼을 뽑아 경례하는 순간, 전에 발견하고 놀랐던 로저 펜윅 경의 모습을 또다시 보았다. 잠깐 동안이지만

† 프랑스 남부의 무역항.
†† 캐나다 남동부의 반도.
‡ '노력', '시도'라는 뜻.

태양이 그의 위에서 더욱 찬란하게 빛나는 것 같았고, 어느 누구보다도 남자다워 보였다.

큰 북과 트럼펫 소리가 울리는 가운데 부대는 털리의 인솔 하에 성의 안뜰을 벗어났다. 그리고 언덕 아래로 내려가 다리를 건너 공국의 국경 쪽으로 향했다. 도로변에는 어린아이들이 줄지어 서서 박수를 보냈고 노인들과 젊은 여자들이 양 옆에서 이들을 따라갔다. 이들은 그랜드 펜윅에 옛날부터 전해지는 군가軍歌를 부르고 있었다.

"구부러진 지팡이와 회색 거위 날개여."

우는 사람도 있고 축하하는 사람도 있었다. 그랜드 펜윅의 국민들은 모두가 그들을 매우 자랑스러워했다.

국경을 벗어나자마자 이 작은 부대는 갑옷 차림에서 민간인 복장으로 갈아입고 마르세유 행 버스에 올라탔다. 그러고 나서야 전송 나온 사람들도 모두 집으로 돌아갔다.

코킨츠 박사는 비밀무기 제작 중

미국 대통령은 백악관의 집무실 책상 앞에 앉아 반점 투성이 손으로 드문드문한 머리카락을 쓸어넘기고 있었다. 겨우 아침 9시였는데도 그는 매우 지쳐 있었다. 두통을 느꼈지만 참는 게 낫다고 생각했다. 백악관 주치의에게 이야기하면 혈압 측정이니 심전도 검사니 하며 길고 긴 검사가 줄줄이 이어질 것이 뻔해서였다.

차라리 아스피린이나 두 알 먹고 서너 시간 푹 자고 싶었다. 어젯밤 새벽 두 시에 코킨츠 박사가 전화를 하는 바람에 뜬눈으로 밤을 샜기 때문이다.

코킨츠 박사는 이렇게 말했다.

"대통령 각하, 드디어 계획이 완성되었습니다. 그것도 아주 성공적으로요."

그는 비몽사몽간에 뭐라고 대답했는지 기억할 수 없었다. "다행이군"이었나? 아니면 "음냐, 그럼 아침에 보세"라고 했나. 어쨌든 그는 수화기를 내려놓고 다시 자려고 했다. 하지만 꿈 때문에 금방 깨고 말았다. 엄청난 열기 속에서 사람들이 햇빛 아래 녹아내리는 고드름처럼 점점 줄어들더니 결국에는 점처럼 작아지다가 흔적도 없이 사라져버리는 꿈이었다.

대통령은 수화기를 들고 교환원에게 말했다.

"국방부 장관하고 원자력위원회의 그리핀 상원의원을 연결해서 가능한 한 빨리, 남의 눈에 띄지 않게 오라고 해주게. 그리고 코킨츠 박사한테도 연락하게. 그 친구도 보고 싶으니까."

그러고 나서 그는 창문 가까이로 가서 뒷짐을 진 채 창밖의 잔디밭을 바라보았다.

10분 정도 뒤에 국방부 장관과 그리핀 의원이 들어왔다.

"좋은 아침일세."

대통령이 유쾌하게 말하며 책상 양쪽에 있는 의자에 앉으라고 손짓했다. 그는 남들 앞에서 유쾌한 척하는 데 익숙했다. 전혀 유쾌하지 않은 상황에서도 말이다.

"자네들한테 할 이야기가 있네."

그가 씩 웃으며 말했다.

"진짜 끝내주는 거라고."

대통령은 그리핀 상원의원의 얼굴에 떠오른 걱정스런 표정을 눈치 채고 한마디 덧붙였다.

"정치적인 문제는 아닐세, 그리프."

상원의원은 겸연쩍은 듯 웃었지만, 대통령의 말에 안심했다. 의원은 작은 키에 머리가 허옇게 세고 얼굴이 붉은 남자로, 불독처럼 땅딸막했으며 항상 옷깃에 빨간 장미꽃 무늬가 작게 새겨진 얇은 회색 모직 양복을 입었다. 그는 서부 출신이었고, 외모와는 전혀 어울리지 않게 느리고 점잔 빼는 말투였다. 겉으로만 보면 사소한 일에도 습관적으로 화를 폭발시킬 것 같았다. 실상 그는 매우 점잖은 사람으로 여간해서는 흥분하지 않았지만, 어찌 되었든 그 외모 덕분에 그를 싫어하는 유권자들조차 주눅이 들 정도였으니 정치적으로 유용한 면이 없지 않았다.

이와는 대조적으로 국방부 장관은 생쥐를 연상시켰다. 이런 인상은 뭔가 이야기할 때면 손가락 세 개를 아랫입술에 신경질적으로 갖다대는 버릇 때문에 더욱 두드러졌다. 이것은 다른 사람들이 자신의 발언을 반박할까봐 초조해하고 있다는 표시였다. 주위 사람은 정말 아무 생각이 없었는데도 말이다. 때때로 대통령은 그가 육군이나 해군 군악대의 연주 소리에 예민해진 나머지, 뭔가 중요한 순간에 실수를 저지르지는 않을까 우려할 정도였다. 장관은 자기 임무를 잘 수행하고 있었지만, 무슨 일이 있어도 오후 다섯 시 반만 되면 칼같이 퇴근하는 습관 때문에 엄청난 공처가라는 소문이 돌았다.

두 사람이 대통령 옆에 앉자마자 코킨츠 박사가 나타났다. 그는 평소처럼 회색 스웨터 차림에, 한때는 짙은 회색이었지만 지금은 낡아서 녹색이 되어버린 바지를 입고 있었다. 구겨진 재킷은 단추도 채우지 않은 상태였다. 그가 입고 있는 것은 직접 디자인한 스포츠 재킷이었다. 옷깃이 없는 대신 사방에 무수히 많은 주머니가 달려 있어서 종잇조각이나 몽당연필을 넣어두기에 안성맞춤이었다. 코킨츠 박사는 종이나 연필을 찾느라 시간을 허비하고 싶지 않아서 늘 이런 식으로 가지고 다녔다. 양쪽 주머니는 노새의 안장에 달린 주머니마냥 뭔가 잔뜩 들어 있는 듯 부풀어 있었다. 한쪽 주머니에는 커다란 파이프와 그에 못지않은 담배주머니가 들어 있을 것이다. 또 다른 주머니에는 오늘 점심에 먹을 샌드위치나, 아니면 어제 점심에 먹으려던 샌드위치가 들어 있을 것이다. 코킨츠 박사는 원체 바쁘고 정신이 없는 탓에 밥 먹는 것도 종종 잊어버리곤 했다.

그는 날카로워 보이는 흰 얼굴에 풍성한 검은 머리카락을 지니고 있었다. 그의 눈은 도수가 높은 두꺼운 안경 뒤에서 툭 튀어나와 있었기 때문에, 마치 뭔가에 놀라 집 밖을 조심스럽게 엿보고 있는 심해 생물 같은 인상이었다.

"좋은 아침입니다, 대통령 각하."

박사가 입을 열었다.

"그리고 여러분."

그는 다른 두 사람에게도 차분하고 정중하게 허리를 숙여 인사했다. 그는 훌륭한 영어를 구사했지만 어딘가 모르게 외국어의 억양이 남아 있었다. 발음이 이상한 것은 아닌데, 미국 태생이 아닌 것은 분명해 보였다.

잠깐 동안 어색한 침묵이 흘렀다. 9시 15분을 알리는 경쾌한 시계 종소리가 울렸고, 창밖 발코니에서는 푸른 어치들이 짹짹

지저귀는 소리가 들려왔다.

"새한테 모이를 주셨습니까, 대통령 각하?"

코킨츠 박사가 물었다.

"새들은 빵조각 몇 개만 줘도 무척 좋아하죠."

그는 샌드위치를 넣어둔 주머니를 뒤적였다.

"새 모이는 나중에 줍시다."

대통령은 미소를 지으며 대답하고는 말을 계속했다.

"국방부 장관과 그리핀 상원의원은 만나보신 적이 있죠? 제가 이분들을 모신 까닭은 그 계획 때문입니다. 어제 저한테 전화로 계획이 매우 성공적으로 완성되었다고 하셨지요. 자세한 이야기를 듣고 싶습니다. 오늘 여기서 나온 이야기를 다른 데로 옮겨서는 안 된다는 것은 굳이 말할 필요도 없겠지요."

"아, 그렇죠. 그 계획이요."

코킨츠 박사는 아쉽다는 듯 샌드위치를 도로 집어넣으며 말했다.

"예, 계획은 완성되었습니다. 완성됐고말고요. 해군이 계산기를 빌려주어서 큰 도움이 되었지요. 그렇지 않았더라면 아마 2년은 걸렸을 겁니다. 해군 덕분에 1개월 만에 끝낼 수 있었죠. 아, 물론 기계에 문제가 좀 있어서 그걸 해결하느라 1년을 소비하긴 했지만요. 언젠가는 그런 문제를 해결할 수 있는 기계가 나왔으면 좋겠다는 생각이 들더군요. 다 지나간 일이지만 말입니다. 자, 완성품은 여기 있습니다."

그는 어렵사리 오른쪽 주머니에서 커다란 움폴 파이프와 담배주머니를 꺼냈다. 그가 파이프를 입에 물고 주머니를 열었기 때문에, 사람들은 박사가 담배를 피우려나 보다 하고 생각했다. 하지만 그는 주머니 안에서 엄지와 검지로 뭉툭한 금속 원통을 하나 꺼냈다. 작은 실패만 한 크기였다. 박사가 군데군데 담뱃가루가 묻은 원통을 책상 위에 올려놓자, 원통이 대통령 쪽으로 데굴데굴 굴러갔다. 대통령은 원통을 집어 손바닥 위에 올려놓고 무게를 가늠하더니, 뭔가 의문에 잠긴 듯 한쪽 눈썹을 찡그리며 다시 책상 위에 내려놓았다.

"이거 하나면 주위 300만 제곱킬로미터 이내는 완전히 잿더미로 만들 수 있습니다. 어쩌면 그 이상도 가능하고요. 과학자들이 원래 그렇잖습니까. 뭐든지 직접 실험해보기 전에는 확신하지 못하지요."

다른 두 사람은 호기심과 두려움이 뒤섞인 표정으로 작은 원통을 바라보았다.

먼저 말을 꺼낸 사람은 국방부 장관이었다. 그는 손가락 세 개를 아랫입술에 지그시 대더니, 마치 반에서 혼자 일어나 질문을 하는 어린아이마냥 초조한 표정으로 물었다.

"이게 도대체 뭐죠?"

"쿼디움†입니다."

코킨츠 박사가 말했다.

"수소의 한 형태로 지난 수십억 년 동안 이 우주공간에서는 발견된 적이 없는 녀석이죠. 정확히 얼마나 오래인지는 짐작할 수도 없습니다. 수소의 한 형태라고 말씀드린 까닭은 그래야만 일반인도 이해하기가 쉽기 때문이죠."

그는 변명하듯 약간 미소를 지었다.

"말하자면 물에서 발견되는 수소와 비슷한 원소라고 할 수 있습니다. 마치 사람하고 유인원이 비슷하듯 말입니다. 원자 구조처럼 복잡한 부분까지 구체적으로 말씀드리진 않겠습니다. 다만 이 원자의 질량 차는 지금까지 확인된 다른 어떤 것보다도 더 크다는 걸 말씀드리고 싶군요."

"질량 차라고요?"

국방부 장관이 물었다.

"원자들을 한데 묶는 힘을 가리키는 말이죠."

그리핀 상원의원이 거만한 투로 말했다.

"원자가 서로 떨어질 때 생겨나는 힘의 단위이기도 하고요. 맞습니까, 박사님?"

"맞습니다."

코킨츠가 대답했다.

"더 구체적으로 말씀드리면 오해하시거나 잘못된 인상을 받으실 수 있을 겁니다. 원자폭탄이라는 것은, 더 정확히 말하자면 플루토늄 폭탄이라는 것은, 원료로 사용된 플루토늄으로부터 겨우 0.1퍼센트만을 에너지로 변환시킨 것입니다. 하지만 쿼디움 폭탄은 그 100배인 무려 10퍼센트를 에너지로 변환시킬 수 있습니다. 따라서 플루토늄 폭탄과는 발생하는 에너지 단위부터 다릅니다.

† 사중수소四重水素라는 뜻. 수소폭탄은 중수소와 트리티움(삼중수소)의 반응으로 강력한 폭발력을 가지므로, 쿼디움은 일반 수소폭탄보다 훨씬 강력하다는 의미를 담고 있다. 물론 실재하는 원소는 아니다.

이 수소는 수십억 년 전에나 지구상에 존재했던 것으로, 한때 지구가 태양 표면의 수천 배에 이르는 고온으로 불타던 행성이던 시절의 주요 구성 물질로 알려져 있습니다. 쿼디움은 완전히 소진되고 나서 보다 밀도 높은 원자핵으로 변환되었고, 지구는 그 이후에도 수백만 년을 더 불타오른 뒤에 차차 식으면서 생명이 출현했습니다.

아마도 쿼디움이 최초로 불을 만들어낸 존재가 아닐까 싶습니다. 태양에는 쿼디움 성분이 없거든요. 까마득한 옛날에 이미 다 소진되었죠. 제가 알기로는 현재 우주공간 그 어디에서도 쿼디움을 발견할 수는 없습니다. 지금 각하의 책상 위를 빼면 말입니다."

"전혀 발견할 수 없다고요?"

그리핀 상원의원이 말했다.

"전혀요. 이것뿐입니다."

코킨츠 박사가 작은 원통을 가리키며 말했다.

9시 반을 알리는 시계 종소리가 나자 푸른 어치도 놀라서 잔디밭으로 날아가버렸다.

"이걸로 뭘 할 수 있소?"

대통령이 물었다.

코킨츠는 원통을 집어올려 두꺼운 안경에 가까이 대고 본 뒤에, 진저리가 난다는 표정으로 다시 책상 위에 올려놓았다.

"파괴를 목적으로 하는 어디에든 효과적으로 사용할 수 있을 겁니다. 이것에 비하면 원자폭탄이야 어린애 장난감이지요. 이

걸 소유한 나라는 마음만 먹으면 대륙 전체를 완전히 날려버릴 수 있습니다. 단 한 방에 전쟁이 끝나는 것이지요. 실제로 사용된 쿼디움의 양과는 상관없이, 폭탄의 위력은 현재로선 정확한 예측이 불가능합니다. 다만 이론상으로는 북아메리카 대륙 정도는 완전히 박살 낼 수 있다는 겁니다. 어쩌면 남아메리카까지도요."

다시 한 번 침묵이 흐르고, 이제는 규칙적으로 돌아가는 시곗바늘 소리밖에 들리지 않았다. 대통령은 원통을 바라보고는 이렇게 말했다.

"박사님께서 생각하시기에는 다른 나라가 쿼디움에 대해 알아내고 우리를 따라잡는 데 얼마나 걸릴 것 같습니까?"

코킨스는 어깨를 으쓱했다.

"5년쯤 걸릴까요? 어쩌면 2년밖에 안 걸릴 수도 있고요. 하여간 그 전후일 겁니다. 문제는 정보가 얼마만큼 새나가느냐에 달려 있습니다. 몇몇 나라가 핵실험에 성공했다고는 하지만, 실제로 원자폭탄을 보유하고 있는지는 확신할 수 없습니다. 하여간 안전이라는 측면에서는 다른 나라도 사용 가능한 원자폭탄을 보유하고 있다고 가정하는 편이 낫겠지요. 만약 그렇다면 그것이 쿼디움 폭탄으로 가는 첫걸음입니다.

아시겠지만 원자폭탄의 위력에는 한계가 있습니다. 한계는 어떤 물질을 얼마나 사용해 핵분열을 하느냐에 따라 결정됩니다. 정도껏 사용하면 제대로 폭발합니다. 하지만 지나칠 경우에는 오히려 폭발하지 않습니다. 일반적으로 가장 강력한 원자폭탄은 TNT 같은 고성능 폭탄 12만 톤의 위력에 맞먹는다고 하죠."

그는 말을 멈추고 두꺼운 안경을 벗어 윗옷에 달린 수많은 주머니들 중 하나에 집어넣은 다음, 눈을 다치기라도 한 듯 속눈썹을 깜빡였다. 사람이 견딜 수 없을 정도로 강한 빛에 노출되면 꼭 지금의 코킨츠 박사처럼 오그라들 것 같았다. 그는 등을 굽히며 팔을 앞으로 맥없이 늘어뜨렸다. 그리고 말을 이었다.

"중수소重水素 폭탄이란 언론에서 수소폭탄이나 지옥폭탄†이라고 부르는 것인데, 가장 강력한 원자폭탄보다도 50배나 더 셉니다. 비교하자면 TNT 750만 톤과 맞먹는 폭발력이죠. 그보다 더할 수도 있고요.

그 외에도 트리티움 폭탄이 있습니다만, 언론에서는 아직 어울리는 별명을 만들지 못한 모양입니다. 트리티움 폭탄은 자체 폭발만으로도 최소한 TNT 2,200톤에 맞먹는 위력을 지닙니다. 이 역시 실제 위력은 그 이상일 겁니다. 얼핏 생각해도 그럴 것 같더군요. 물론 어디까지나 폭탄에 들어가는 중수소나 트리티움의 양이 같다는 전제 하에서 그렇다는 겁니다."

"트리티움 폭탄이라고요?"

국방부 장관이 물었다.

"그것도 수소의 한 형태입니다. 쿼디움과 마찬가지로 자연 상태에는 존재하지 않지만, 지구가 백열白熱 상태에 있을 때부터 지구상에 존재했습니다. 영국의 물리학자 러더포드 경††이 1935년에 최초로 샘플을 만들어냈습니다. 하지만 그건 단지 화학적인 호기심 때문에 만든 것이었고, 처음에는 중수重水†라고 불렀죠. 당시에는 폭탄보다는 염색을 효율적으로 하는 데 중요한 재료로 사용될 것이라고 예상했습니다. 그때만 해도 폭발물보다는 독가스나 화염방사기 등이 더 위협적이었으니까요.

쿼디움 폭탄은 최강의 무기가 될 것입니다. 액체 상태의 쿼디움을 가득 채운 이 작은 원통 하나만으로도 TNT 1억 톤 정도에 맞먹는 위력을 낼 수 있으니까요. 이건 단지 계산상으로만 그렇다는 것입니다. 뉴욕이나 워싱턴, 보스턴, 필라델피아 같은 도시 하나를 날려버릴 폭탄은 물론이고, 미국 대륙 전체를 날려버릴 수 있는 폭탄도 만들 수 있어요."

이야기하는 내내 코킨츠 박사는 눈부신 서치라이트 앞에 선 사람처럼 구부정하고 움츠러든 듯 보였다. 말을 마치자 그제야 긴장을 풀고 주머니에서 안경을 꺼내 쓰더니, 마치 고된 시련을 통과한 사람처럼 세 사람을 향해 미소를 지었다.

"불과 2년에서 5년 내에 다른 나라들도 이 쿼디움 폭탄을 만들 수 있다고 생각하시는 겁니까?"

대통령이 굳은 얼굴로 물었다.

"그렇다고 생각합니다."

코킨츠가 말했다.

"그러기 위해서는 우선 정확한 원자 구조를 파악해야 합니다. 그걸 계산해내

† 수소폭탄은 가리키는 은어.

†† 어니스트 러더포드(1871-1937) 뉴질랜드 출신으로 케임브리지 대학에서 우라늄의 방사선을 연구했다. 이 과정에서 방사선의 성분에 두 종류가 있음을 발견하고 이를 '알파 α'와 '베타 β'라고 명명했다. 이후 원자 연구를 거듭해 원자핵의 존재를 설명하여 1908년에 노벨화학상을 받았다. 현대 원자물리학을 개척한 핵심적인 인물로 평가받는다.

‡‡ 중성자를 흡수하므로 원자로의 중성자 감속재나 냉각재로 사용된다.

는 것이 무척 힘들거든요. 아, 저야 해군 계산기의 도움을 받았고 말입니다. 그러고 나면 기계 장치며 작동 장치를 설계해야 합니다. 그 과정에서는 상당량의 방사능이 유출되죠. 제 생각에는 2년 정도 걸릴 것 같습니다. 물론 다른 나라는 사이클로트론† 대신에 우주선宇宙線†† 을 사용해서 비효율적으로 원자핵을 연구해왔다는 사실을 기억해야 합니다. 우주선은 우리가 발명한 입자가속장치에 비하면 핵분열의 촉매로서 위력이 훨씬 약합니다. 하지만 여러 가지 요인으로 인해 핵분열 과정은 느립니다. 어쩌면 그들도 우연히 쿼디움의 원자 구조를 파악하는 데 이르렀는지도 모르죠. 사실 그것이 이 원소를 발견하는 첫 단계입니다. 그러나 아직 확실한 것은 아무것도 없습니다."

"그들이 쿼디움을 생산하기 시작하면, 그걸로 폭탄을 만들기까지 얼마나 걸릴까요?"

"그것도 답하기 어렵습니다. 변수가 너무 많아서요. 이론적으로야 쉽지요. 쿼디움은 섭씨 5,000만 도가 되기 전까지는 폭발하지 않습니다. 하지만 보통 원자폭탄이 터지면 초당 수천억 도의 열이 발생하죠. 그 정도면 쿼디움이 폭발하기에 충분합니다. 따라서 쿼디움을 원자폭탄 한가운데 집어넣기만 하면 쿼디움 폭탄을 만들기도 그리 어렵지 않습니다. 우리에게 어려운 일이 아니라면 다른 나라들에게도 마찬가지죠. 하지만 말씀드렸듯이 원자폭탄은 첫걸음에 불과합니다. 필수적인 도화선만 만든 상태죠."

대통령은 자리에서 일어나 창문 쪽으로 가서 바깥을 내다보왔다.

"한 가지만 물어봅시다."

그는 사람들을 등진 채 말했다.

"폭발의 열기나 빛에 의한 심각한 파괴 외에 다른 여파가 있을까요? 방사능 오염 같은 후폭풍이 있느냐는 겁니다."

"몇 가지 흥미로운 결과가 예상되기는 합니다."

코킨츠가 천천히 말했다.

"중성자가 분출되면 분명히 대기의 질소와 부딪쳐 원자핵을 분열시켜서 탄소 14라는 물질을 만들어낼 겁니다. 탄소 14의 정확한 성격은 아직 밝혀지지 않았습니다만 매우 유독한 성분인 것만은 확실합니다. 이 물질은 포유류의 불임을 유발하고, 토양에도 영향을 끼칩니다. 이 물질이 쌓인 토양은 황무지가 되다시피 할 겁니다. 변종이나 괴물이 나올 가능성도 있습니다. 인간을 포함한 동물계는 물론이고 식물계에서도 말입니다. 탄소 14는 매우 안정적인 물질이기 때문에 쉽게 없어지지도 않습니다. 일단 한번 생성되면 최소한 몇 세기 동안은 지구 표면을 황폐화시키며 떠돌아다닐 겁니다."

"그렇다면 이 폭탄의 폭발보다도 그 여파가 더 끔찍할 수 있다는 것인가요?"

대통령이 물었다.

"훨씬 더 끔찍하죠. 지금 각하 앞에 놓인 정도의 쿼디움을 장착한 폭탄이라면,

† 입자가속장치.

†† 우주에서 지구로 쏟아지는 미립자와 방사선을 총칭하는 말.

그 열기로 인해 허리케인 같은 폭풍이 이 대륙과 대양 전체에 무수히 발생할 것입니다. 그 정도 폭풍이면 심각한 해일을 일으켜 세계 곳곳에 예상치 못한 피해를 끼칠 수도 있습니다. 그 폭풍이 지나가면 어느 누구도 살아남지 못할 것입니다. 모두 완전히 박살 날 테니까요. 폭탄의 열기는 지구 깊숙이까지 미칩니다. 그러면 화산 폭발과 지진도 잇따르겠지요. 말하자면 불로 유리구의 한 점을 계속 가열하는 식입니다. 그러면 유리는 녹아버리거나, 아예 깨지겠죠. 과장처럼 들릴지도 모르지만, 이 폭탄의 위력은 지구 표면이 태양 표면에 1천억 분의 1초 동안 맞닿은 결과에 버금갈 겁니다."

"결국 아무도 살아남지 못하겠군요."

그리핀 상원의원이 말했다. 혼잣말이라기보다는 다른 사람들 보고 들으라고 한 말이었다.

코킨츠 박사는 슬픈 얼굴로 대통령을 바라보았다.

"이번 프로젝트는 제가 한 일 중에서 가장 흥미로운 일이긴 했습니다."

그는 말했다.

"때때로 각하에 대한 저의 충성이 혹시 메피스토펠레스가 파우스트에게 가진 감정과 비슷한 게 아닌가 하는 의구심이 들었지만 말입니다. 이런 연구를 혼자 수행하다 보면 누군가의 동료가 되지도 못하고, 정신적으로 고립되고 맙니다. 제가 그랬지요. 그렇다고 제 지식을 누군가에게 물려줄 수도 없고요. 이러다가는 제가 인류의 운명을 결정하는 전지전능한 힘을 지니고 있다는 느낌이 점점 강해지면서, 어린 시절부터 형성된 인격조차 바뀔 위험이 있죠."

그는 약간 일그러진 미소를 지었다.

"저는 가끔 이런 생각을 합니다."

그가 곧 말을 이었다.

"인류가 제 영혼을 팔아버린 셈이라고요. 바로 저 물건으로 상징되는 어떤 비밀을 얻기 위해서 말입니다."

그는 쿼디움이 든 원통을 가리켰다.

"심지어 우리 모두가 영혼을 상실한 것은 아닐까 하는 생각마저 듭니다. 이 물건을 발명함으로 인해 적어도 그런 위험에 처한 셈이지요. 그렇기 때문에 제가 아까 메피스토펠레스와 파우스트 비유를 한 겁니다. 하지만, 대통령 각하. 저는 메피스토펠레스 노릇을 하고 싶지는 않습니다. 저는 다시 평범한 사람이 되고 싶습니다. 평범한 한 사람으로서 각하께 요청하고자 합니다. 이 폭탄을 더 이상 제조해서는 안 됩니다. 우리 미국인은 구세계가 그토록 바라 마지않던 존재가 돼서는 안 됩니다. 세계 인구의 4분의 1, 혹은 3분의 1을 죽여버리고, 남은 사람들과 자손 대대로 하여금 전혀 예측할 수 없는 운명에 맞서게 해서는 안 된다는 말입니다."

여기에 대답한 사람은 대통령이 아니라 국방부 장관이었다. 그는 평소의 주눅 든 음색과는 전혀 다른 냉랭한 금속성 목소리로 이렇게 말했다.

"그건 우리가 선택할 수 있는 일이 아닙니다."

그는 말을 이었다.

"지금도 시간은 흐르고 있습니다. 앞으로 2년 내지 5년 안이라고 하시지 않았습니까? 어쩌면 그보다 더 빠를 수도 있습니다. 그런데 우리는 원자폭탄조차 제대로 다루지 못하고 있습니다. 쿼디움 폭탄을 먼저 보유하는 나라가 살아남을 가능성이 가장 높을 겁니다. 이 폭탄이 가공할 만한 존재이긴 하지만, 한편으로는 우리를 다른 나라들보다 우위에 서게 해줄 겁니다. 그건 다른 나라도 마찬가지입니다. 누군가의 위에 서고자 한다면, 더더욱 가공할 위력을 지닌 무기가 있어야겠지요. 다른 나라가 될 수도 있겠지만, 제 생각에 세계는 차라리 우리가 우위에 서는 편을 원할 것입니다. 이것은 우리가 선택할 수 있는 역할이 아니라 우리에게 부여된 것입니다. 지금도 시간은 흐르고 있습니다. 다른 나라들은 폭탄을 사용하지 말자는 데 결코 합의하지 않을 겁니다."

"다른 방법은 없습니까? 합의 가능성은요? 협상도 안 되나요?"

코킨츠가 물었다.

"모두 불가능합니다."

장관이 말했다.

대통령이 쿼디움이 든 원통을 집어들어 박사에게 건네주자, 그는 내키지 않는 듯 받아 담배통 속에 넣었다.

"코킨츠 박사."

대통령이 말했다.

"내가 알기로 당신은 생애 대부분을 미국에서 보내셨지만, 태어난 곳은 외국이라고 들었습니다. 혹시 어느 나라 출신이신지 여쭤봐도 되겠습니까?"

"말해도 다들 모르실 겁니다."

박사가 약간 놀란 듯 말했다.

"저도 거의 기억이 안 나거든요. 알프스 북부의 산악 지대에 있는 작은 독립국이라고 하던데요. 이름은 그랜드 펜윅 공국이라고 합니다."

공습대비훈련을 앞둔 **뉴욕의 불안**

그해 5월 6일자 신문에는 가까운 시일 내에—물론 정확한 날짜와 시간은 대통령조차도 알 수 없는 극비사항이다—미국 동부 해안 지대 전역에 실제 상황과 똑같은 공습대비훈련이 있을 것이라는 기사가 실렸다. 이전까지의 훈련이란 그저 10분 동안 거리에 자동차와 사람이 다닐 수 없는 정도라 어느 누구도 불편을 느끼지 못했을뿐더러 인구의 절반가량은 무슨 일이 있었는지조차 몰랐다. 하지만 이번에는 전과는 전혀 다를 거라고 했다.

국방부는 공식성명을 통해, 최근 들어 공격용 무기는 점점 발전하는 반면 완벽한 방어 수단은 아직까지 없으므로 이제는 국민 각자가 안전에 대한 확고한 의식을 가져야 한다고 밝혔다.

공습대비훈련은 발령 후 24시간 동안, 혹은 그 이상까지 지속될 예정이다. 방공호로 피하는 경우가 아니라면, 어느 누구도 머물던 곳에서 나올 수 없다. 방공호에서 멀리 떨어진 곳에 사는 사람들은 반드시 집 안에 머물러야 한다. 훈련감독관들은 군 병력의 지원을 받아 어느 누구도 거처에서 바깥으로 나올 수 없도록 감시할 예정이다. 일단 훈련이 시작되면 아이들을 찾으러 놀이터로 나오는 것도 금지된다. 먹을 것을 사러 집이나 건물 밖으로 나올 수도 없다. 식당이며 가게도 다른 상점이나 회사들처럼 훈련 중에는 문을 닫을 것이다. 따라서 가정에서는 식품 등을 미리 준비해두어야 한다.

훈련경보가 울리면 학교나 놀이터에 있는 아이들은 물론이고, 개방된 장소에 있는 성인들도 민방위 본부의 지시에 따라 모두 방공호로 대피해야 한다.

전화 사용도 금지된다. 공습이 있을 때 통화량이 급증해서 전화가 불통되면 정말 긴급한 통화를 해야 하는 수백 명의 목숨이 위험해지기 때문이다.

수돗물도 쓸 수 없다. 공습 중에 화재가 발생한 경우, 소방관들이 화재를 진압하기 위해서는 막대한 양의 물이 필요하기 때문이다. 가스 역시 마찬가지다. 다만 전기는 사람들이 라디오로 상황의 추이를 들어야 하므로 사용하게 놔둘 것이다.

운행 중이던 자동차와 버스는 경보와 함께 모두 정지해야 하고, 승객들은 곧바로 가까운 방공호로 대피해야 한다. 지하철도 경보가 울리는 즉시 가장 가까운 역에 멈추고 승객들을 모두 하차시켜야 한다. 승객들은 훈련 기간 동안 역에 머물러 있어야 한다. 식량 등 생필품은 이미 완벽히 갖춰졌다.

동부 해안 지대의 항구에 정박해 있는 배들은 가능한 한 경보 발령 전에 바다로 나가야 한다. 출항하지 않을 배의 선원들은 곧바로 하선해서 방공호로 가야 한다.

훈련 중에는 방사능 오염을 막기 위해 특수복을 착용한 일단의 부대가 특수 임무를 위해 움직일 것이다. 이들은 임무 수행을 위해 주요 건물을 방문할 예정인데, 국방부는 그 과정에서 방해나 오해가 없도록 시민들의 협조를 구했다.

위와 같은 기사 다음에는 경보 발령 시 행동 요령이 쭉 나열되어 있었고, 끝에는 다음과 같은 권고가 붙어 있었다.

이것은 우리 자신과 우리 사회, 그리고 우리나라를 보호하기 위한 훈련이므로, 모두 각자의 역할을 충실히 해내시기를 바랍니다.

곧 다가올 공습대비훈련에 대한 예고 방송이 자동차며 비누, 수프, 고기통조림, 가구 등을 판매하는 온갖 회사들의 협찬 광고와 함께 15분마다 한 번씩, 일주일 내내 라디오 전파를 탔다. 이와 똑같은 예고 방송이 똑같은 협찬 광고와 함께 똑같은 간격으로 TV에서도 울려졌다. 브로드웨이를 찾은 관객들은 "본 재난은 코스모폴리탄 생명보험사의 협찬으로 이루어질 예정입니다"라는 나이트클럽 코미디언의 야유를 들으며 킬킬거릴 정도였다. 며칠 지나자 예고 방송은 신문이며 라디오, TV, 극장 등 모든 매체를 장악했다. 게다가 교회 설교단을 비롯해 조금이라도 권리가 있다고 주장하는 사람들은 온갖 성명서들을 발표하기 시작했다. 이로 인해 대중 사이에서는 가벼운 집단 히스테리 증세가 시작되어 온갖 흥미로운 반응들이 줄줄이 쏟아졌다.

방사능 오염에 저항력이 있는 유일한 음식이 살라미 소시지라는 소문이 도는 바람에 단 하루 만에 뉴욕 시 전역에서 살라미 소시지가 품귀 현상을 빚기도 했다. 알고 보니 이는 브루클린의 어느 상점 주인이 퍼뜨린 유언비어였다. 브롱크스에서는 어떤 남자가 자기 집을 살라미 소시지 200파운드와 맞바꾸었다는 이야기도 있었다. 스테이튼 아일랜드의 어느 식품점 주인은 아이 여덟 딸린 어느 미망인이 자기 아기와 소시지 5파운드를 바꾸자고 했다며 경찰에 신고하기도 했다. 결국 「뉴욕 타임스」가 유명한 과학자들 대여섯 명과 인터뷰한 뒤, 살라미 소시지의 방사능 오염 차단 효과에 대해서는 아직까지 확인된 바가 없다는 기사를 실었다. 이 기사를 작성한 기자는 그해의 퓰리처상 후보에 오르기까지 했다.

살라미 소시지 열풍이 가라앉자마자 이번에는 알코올 열풍이 불었다. 누군가의 말에 의하면 미 해군이 생쥐를 가지고 한 실험에서, 거의 곤드레만드레가 될 정도로 알코올을 섭취한 생쥐를 치명적인 농도의 감마선에 노출시켰는데, 놀랍게도 아무런 부작용이 없었다는 것이다. 이 실험 결과 해군 당국은 두 가지 조심스러운 결론에 도달했다고 한다. 첫 번째는 생쥐가 인간에 비해 두 배나 주량이 세다는 것이고, 두 번째는 포유류의 혈중 알코올 농도가 높아지면 원자탄이나 다른 핵폭발에 대하여 어느 정도는 면역성을 갖는다는 것이었다.

이 소문이 퍼지면서 술집이나 주류 판매점을 찾는 사람들의 수는 금주법이 폐지된 직후만큼이나 급증했다. 술 취한 상태를 가리켜 '음주안전飮酒安全'이라고 지칭한 「뉴욕 데일리 뉴스」의 신조어는 곧 유행어가 되었다. 수백만 명이 금주법 시대에 그랬던 것처럼 바지 뒷주머니에 납작한 술병을 하나씩 차고 다녔다. 할머니부터 고등학생까지 모두가 가방이나 핸드백 속에 위스키나 버번, 스카치나 진, 혹은 보드카를 한 병씩 넣어가지고 다녔고, "주酒를 믿으세요"라느니, "주酒 내 안에 계시네"라는 말은 어디에서나 들을 수 있는 친근하고도 반가운 인사말이 되었다.

경쟁지인 「뉴욕 타임스」가 살라미 소문의 허구성을 폭로해 주가를 높인 데 자극받은 「헤럴드 트리뷴」도 '음주안전'의 오류를 폭로하려 했지만 미처 예상치 못한 거센 반발에 부딪히고 말았다. 밤이고 낮이고 흥청망청 기분 좋게 취해 있는 상황이 애국인 동시에 개인으로서도 이익이라고 믿은 이상, 사람들은 여간해서는 반대 의견을 받아들이려 하지 않았다. 대중은 술에 취하는 편을 선호했다. 결국 '안티 음주안전' 기사를 싣고 나서부터 「헤럴드 트리뷴」의 판매부수는 급격히 떨어지고 말았다. 신문사는 과학자들로부터 알코올이 방사능으로부터 인체를 보호하는 효과가 전혀 없다는 직접적인 발언을 얻어내려고 했지만, 이것도 완전히 성공하진 못했다. 과학자들조차 확신을 갖지 못한 것이다. 이들은 적어도 생쥐 실험의 결과를 쉽게 반박할 수는 없다고 지적했다. 인간에게 적용이 불가능하다 치더라도 가능성조차 완전히 배제할 수는 없다는 것이었다. 다른 조건에서 생쥐에게 실험한 결과가 인간에게도 유사하게 나타난 경우는 매우 많았다. 따라서 만취 상태가 방사능 오염에 면역성을 갖게 해주지 않는다고 단언하려는 과학자는 단 한 사람도 없었다.

절망에 빠진 「헤럴드 트리뷴」 편집장은 컬럼비아 대학 행정본부 건물 2층에 자리한 특별 실험실로 코킨츠 박사를 직접 찾아가 퉁명스럽게 물어보았다.

"코킨츠 박사님, 박사님이라면 핵무기 공격이 벌어지는 상황에서 술을 마시라고 권하시겠습니까?"

코킨츠 박사는 두꺼운 안경 너머로 편집장을 보며 말했다.

"글쎄요. 달리 무슨 방법이 있는 것도 아니고……."

"하지만 술에 취한 사람보다는 그렇지 않은 사람이 살아날 확률이 높지 않겠습니까?"

"현재 우리가 보유하고 있는 무기라면 술 취한 사람이건 멀쩡한 사람이건 별 차이가 없을 겁니다."

코킨츠 박사가 말했다.

"누구도 살아남을 수 없어요."

편집장은 박사의 말을 곰곰이 생각해본 다음, 차라리 성직자들과 유명한 사회운동가들의 반대 견해를 소개하는 것으로 연재를 마무리 짓는 게 낫겠다고 생각했다.

그날 저녁, 편집장은 세인트 레지스 호텔의 킹 콜 바에 들러, 가장 큰 마티니 한 병을 비웠다. 그러면서 이것이 완전히 무의식적인 반응이라고 생각했다. 위에서는 건물이 무너져내리는데 그저 눈 가리고 아웅 하는 식의 비합리적이고도 원초적인 충동이라고 말이다. 그런 생각을 하다가 마티니나 한 병 더 마시기로 했다.

예전에 비해 규모는 훨씬 더 커졌지만 예고 방송의 원래 의도는 단지 공습대비훈련을 잘 알리자는 것이었다. 하지만 홍보를 하면서 이 훈련이 강제적이고도 불가피한 것임을 반복하다 보니, 나중에는 훈련의 원인이 된 적의 대량살상무기가 강조되어버렸다. 그리하여 단순한 훈련이 대중에게는 실제 상황처럼 느껴지기에 이르렀다. 살라미나 알코올에 얽힌 소문을 가라앉히려는 시도들도 실제로 공격당할 가능성이 높다는 반증으로 여겨졌다. 핵무기, 혹은 그보다 더 끔찍한 무기를 사용한 공격이 조만간 동부 해안 지역을 강타할 것이라는 소문이 정부의 일급기밀이라며 퍼져나가기도 했다. 이렇게 대중의 가벼운 히스테리 증상은 공황상태로까지 발전했다.

첫 번째 징후는 일부 학부모들이 학교가 임시방학을 해야 한다고 주장한 사건으로 나타났다. 예기치 않게 경보가 울리면 아이들과 떨어져 있게 된다는 이유였다. 학교 관계자들도 경보가 울리면 수많은 아이들의 안전을 책임져야 한다는 부담 때문에 학부모들의 요구를 수용했다.

도시의 직장인들도 지하철이나 버스를 가급적 이용하지 않으려 했다. 혹시 이동 중에 경보가 울리면 어쩌나 하는 걱정 때문이었다. 훈련경보에 대한 예고 방송이 나간 지 사흘 뒤, 지하철을 타고 통근하는 시민들은 평소의 절반으로 줄었다. 버스 회사도 승객 수가 평소의 60퍼센트 정도로 감소했다고 발표했다. 머지않아 주부들이 남편들에게 출근하지 말고 집에 있으라고 강요하기 시작했으며, 실제로 공격이 있을 것이라는 확신이 강해지면서 수많은 사람들이 철도와 비행기 편으로 뉴욕을 벗어났다. 회사는 문을 닫았고, 거리와 놀이터는 텅 빈 채 공황상태가 계속되었다.

언론은 다시 한 번 총력을 기울여 실제 공격은 없을 것임을 널리 퍼뜨리려고 노력했다. 훈련은 단지 유비무환을 위해서이고, 현재 국제정세는 매우 평화로우며, 제2차 세계대전 이후 이보다 평화로웠던 적은 없다고 말이다. 외교관들은 한결같이 이렇게 입을 모았으며, 육군 및 해군 장성들도 마찬가지였다. 어느 장군은 불과 열흘 전까지만 해도 미국을 적대시하는 여러 나라들을 지목하며 즉각 선제공격을 하자고 주장했지만, 이제는 동서가 서로의 간극을 평화로운 방법으로 극복해야 한다고 주장했다.

그들은 이렇게 말했다.

"우리는 이제 평화의 가장자리에 발을 디뎠습니다."

"우리에게 냉철한 판단력이 남아 있는 한, 우리 세대는 물론이고 우리의 아이들까지 대대로 이 평화를 누릴 것입니다."

하지만 이런 노력은 아무 소용이 없었다. 이것은 단지 훈련에 불과하고 전쟁 위협은 없다는 외교관이며 장성들의 발언, 심지어 대통령이 직접 나서서 현재로선 어떠한 침략 위협도 없다는 기자회견을 가졌는데도 마찬가지였다. 대중에게는 한 가지 의문이 여전히 남아 있었다. '전쟁이 일어날 가능성이 전혀 없다면 어째서 이런 대규모 훈련이 필요하다는 것인가?'

바로 그때, 지금까지 시도한 무마 작업들을 일거에 물리치고 모든 의혹을 말끔히 씻어내는 사건이 일어났다.

그리핀 상원의원은 하루에도 수천 통씩 전국 각지에서 미국이 자체방위를 위한 적절한 무기를 보유하고 있는지 질의하는 편지를 받았다. 그런 그가 결국, 미국이 쿼디움 폭탄 개발의 마무리 단계에 들어갔다는 사실을 공표하기로 결심한 것이다. 그는 대통령과 국방부 장관, 그리고 다른 각료들과 이 문제를 상의했다. 그는 현재의 공황상태를 가라앉히는 유일한 방법은 미국이 엄청난 파괴력을 지닌 폭탄을 보유하고 있으므로 어느 나라도 감히 먼저 공격하지는 못하리라고 대중에게 알리는 것뿐이라고 주장했다.

그리핀 상원의원은 원자력위원회의 위원장으로서 기자회견을 열어 상원 회의실을 가득 메운 기자들에게 자세한 내용을 이야기해주었다.

"이번에 코킨츠 박사가 개발한 Q폭탄은 적의 머리 위로 불타는 태양을 떨어뜨리는 것 같은 효력을 발휘할 것입니다. 현재 보유한 양만으로도 최소한 300만 제곱킬로미터는 너끈히 초토화시킬 수 있습니다. 우리가 가진 파괴력에는 한계가 없는 겁니다."

그는 이렇게 덧붙였다.

"더 말할 필요도 없지만, 우리는 꼭 필요한 경우가 아니면 결코 이 폭탄을 사용하지 않을 것입니다."

"꼭 필요한 경우란 어떤 상황을 말합니까?"

어느 기자가 물었다.

"다른 나라에서 이런 폭탄을 먼저 사용할 경우를 들 수 있겠지요."

상원의원이 대답했다. 그러고는 곧 자신이 큰 말실수를 했음을 깨달았다.

"다른 나라도 Q폭탄을 가지고 있다는 뜻인가요?"

기자가 물었다.

"그런 뜻은 아닙니다."

상원의원은 어물쩍 넘어갔다. 대답을 하자마자, 자기 말이 다른 나라도 이 폭탄을 가지고 있을지 모른다는 의심을 불러일으키진 않을까 걱정했다. 그는 더 이상 실수를 하지 않으려고 서둘러 기자회견을 마쳤다. 마지막으로 자리를 뜨기 전에 Q폭탄을 보유하고 있는 이상, 어떤 나라도 감히 미국을 침략하지는 못할 것이라고 다시 한 번 강조했다. 하지만 그는 이 말이 제대로 먹혀들지 않았고, 기자회견도 실패로 돌아갔음을 깨달았다. 그리고 깨달음은 곧 현실이 되었다.

곧바로 미국이 가공할 만한 무기를 보유하고 있다는 기사가 미국 전역의 신문 1면을 장식했다. 이는 다른 나라도 똑같은 무기를 이미 보유하고 있거나, 혹은 앞으로 보유하게 되리라는 암시를 주고 있었다. 이 뉴스가 대중 사이에 퍼져나간 바로 그 순간, 예고했던 대로 요란한 경보가 울리기 시작했다.

경보는 5월 13일 아침 6시, 뉴욕과 필라델피아, 보스턴, 워싱턴에 있는 수천여 개의 사이렌이 일제히 울리며 발효되었다. 점점 커지는 사이렌 소리는 잠재력이 모두 고갈된 음 같은 새로운 느낌이었고, 또한 고통과 육체적 압력을 가중시키는 음의 조합 같았다. 사이렌 소리는 크게 고조되었다가 점점 잦아들기 시작했다. 이윽고 그 소리가 완전히 멈추자, 이번에는 실 끊어지는 소리까지 들릴 것 같은 적막이 미국 전역에 찾아왔다. 마치 방금 울린 사이렌 소리가 모든 생명체를 살육해버린 것 같았다.

동부 해안 지역에서 경보가 처음 울려퍼졌을 때, 거리에 있던 사람들은 공포에 질려 멍하니 서 있다가 가까운 건물 출입구나 자기 집, 지하실이나 지하철역, 방공호로 향했다. 어떤 사람들은 울고, 어떤 사람들은 웃고, 어떤 사람들은 숨이 차서 헐떡이고, 어떤 사람들은 숨조차 쉬지 못했다.

뉴욕 항만에서는 항만노동자며 하역인부들이 배에서 내려와

안전한 장소로 대피하느라 소동이 벌어졌다. 그런 와중에 배 한 척이 항구를 벗어나고 있었다. 정기우편선 퀸 메리 호였다. 배는 서서히 허드슨 강 한가운데로 나와 하구로 향했다. 선장은 함교 위에 서서 타륜을 잡고 있는 조타수에게 지시를 내리고 있었다. 퀸 메리 호가 강 하구를 벗어나자, 그는 전속력으로 전진하라는 지시를 내렸다. 그로부터 한 시간 후, 먼바다로 나온 퀸 메리 호는 허드슨 강 쪽을 향해 가는 작은 범선 한 척을 발견했다.

퀸 메리 호의 선장은 항해일지에 경보가 울린 시각과 자기 배가 항해를 떠난 시각을 적은 다음, 다음과 같은 내용을 추가했다.

앰브로즈 등대 앞 10마일 해상에서 300톤급 범선 엔데버 호를 발견. 스피커로 뉴욕 항에는 현재 들어갈 수 없다고 일러줌. 이에 대한 대답은 없었고, 다시 반복하자 갑자기 그쪽에서 연거푸 화살이 날아옴. 우리 배에는 이상 없고 예정대로 항해 중.

원정부대, 적이 없는 적진에 도착하다

돛대 꼭대기에 그랜드 펜윅 공국의 쌍두 독수리 깃발을 꽂은 범선 엔데버 호는 상쾌한 동풍을 타고 적막한 허드슨 강으로 들어섰다. 갑판에 나온 사람들 중에서 여기가 어딘지 아는 사람은 털리 배스컴과 선장뿐이었다. 이들은 그랜드 펜윅 깃발을 버젓이 내걸고 퀸 메리 호를 공격했는데도 예인선이나 해안경비정을 한 척도 발견하지 못했다는 사실에 무척이나 당황스러워하고 있었다.

상쾌한 5월의 아침이었다. 태양은 푸른 바닷물 위에서 반짝이며 맨해튼 섬에 창처럼 뾰족하게 솟아오른 마천루를 내려다보고 있었다. 공기도 어찌나 맑은지, 털리는 숨을 들이마시자 술에 취하는 듯한 느낌이었다. 도시 전체에 섬뜩한 유령 같은 적막이 감돌고 있어서, 눈앞에 있는 것이 진짜 같지가 않았다.

그건 마치 누군가 수세기 전에 거대한 캔버스 위에 황폐해진 대도시를 그려놓은 것 같았다.

"여기가 뉴욕일세."

털리가 부관인 윌 테이텀에게 말했다.

"어째서 적이 한 명도 안 보이는지 모르겠군. 강이며 항구에 움직이는 것이라곤 우리 배 한 척뿐이니⋯⋯. 평소에는 끈끈이에 달라붙은 파리들마냥 북적거렸는데 말이야."

"우리가 정말로 진격하리라는 것을 깨달은 모양이죠."

윌이 무뚝뚝하게 대답했다.

"어딘가에 매복해 있을 겁니다. 조심해야겠어요. 저 건물은 제가 본 것 중에서 가장 크네요. 공격하기도 무척 힘들 것 같군요. 미국인들은 뭐 하러 성을 저렇게 크게 짓는지 모르겠어요. 그렇게 자주 침략을 당하는 것도 아닐 텐데⋯⋯."

윌은 정신적 능력보다는 육체적 능력이 더 뛰어난, 황소처럼 억센 사나이였다. 그는 평생 그랜드 펜윅 밖으로는 나와 본 적이 없는 신장 195센티미터의 거인으로, 무려 80킬로그램이나 나가는 장궁을 메고 있었다.

상상력이 풍부한 사람이었다면 아마 자기 앞에 펼쳐진 어마어마한 대도시에 경외심을 느꼈을 것이다. 실제로 원정부대의 다른 사람들은 모두 엔데버 호의 갑판 가장자리에 서서 무겁고도 절망적인 침묵에 빠져 맨해튼의 마천루를 바라보고 있었다. 하지만 윌은 이번 임무를 치고받는 혈전으로 생각했고, 훌륭하게 완수해낼 수 있으리라는 생각뿐이었다.

항해 중에는 민간인 복장이었던 원정부대는 이제 전투복으로 갈아입었다. 스무 명의 궁수는 원통형 투구를 썼다. 가죽 옷으로 목과 가슴 등을 보호했고, 그 위에 사슬을 엮어 만든 미늘 갑옷을 입었다. 궁수는 사슴 힘줄로 만든 활시위를 여섯 개씩 허리에 둘렀고, 왼쪽 팔에 작은 방패를 들고, 옆구리에는 단검을 찼으며, 등에 장궁을 비스듬히 맸다. 틸리는 원정부대를 바라보며 이들이 자신은 물론 국가를 위해서도 잘 해낼 것이라고 생각했다. 세 명의 중기병—월도 그중 한 명이었다—은 독수리 문장이 새겨진 갑옷 위에 겉옷을 입었다. 이들은 장궁 대신에 무시무시한 가시가 박힌 철퇴를 들었다.

"페드로!"

틸리는 범선의 선장을 불렀다. 선장은 마르세유에서 출발한 후부터 추리에 추리를 거듭한 끝에, 이 모든 일이 영화 촬영과 관계가 있을 거라는 결론을 내린 다음, 요금을 서너 배쯤 올려 볼까 생각하던 참이었다.

"페드로, 우리를 54번가 아래쪽에 있는 커나드 선착장으로 데려다줘요. 그쪽에 상륙해야겠어."

"아이구, 난 죽으면 죽었지 그렇게는 못 해!"

페드로가 말했다.

"그렇게 하면 세관 관리들이며, 항무관港務官 사람들에, 경찰이며, 화물 담당 놈들이 모조리 달려들어서 이놈의 범선 값보다도 훨씬 더 비싼 벌금을 매길 거라고. 어쩌면 항구에 닿자마자 보건부에서 우리를 끌고 갈지도 몰라. 배를 대라고 허가해주는 놈들이 왜 코빼기도 안 보이는지 모르겠구먼. 오늘은 연휴거나, 아니면 다들 늦잠을 자나 보지. 월요일 아침이니까."

"이건 전쟁이라고!"

틸리가 말했다.

"알았어, 알았다고. 그래, 전쟁이지."

페드로는 어린아이를 상대로 농담하듯 말했다.

"그나저나 카메라맨은 어디 있는지 통 보이지 않는구먼. 그 친구들이 올 때까지 기다려야 하는 거 아냐?"

페드로가 덧붙였다.

"부두로 가자니까. 안 그러면 귀를 싹 잘라버릴 거야!"

틸리가 으르렁댔다.

"알았어, 알았어. 알았으니 저기 멀찍이 있는 큰 돛대 옆에 가 있으라고!"

페드로가 말했다.

그러자 다섯 명의 선원이 후미로 달려갔다. 페드로는 직접 타륜을 잡고 배가 완전히 방향을 거꾸로 틀 때까지 돌렸다. 선원들이 분주히 앞뒤로 오가며 배의 속력을 높이는 사이 범선 엔데버 호는 커너드 선착장을 향해 곧바로 나아가기 시작했다.

"그랜드 펜윅의 병사들이여!"

배가 안정을 되찾자 틸리가 소리쳤다.

"이제 적진의 심장부에 다다랐다. 승리는 우리 것이다!"

그는 끝에 갈고리가 달린 밧줄을 선착장으로 던졌다. 다른 밧줄 세 개가 연달아 날아가고, 병사들은 곧 선착장 위에 열을 지어 섰다.

"이봐!"

페드로가 배에서 말했다.

"나는 어떻게 할까? 뭐 도와줄 거라도 있나?"

"대기하고 있다가 우리를 다시 데려다주면 돼."

털리가 말했다.

"오래 걸리는 일인가?"

털리는 텅 비어 있는 어마어마한 도시, 뉴욕의 거리를 둘러보았다. 도시는 어느 순간 강철과 콘크리트로 만든 덫이 되어튀어올라 그와 이 작은 부대를 한 방에 박살 낼 것만 같았다.

"모르겠어."

털리가 대답했다. 그리고 부대를 향해 말했다.

"기수, 앞으로!"

뉴욕에 오긴 왔는데, 이제 어떻게 해야 할지 막막하기만 했다. 물론 부하들에겐 내색하지 않았다. 원래는 부하들과 함께 민간인 복장으로 해안에 상륙해 워싱턴까지 진격하거나, 아니면 기차를 타고 가서 백악관을 습격하려고 했다. 적이 깜짝 놀랄 만큼 재빠르고도 결정적인 타격을 하고 나서 미국 대통령을 평화를 위한 인질로 잡는 것이 목표였다. 하지만 의외로 부하들은 이 계획에 반대했다. 특히 출발 직전에 글로리아나와 잠시 개인 면담을 하기도 했던 윌 테이텀의 반대는 더 심했다.

"우리는 명예로운 전쟁을 치러야 합니다."

윌이 말했다.

"공개된 장소에서 무기를 들고 적을 맞이해야 합니다. 계략을 쓴다면 노상강도와 다를 게 뭐 있겠습니까."

털리는 거듭 생각해본 끝에 계획을 취소할 수밖에 없었다. 맨 처음 명예를 들먹인 사람이 바로 자신이었는데, 스스로 원칙에서 벗어나려 했던 셈이라 약간 부끄럽기도 했다.

지금 문제는 군대를 끌고 뉴욕에 오긴 했는데, 막상 아무도 싸우러 나오지 않는다는 것이었다. 상륙하기 전에는 적과 치열한 교전을 벌일 것이라 예상했다. 그래서 적이 해상에서부터 자기들을 맞을 줄 알고 퀸 메리 호를 향해서 공격을 명령했던 것이다. 하지만 실제로는 어느 누구도 싸우러 나오지 않았다. 그는 적을 발견할 수 있으리라는 기대를 갖고 44번가를 지나 타임스 스퀘어 광장을 향해 진군하기로 했다.

뉴욕의 중심가를 진군하는 그랜드 펜윅 군대가 내는 소리는 텅 빈 거리며 숨죽인 건물들, 적막한 공기며, 인적이 없는 문간에 야릇하게 반사되었다. 신대륙에서는 이제껏 들린 적이 없는 소리였다. 구대륙에서도 이제는 너무나도 낯설고 이상해서 어느 누구라도 뒤를 돌아 귀를 기울일 만했다. 이 소리는 다름 아닌 갑옷을 입은 발이 지면을 딛는 소리였다. 쌍두 독수리가 그려진 외로운 깃발이 미풍에 펄럭이는 가운데, 중기병의 하얀 윗옷이 햇빛 아래 용맹을 뽐냈고 궁수의 투구가 번쩍였다. 하지만 이 행렬을 바라보는 것은 새들뿐이었다.

적막한 가운데 부대원 한두 사람이 기침을 했는데, 1킬로미터 밖에서도 다 들렸겠다 싶을 정도로 소리가 요란했다. 다들 민망해서 서로를 흘끔흘끔 쳐다보았다. 갑자기 모퉁이에서 고양이 한 마리가 나타나더니 큰 소리로 야옹 울고 도망쳐버렸다. 부대원 가운데 그 광경을 본 사람은 웃음을 터뜨렸지만, 고양이는 못 보고 울음소리만 들은 사람은 몸을 움찔했다. 갑자기 비둘기 한 떼가 부대 위로 내려앉았다. 하지만 워낙 규율이 엄해서 부대는 동요하지 않고 계속 열을 유지했다.

바람에 흩날리는 신문지 조각이 귀찮게 구는 개구쟁이마냥 부대를 뒤따라오더니, 점점 부대와 나란히 움직이다가 바닥으로 떨어졌다. 그러다가 신문지가 날아와 털리의 다리에 휘감겼다. 흔들어서 떨어내려고 했지만 잘 되지 않자, 문득 스스로가 한심해 보였다. 그는 신문지 조각을 집어들어 짜증스러운 표정으로 허리띠에 쑤셔넣었다. 평소 같으면 요란한 도시의 소음 속에 파묻혀버렸을 작은 소리와 움직임이었다. 부대는 여전히 자기들이 만들어내는 것 외에는 아무런 소리를 듣지 못했고, 아무런 움직임도 발견할 수 없었다.

그들은 단 한 사람과도 마주치지 않고, 타임스 스퀘어 광장이 나올 때까지 계속 진군했다. 이 텅 빈 세계의 십자로 위에는 「뉴욕 타임스」 건물이 우뚝 솟아 있었다. 털리는 이 건물을 보는 순간 점령해야겠다고 생각했다. 임시로나마 요새로 쓰기에 적당해 보였기 때문이다. 이곳을 점령함으로써 전쟁이 시작되었음을 좀 더 명백히 할 수 있을 것 같기도 했다. 작전본부를 설치하기에도 좋고, 어찌하여 도시는 그대로 있건만 사람들은 온데간데없는지 알아보기에도 적절한 장소였다.

건물 1층은 상점이었다. 진열장에 있는 온갖 잡동사니를 보고 그랜드 펭귄 군대는 눈이 휘둥그레졌다.

"윌."

틸리가 부관에게 말했다.

"병력 절반을 이끌고 건물 반대편으로 가게. 문이 하나 있을 거야. 내가 '공격'이라고 외치면 문을 부수고 진입해서 반항하는 자는 무조건 사살하게. 동시에 우리도 이쪽 문을 부수고 진입하겠네."

윌은 경례를 하고 나서 병사들을 이끌고 건물 반대편에 가려고 했다. 하지만 병사들은 엄한 규율을 무시하고 상점 진열장에 있는 연필이며 펜, 지갑, 핸드백, 담배, 파이프, 라이터 등에 정신을 빼앗겨 그 앞에서 어물쩍거리기만 했다. 진열장 한가운데는 이런 말이 적혀 있었다.

'여기 치워주세요.' †

"얼른들 움직여!"

윌은 꾸물거리는 전사들을 보고 말했다.

"저건 나중에 가져가도 안 늦어."

반대편에는 양쪽으로 열리는 황동빛 문이 있었다. 부대원들은 틸리의 명령이 떨어지면 문을 부수기 위해 그 앞에 모여들었다. 명령이 떨어지자 여섯 명의 건장한 병사들이 어깨로 문을 향해 돌진했다. 그런데 공교롭게도 문은 열려 있었다. 이들은 순식간에 건물

† 가게 앞에 아무것도 쌓아놓지 말라는 말을, 그랜드 펭귄 군사들은 가게 안의 물건을 다 가져가라는 뜻으로 오해한 것이다.

로비로 밀려들어갔다. 동시에 털리의 지휘를 받던 나머지 병력도 반대쪽에서 문을 향해 돌진했다. 그 문 역시 열려 있어서 이들도 편의점을 순식간에 통과해 동료들이 있는 로비로 뛰어들었다.

몇 발의 화살이 오가고 장검이 한두 번 서로의 투구에 맞부딪치고 나서야, 이들은 건물 로비가 텅 비었고 안에는 자기들 외에 아무도 없다는 사실을 깨달았다. 또다시 큰 실망감이 밀려들었다. 대단한 격전을 예상하고 진입했는데, 알고 보니 괜한 소동이었다. 적과 대면할 줄 알았지만, 적은 아무 데도 없었다. 병사들은 몇 명씩 무리를 지어 당황스러운 얼굴로 주위를 신경질적으로 둘러보며 뭐라고 중얼거렸다.

"윌."

털리가 부관을 한쪽으로 데려가 말했다.

"솔직히 말하자면, 난 지금 이 상황이 전혀 마음에 들지 않네. 어째서 도시 안에 한 사람도 없는지 모르겠어."

"우리가 온다는 것을 미리 알고 도망친 게 아닐까요?"

윌이 물었다. 하지만 이미 자기 말을 의심하고 있었다.

"아니, 난 그렇게 생각하지 않네. 마치 전염병이라도 돌았던 것 같잖아."

윌은 안색이 창백해졌다. 그는 물론 어느 누구보다도 용감한 사람이었다. 하지만 동시에 세균을 세상 무엇보다도 무서워했다. 어렸을 적부터 귀 뒤를 깨끗이 씻지 않으면 세균이 온몸을 잡아먹어버린다고 어른들이 가르쳤기 때문이다.

"어쩐지 공기가 영 탁하더라니."

그가 말했다.

"이 도시는 원래 그래."

털리가 대답했다.

"땅 위에 군데군데 끈적끈적하게 달라붙어 있는 시커먼 얼룩들이 세균전의 흔적은 아닐까요?"

"아니야. 어쩌면 그럴 수도 있지만……. 저건 사람들이 씹고 뱉은 껌이거든. 뉴욕엔 저런 게 수없이 많지. 세균덩어리이긴 하지만 뉴욕 사람들은 저 정도에는 끄떡없다네. 과연 무엇에 공격당했기에 이렇게 길에 한 사람도 없는지, 누구한테건 물어보기라도 했으면 좋겠군. 우선 어딘가를 공격해서 박살을 내야겠어. 자고로 상대방이 모른다면 침공이 될 수 없으니까."

그는 생각에 잠긴 채 손을 허리에 갖다 댔다. 그러다가 문득 아까 44번가에서 진군할 때 다리에 휘감겼던 신문지 조각에 손이 닿았다. 그는 신문지를 던져버릴까 하다가, 혹시 이 도시에서 사람들이 사라진 까닭에 대한 어떤 단서를 찾을 수 있을까 해서 신문을 읽어보았다.

신문은 어제 날짜의 「뉴욕 타임스」 제1면이었다. 전면에는 다음과 같은 내용이 커다란 활자에 2단으로 적혀 있었다.

그리핀 상원의원, 초강력 폭탄 언급
동부 해안 지역에 곧 공습대비훈련 경보 발령 예정.

다른 표제어들이 난무했고, 아래에 두 개의 기사가 더 있었다. 첫 번째 기사는 "미국은 반경 300만 제곱킬로미터 이내를 완전 초토화할 수 있는 대량살상무기를 소유하고 있다"라는 내용으로 시작해서, 어떻게 원자력위원회의 그리핀 상원의원이 이를 공표했고, 어떻게 컬럼비아 대학의 코킨츠 박사가 이것을 발명했는지를 다루고 있었다. 두 번째 기사는 유력한 소식통에 의하면 핵 공격에 대비하기 위한 미국 동부 해안 지역의 공습 대비훈련이 24시간 이내에 발효될 것이라는 내용이었다.

털리는 기사를 두 번씩 정독한 다음, 자기가 처한 상황의 심각성을 깨달았다. 그는 두 가지 결론을 내렸다. 첫 번째는 경보 발령으로 미루어 볼 때 뉴욕이 불과 몇 시간, 혹은 몇 분 내에 또 다른 적에 의해 핵폭탄 공격을 받으리라는 것이었다. 두 번째는 컬럼비아 대학의 코킨츠 박사라는 사람은 어쩌면 미국 대통령보다 훨씬 더 중요한 인질이 될 수 있다는 것이었다. 더군다나 코킨츠 박사는 혹시 다른 나라가 그랜드 펜윅보다 먼저 뉴욕을 공격해서 이겨버리더라도, 그보다 먼저 손에 넣을 수 있는 상대이기도 했다.

"부대를 정렬해서 거리로 나오게!"

그는 갑자기 결심을 굳히고 윌을 향해 소리쳤다.

"시간이 없어! 전쟁에 이기려면 앞으로 12킬로미터는 더 가야 해!"

"어디로 말입니까?"

윌이 물었다.

"컬럼비아 대학으로!"
털리가 대답했다.

화성인이 **뉴욕을 침공했다!**

그랜드 펜윅 공국 원정부대의 미국 침공이 시작된 지 한 시
간이 지나도록 미국 정부는 물론이고 미국 국민들도 도대체 무
슨 일이 벌어지고 있는지 전혀 눈치 채지 못했다. 하긴 요상한
복장에 구식 무기를 들고 맨해튼 한복판을 행진하는 사람들을
발견했더라도, 이게 무슨 의미인지는 아무도 금방 알아채지 못
했을 것이다.

민간인을 보호한다는 명목으로 사람들을 거리에서 완전히
몰아내겠다는 용의주도한 훈련 계획은 매우 성공적이었다. 오
랫동안 예고되었던 경보가 울리자마자 모든 사람들은 대피소
로 몰려들었다. 하지만 국방부 장관은 이 충격이 지나가고 나
면, 이게 도대체 무슨 영문인지 사람들이 궁금해할 것임을 알
았다. 특히 이런 궁금증은 뉴욕과 그 주변부에서 강할 거라고

생각했다.

그래서 훈련감독관들은 사람들을 지하철역이나 건물에 머물게 하면서 절대 밖으로 나가지 못하게 했다. 이 임무를 수행하기 위해 지하에 있는 경찰의 지원을 받았다. 다른 민방위 대원들, 위험물 처리반, 폭발물 처리반, 의료반 및 음식을 준비한 자원봉사자들은 모든 것이 계획대로 이루어졌다는 확인이 끝나서 통행 허가가 떨어지는 대로 거리로 나올 예정이었다. 시내의 주요 거점에서 감독관들은 각 건물과 대피소를 확인하고, 임산부와 어린이와 장애인과 노약자를 돌보고, 음식과 물과 옷을 제공했다. 하지만 감독관 외에는 어느 누구도 지상 위로 올라올 수 없었다.

그랜드 펜윅의 군대는 뉴욕 침공 후 1시간 하고도 30분이 지나서야 그토록 기대하던 첫 번째 적과 마주했다. 당시 그들은 틸리의 지휘 아래 브로드웨이를 따라 행군하던 중이었는데, 100번가에 이르기까지 단 한 명의 적도 만나지 못한 상태였다.

그러다가 100번가와 브로드웨이 사이의 교차로에서 예기치 못하게 다섯 사람을 만났다. 이들의 복장은 틸리에게 희한하기 짝이 없었다. 다들 머리에서 발끝까지 회백색 차단복을 뒤집어쓰고 있어서, 두건에 달린 두툼한 안경을 통해서만 바깥을 볼 수 있었다.

이들은 한데 몰려서서는 작은 기구를 지면에 가깝게 대고 빌딩 옆 소화전을 향해 움직이면서 그 기구를 유심히 바라보는 중이었다. 양쪽은 거의 동시에 상대방의 존재를 알아차렸고,

서로를 보고는 똑같이 겁에 질려버렸다. 상대방을 지구를 침공한 외계 괴물로 생각한 것이다. 양쪽 모두 잠시 동작을 멈추었다. 곧 위험물 처리반이 평소 연습하던 대로 천천히 상대방으로부터 멀어지는 사이, 그랜드 펜윅의 병사들은 시위에 화살을 메기고 있었다.

결국 미국인 가운데 한 사람이 공포를 이기지 못해 소리를 질렀는데, 소리는 차단복을 통해 나오는 터라 윙윙거리기만 했다.

"비행접시를 타고 온 외계인이다!"

이 말이 나오자마자 사람들의 마음속에서 추측으로만 머물던 것이 분명한 사실이 되었다.

"비행접시다!"

다른 사람이 소리침과 동시에, 모두 등을 돌리고 모퉁이를 돌아 강을 향해 뛰기 시작했다. 곧 불편한 차단복 차림으로는 도망치기가 쉽지 않다는 사실을 깨닫고는 하나둘 옷을 벗어던졌다. 조용하던 거리는 불과 몇 분 만에 "비행접시다! 화성인이다! 광선총이다!" 하는 요란한 외침 소리로 가득했고, 도망치던 다섯 사람의 머리 위로 휙휙 하는 소리와 함께 화살이 날아오면서 혼란은 더욱 커졌다.

두 번째 일제 사격을 가하기 직전, 털리는 언제 핵폭탄이 뉴욕을 덮칠지 모른다는 걱정에 사격을 중단시키고 컬럼비아 대학을 향해 행군을 계속하기로 했다. 그 전에 적이 버리고 간 차단복들을 집어든 털리는 병사 한 사람에게 그 전리품을 운반하라고 명령했다.

위험물 처리반의 반장은 중년 남자로, 본인의 기억으로는 단한 번도 신문 연재만화를 빼먹은 적이 없는 사람이었다. 그가가장 먼저 마음의 평정을 되찾았다. 그는 숨이 차도록 달린 뒤에야 도망치는 것 말고 자신이 해야 할 또 다른 임무가 있음을깨달았다. 그 임무란 이것이다. 비행접시에서 내린 일단의 침략자들, 아니, 어쩌면 여러 대의 비행접시에서 내린 훨씬 더 많은 침략자들이 뉴욕에 도착해서 도시 한가운데를 진군하는데,금속 옷을 입은 그자들은 광선총으로 무장하고 휘파람 소리를내는 다트 비슷한 무기를 사용하며, 조만간 수천 명은 더 몰려올 것 같다고 본부에 보고하는 것 말이다.

최초의 공포가 사라진 다음, 그는 자기와 동료들을 공격한자들이 인간은 분명 아니었으니 다른 별에서 온 존재가 틀림없다고 믿으면서도, 정작 다른 사람에게 자기가 본 것을 납득시키기 어렵겠다는 사실을 깨달았다. 우선 그들은 보통 사람보다적어도 30센티미터 정도는 더 커 보였다. 머리카락도 없고 마치 금속으로만 이루어진 것 같았다. 햇볕 아래에서 머리가 번쩍일 정도였으니까 말이다. 그리고 그 외계인들은 휘파람 비슷한 소리를 내는 휴대용 초음파 미사일을 발사했다.

생각이 여기에 이르자, 그는 모퉁이의 공중전화 부스에 들어가 특별 보고를 할 때 쓰는 전화번호를 눌렀다.

"특별 보고 부서를 대주시오!"

전화가 연결되자 그가 말했다.

잠시 조용하다가 누군가의 목소리가 들려왔다.

"특별 보고 부서입니다. 성명과 지역을 말씀하세요."

"톰 멀리건. 4-300지역 제3분과. 위험물 처리반."

그가 대답했다.

타이프라이터에 종이 끼우는 소리와 함께 그가 말한 정보를 입력하는 소리가 들렸다.

"예, 말씀하세요."

"브로드웨이와 100번가 사이에 비행접시를 타고 온 외계인들이 돌아다니고 있습니다."

톰은 헐떡이며 말했다.

"몇 명이나 되나요?"

간결한 물음이 되돌아왔다.

"아마 5, 60명은 될 겁니다."

톰은 상대방이 자기 말을 믿어주는구나 하는 생각에 안도하며 말했다.

"잠깐만요. 일단 입력을 하고……. 비행접시에서 나온 사람들이 5, 60명? 아니, 이게 도대체 뭐예요? 비행접시라니, 무슨 말입니까?"

"말한 그대로입니다."

톰이 대답했다.

"내 눈으로 똑똑히 봤어요. 우리 대원들도 마찬가지고요. 분명히 5, 60명쯤 됐어요. 머리는 금속으로 되어 있고, 뭔가 번쩍였다니까요. 갑자기 나타나서 광선총 같은 것을 막 쏘고."

"이것 봐요."

특별 보고 부서 사람이 말했다.

"지금 낮술이라도 퍼마신 거요, 뭐요? 당신이 맡은 임무는 중요한 거란 말이오. 그렇게 코가 비뚤어지도록 마시면 어떻게 합니까? 지금 위치가 어디요?"

"98번가와 브로드웨이 사이요."

톰이 말했다.

"술은 입에도 대지 않았어요. 우리 대원들에게 물어보시오. 나랑 줄곧 함께 있었으니까. 그 친구들도 외계인이 비행접시에서 나오는 걸 똑똑히 봤다고요. 지금 외계인들이 뉴욕을 공격하고 있다니까요."

"거기서 꼼짝 말고 있어요. 지금 당장 사람을 보낼 테니까."

특별 보고 부서 사람이 말했다.

하지만 감독관이 그를 데리러 오기도 전에 경찰차가 먼저 나타났다. 이들은 이미 처리반 대원들을 차에 태우고 있었다. 민간인 복장으로 돌아다니며 비행접시 이야기를 흘리는 사람들을 말이다. 이들 가운데 어느 누구도 신분증을 갖고 있지 않았다. 모두가 차단복을 길에 벗어두고 왔다고 똑같은 이야기를 하기에, 경찰은 이들이 말한 장소로 가보았다. 그러나 차단복은 거기 없었다. 경찰은 이들을 가까운 지하철 방공호로 떠밀었다. 톰과 그의 부하들은 감독관에게, 자신들이 민방위 본부 소속이며 임무 수행 중에 갑자기 화성에서 온 전투 부대—이제는 규모가 거의 사단 절반 수준으로 커진—와 맞닥뜨렸다고 애써 설명했다.

"당신들, '음주안전'이구먼."

감독관은 다 이해한다는 듯 대꾸했다.

화성인이 침입했다는 소식은 외계인이 금속 옷을 입은 거대한 괴물이라는 둥, 괴상하고도 무시무시한 무기를 발사한다는 둥 하는 세부묘사와 함께, 잔뜩 겁에 질리고 뭐든지 쉽사리 믿는 지하철역의 수많은 대중 사이에서 입에서 입으로 순식간에 퍼졌다. 이들은 한 주 내내 신경이 잔뜩 곤두서 있었다. 완전히 상상을 초월하는 무기에 대해 경고를 듣기도 했다. 비행접시에 대한 수많은 이야기를 읽은 적도 있고, 우주 모험에 대한 책을 열심히 읽기도 했으며, 외계로부터 온 온갖 침입자가 나오는 영화를 본 적도 있었다. 어쨌든 지하로 피신해 있던 사람들은 화성인의 침입이 외국의 침략보다 낫다고 생각하여, 이를 기꺼이, 열심히, 그리고 거의 안도하다시피 받아들였다. 마침내 그들은 지난 7일 동안 대비해온 적이 누구인지 알게 되었다.

"화성인이다!"

이 외침은 96번가 지하철역에서 72번가 지하철역으로, 그리고 지하철 노선을 따라 계속 퍼져나갔다. 그리고 순식간에 뉴욕 지하철역에 머물게 된 사람들 전부가 외계에서 온 원정부대에 의해 도시가 장악되었다는 이야기를 주고받았다.

이에 대한 반응은 가지각색이었다. 어떤 사람들은 밖으로 나가서 직접 자기 눈으로 확인하겠다고 하는 탓에 감독관들이 억지로 붙잡아두느라 애를 먹었다. 다른 사람들은 조금이라도 더 깊은 곳으로 도망치려고 지하철역에서 터널 안으로 뛰어들어

숨기까지 했다. 그러다가 누군가가 떨리는 높은 목소리로 '때 저물어 날 어두우니'†를 부르기 시작했다. 처음에는 주저하는 듯한 목소리였으나, 곧 많은 목소리가 함께하면서 지하철 선로를 통해 구석구석으로 울려퍼졌고, 나중에는 찬송가를 부르는 소리보다 반사되어 울리는 소리가 더 커졌다.

거리에서 듣자면 지하에서 올라오는 소리는 우르릉 하는 소음으로밖에 들리지 않았지만, 맨홀이나 하수구 위에 서 있으면 대략 무슨 소리인지 짐작할 수 있었다. 훈련감독관들과 경찰관들은 이 사태를 우려했다. 그중 일부는 특별 보고 부서에 지하철역에 있는 사람들을 언제까지 통제할 수 있을지 모르는 일촉즉발의 상황이라고 보고했다. '때 저물어 날 어두우니'는 '암마리 귀리멍네'††로 바뀌었다가, '창가의 작은 강아지'♯로 바뀌었다. 그 짧은 사이에도 소문은 점점 더 무성해져서 이제는 맨해튼의 주요 건물 옥상에 비행접시들이 내려앉았고, 광선총으로 무장하고 금속 옷을 입은 외계인들이 잔뜩 몰려오고 있다는 얘기를 모두가 듣게 되었다.

특별 보고 부서는 감독관들에게 군중을 최대한 통제하라고 지시하면서, 곧 지원인력을 보내겠다고 했다. 하지만 지원인력도 출동하자마자 상황을 점점 걷잡을 수 없다는 소식을 전해올

† 원제는 '나와 함께하소서Abide with Me'. 찬송가 531장.

†† 암마리 귀리멍네Mairzy Doats는 우리 식으로 말하면 "저 들의 콩깍지는……"처럼 발음하기 힘든 영어 문장인 '암말이 귀리 먹네Mares eat oats'를 발음대로 읽어 부르는 동요다. 여기서는 앞서 부른 찬송가와 전혀 느낌이 다른 경쾌하고 장난스러운 동요라는 점이 포인트이다.

♯ 창가의 작은 강아지The Little Doggie in the Window는 1953년에 나온 패티 페이지의 노래로 유명하다. 역시 경쾌한 노래.

뿐이어서 결국에는 국방부에 보고하기로 했다. 이러한 결정을 내리기는 쉽지 않았다. 뉴욕 민방위 본부에 내려진 지시사항에 따르면 국방부에는 정말 긴급상황에만 연락하기로 되어 있기 때문이다.

'지하철역을 메우고 있는 시민 50만 명이 다함께 '창가의 작은 강아지'를 노래하는 것을 긴급상황이라고 할 수 있을까?' 뉴욕 민방위 본부의 스니펫 장군은 이렇게 자문했다. 그로선 도무지 확신할 수 없었다. 그는 지금껏 육군으로 살면서 어떠한 상황에서도 침착하게 대응했기 때문에 장군의 지위까지 올라올 수 있었다. 그는 비록 음악을 무척 싫어했지만, 사람들이 노래를 부른다는 것 자체는 긴급상황이라고 할 수 없었다. 그래서 처음에는 임시변통으로 지원인력을 더 보내고 방송차를 내보내기만 했다. 지상에는 아무 일도 없다고 방송해서 지하철과 방공호에 있는 사람들을 안심시키고 일을 마무리 지으려 한 것이다.

하지만 지하 터널에 있는 사람들에게 방송차의 출현은 기대와 정반대의 효과를 불러왔다. 방송차에서 나오는 요란한 소리는 마치 거대한 외계인의 목소리 같았고, "화성인이 있다는 소문은 사실이 아닙니다"라는 말은 지하까지 정확히 전달되지 않았다. 그 말을 정확히 알아들은 사람은 일부에 불과했고, 사람들 대부분은 "화성인이 있다……"라는 대목만 알아들었다.

엎친 데 덮친 격으로 지하에서 울려퍼지는 노랫소리를 따라 반대 방향에서 달려오던 두 대의 방송차가 모퉁이를 도는 순간 충돌하면서 '펑' 하는 소리와 함께 연료탱크가 폭발했다. 그러자 역 안에 있는 사람들 사이에서는 방금 핵폭탄이 떨어졌다는 새로운 소문이 떠돌았다. 몇몇 사람들은 방사능 오염 증상이 나타나고 있다고 주장하기도 했다. 어떤 사람들은 점점 더워지는 것으로 보아 도시가 불타고 있는 게 분명하다고 소리쳤다. 불타는 두 대의 방송차를 향해 달려가는 소방차의 요란한 소리가 이 소문을 그럴듯하게 뒷받침해주었다. 이런 지경에 이르자 감독관들의 전화가 특별 보고 부서로 빗발쳤고, 스니펫 장군은 결국 국방부 장관에게 전화를 걸었다.

"장관님."

워싱턴과의 직통전화가 연결되자 그는 이렇게 말했다.

"뉴욕에 긴급상황이 벌어지고 있음을 보고드립니다. 현재 지하철역에 수용된 시민들이 50만 명 정도입니다. 그런데 사람들이 이상한 노래를 부르고 있습니다. 다들 화성인이 뉴욕 시를 침공했다고 믿고 있고요. 민방위 대원들과 경찰들, 그리고 제가 동원할 수 있는 모든 인력이 가능한 한 이들을 지하에 붙잡아두려고 애쓰고 있습니다만, 과연 언제까지 가능할지 모르겠습니다."

잠시 동안 저쪽에서 침묵이 흘렀다. 스니펫 장군은 이제 자기 경력에 불명예스러운 오점이 생기는 것이 아닌가 싶어 덜컥 겁이 났다. 이 말도 안 되는 상황이 자기의 상상이 아니라는 것을 장관에게 인식시키지 못한다면, 그는 여생을 시골 구석에서 조용히 지내야 할 판이었다. 장관의 첫 번째 질문은 그리 기운을 돋우지 못했다.

"방금 화성인이라고 했소?"

장관이 물었다.

"예, 그렇습니다."

장군이 말했다. 다시 침묵이 흘렀다.

"이런 말도 안 되는 일이 언제부터 시작된 거요?"

"처음에는 저희 특별 보고 부서에 전화가 한 통 걸려왔습니다. 멀리건이라는 민방위 소속 위험물 처리반장이 화성에서 온 비행접시에서 외계인 부대가 내리는 것을 봤다고 보고했습니다. 외계인들이 대원들을 향해 다트 비슷한 무기를 발사하더라는 겁니다. 그리고 금속 옷을 입고 있었다고 하고요."

"그 친구, 낮술 마신 것 아니오?"

"저희 생각도 그랬습니다. 그래서 순찰차가 갈 때까지 거기 꼼짝 말고 있으라고 했죠. 그런데 순찰차가 도착했을 때, 흠흠! 그 친구는 사라져버리고 없었습니다."

"사라져버렸다고?"

"그렇습니다. 아무 흔적도 없었습니다."

"아무것도?"

"전혀 없었습니다."

"그럼 그 밑의 대원들은?"

"대원들도 마찬가지로 사라져버렸습니다."

"아무 흔적도 없이?"

"전혀 없었습니다."

다시 침묵이 흘렀다.

"장군께선 어떻게 생각하시오?"

장관이 냉담한 목소리로 물었다.

"장군께서는 군인의 한 사람으로서, 알코올이 방사능 해독 효과가 있다는 해군의 보고에 신빙성이 있다고 생각하시오?"

"저는 전혀 아니라고 봅니다."

장군이 열성적으로 대답했다.

"그 말씀을 들으니 안심이 되는군요. 그러면 장군께서는 그 화성인이란 작자들을 직접 보셨소?"

"아닙니다."

"비행접시는 보았소?"

"아닙니다."

"그러면 지금 당장 밖으로 나가서 배터리 공원부터 브롱크스까지 샅샅이 뒤져보신 후에 돌아와서 내게 보고하시오. 그동안 지하철에서 벌어지는 이 말도 안 되는 상황을 가능한 방법을 모두 동원해서 해결하시오. 이 나라의 가장 큰 도시를 보호하기 위해 고안된 훈련을 그따위 짓거리 때문에 망칠 수는 없으니까. 굳이 강조할 필요도 없을 만큼 중요한 일이니 장군이 잘 해주시리라 믿습니다. 조사를 하는 동안, 보스턴에서는 화성인이니 비행접시니 하는 보고가 전혀 없었다는 점을 명심하시기 바라오. 아무리 생각해도 외계인 침략자들이 보스턴 대신 뉴욕을 먼저 선택할 만큼 지역 정서나 생리를 잘 안다고 믿기는 어려워요. 한 시간 내에 다시 보고하시오."

저쪽에서 딸깍 하고 수화기를 내려놓는 소리가 들리자, 스니펫 장군은 당황하고도 열이 올라서 잠시 동안 손에 든 수화기를 멍하니 바라보았다.

　"당번병!"

　그는 부하에게 으르렁거렸다.

　"차를 대기시켜!"

"그나저나…… 샌드위치 가져오셨소?"

컬럼비아 대학 행정본부 2층에 자리 잡은, 방음장치가 된 연구실에 고립되어 있었던 코킨츠 박사는 공습대비훈련 경보에 대해서는 아무것도 모르고 있었다. 그는 독신이었기 때문에 연구에 필요한 장소나 시간을 마음대로 골랐다. 실험실 안에는 불편하긴 하지만 작은 잠자리를 마련해놓기도 했다. 하숙집 여주인에게는 자기가 하루이틀 집에 돌아오지 않는다고 해서—그는 브루클린에 있는 매킨리 시대풍의 식사 제공까지 되는 하숙집에 살고 있었다—어디서 차에 받혀 쓰러졌거나, 애인과 놀아나고 있으려니 생각하지 말고, 그저 술에 취해 뻗었으려니 하라고 말해두었다. 그는 영화를 보다 잠이 들거나, 워싱턴을 왔다 갔다 하면서 바쁘게 살아가고 있었다.

하숙집 여주인인 라이너 여사는 모성애가 넘치는 여인으로 코킨츠 박사의 말을 전혀 믿지 않았다. 한밤중이 되도록 그가 집에 돌아오지 않으면 내심 마음 졸이긴 했지만, 그렇다고 그의 버릇에 대해 꼬치꼬치 캐묻지는 않았다. 그녀의 생각에는 독신 남성이 밤늦게까지 밖에 있는 것은 옳지 않았다. 우습게도, 그런 남자들일수록 대부분 밤새 일했다는 핑계를 대곤 했다. 컬럼비아 대학에서 일하느라 밤을 새웠다는 코킨츠 박사의 핑계도 우습기는 마찬가지였다. 그녀가 알기론 컬럼비아 대학에서 야간에 일을 해야 하는 사람은 수위밖에 없다. 하지만 코킨츠 박사는 수위가 아니지 않은가.

무척이나 요상한 데가 있긴 하지만, 코킨츠 박사는 매달 꼬박꼬박 방세를 지불하는데다가 새를 좋아하는 사람이었다. 라이너 여사도 새를 좋아해서, 박사가 부재중일 때에는 대신 새에게 모이를 주기도 했다. 박사가 연구실 전화번호를 알려주었기 때문에, 너무 오랫동안 집에 돌아오지 않으면 전화를 걸어 확인할 수도 있었다. 하지만 박사는 가급적 밤중에는 전화를 걸지 말라고 부탁했다. 코킨츠 박사의 극비 핵물리학 연구실의 직통 전화번호를 아는 사람은 미국을 통틀어 브루클린 아카시아 가의 라이너 여사와 미국 대통령, 두 사람뿐이었다. 다른 사람들은 반드시 교환원을 거쳐야 그와 통화할 수 있었다.

코킨츠 박사가 공습대비훈련에 깜깜했던 것은 무관심 때문이 아니라 그가 몰두하고 있는 몇 가지 실험 때문이었다. 코킨츠 박사는 대규모 훈련의 계기가 된 쿼디움 폭탄의 성능을 향상시키느라 여념이 없었다.

그리핀 상원의원이 대중을 안심시키기 위해 미국이 Q폭탄을 보유하고 있다고 발표했으나 별 효과가 없었다. 발표 내용에는 틀린 것이 없었다. 그가 언급한 폭탄은 코킨츠 박사가 대통령과 국방부 장관이 동석한 자리에서 보여주었던 그 꼴사나운 물건이 틀림없었다. 하지만 박사는 거기에 만족하지 못하고 폭탄을 해체한 상태였다.

그는 어떤 비행기로든, 어디로든 운반할 수 있을 만큼 작은 폭탄을 만들고 싶었다. 대통령에게 보여준 폭탄만 해도 포장을 잔뜩 해서 비교적 큼지막했다. 그것은 단순하고도 뛰어난 것을 추구하는 그의 성격과는 어울리지 않았다. 그래서 곧바로 측정할 수도 없이 작은 폭탄을 만들기 위한 작업에 들어갔다. 이런 작업은 완벽주의자인 그에게 참으로 흥미로웠다. 이 작업의 결과물—방대한 지역을 완전히 불모로 만들어버리며 죽음의 숨결을 불어넣을 무시무시한 탄소 14—은 스스로도 인간적으로 몸서리가 쳐졌다. 하지만 박사는 인간적이기보다는 완벽주의에 가까운 사람인지라 계속해서 연구를 할 수 있었다.

외계인 소동이 벌어지고 있을 때 박사는 막 연구를 마무리한 참이었다. 그의 눈앞에 놓인 물건은 구두 상자만 한 회색빛 납 상자였다. 이것이 바로 세계 유일의 쿼디움 폭탄이었다. 겉으로는 평범해 보이지만 강한 충격이나 진동을 가하면 폭발하는 방아쇠 장치를 해놓았다. 마침 하숙집 여주인인 라이너 여사에게 얻은 머리핀이 있어서 방아쇠 스프링 장치의 부품으로 사용했다. 이제부터는 정말 이 물건을 조심스럽게 다루어야만 한다. 코킨츠 박사는 Q폭탄이 실수로 터질 경우를 대비한 안전 장치를 미처 만들지 못했다. 물론 마음만 먹으면 손쉽게 만들 어낼 수 있다. 다만 폭탄을 먼저 만들기 시작해서, 이제 겨우 완성한 것뿐이다.

"디키."

그는 옆에 있는 새장 속의 카나리아, 실험실의 유일한 친구 에게 말했다.

"우리 아주 조심하자꾸나. 밥 먹을 시간이니 잠시 새장에서 꺼내주마. 하지만 저기 있는 상자를 건드리지는 말거라. 여차 하다가는 뉴욕 시 전체를 날려버릴 수도 있으니까. 나까지 포 함해서 말이야."

카나리아는 맑은 목소리로 짹짹거렸다.

"물론 넌 저 상자를 건드릴 만큼 크지 않지."

코킨츠 박사는 말했다.

"내가 너무 신경이 쓰여서 그런가 보다. 사실은 저걸 분해해 놓아야겠지만, 너무 지쳐서 손이 다 벌벌 떨리지 뭐냐. 뭘 좀 먹고 나서 저걸 분해한 다음 집에 가서 한숨 자자꾸나."

그는 샌드위치를 찾으려고 주머니에 손을 넣었지만, 손에 잡 히는 것은 파이프와 담배뿐이었다. 그는 이 물건들을 꺼내 책 상 위에 줄줄이 늘어놓으며 계속 샌드위치를 찾았다. 드디어 기름종이로 싼 꾸러미를 꺼내 미심쩍어 하면서 열어 보았다. 그러자 시커멓게 변한 소시지가 들어 있는 갈색 빵이 나왔다. 그는 두꺼운 안경 너머로 그것을 한참 바라보았다. 한때는 신선하게 살아 있었지만, 이제는 빵 사이에 눌려 죽어버린 듯한 모양의 소시지였다. 다른 쪽 주머니에 또 다른 꾸러미가 있었지만, 거기 든 빵은 먼젓번 것보다도 더 상한 것 같았다.

"디키."

과학자는 말했다.

"이 샌드위치는 사나흘은 지난 것 같구나. 이건 못 먹겠다. 교환원한테 전화를 걸어서 혹시 샌드위치 주문이 되는지 물어봐야겠다."

그는 전화를 들고 0번을 눌러 교환원을 찾았다. 하지만 이삼 분이 지나도록 아무런 응답이 없었다.

"이상하군."

그는 시계를 바라보며 말했다.

"오전 10시 반밖에 안 됐는데 벌써 점심을 먹으러 간 건가?"

그는 다시 한 번 전화를 걸어 이번에는 좀 더 오래 기다렸다. 그런데 갑자기 웬 남자 목소리가 튀어나와서 깜짝 놀랐다. 그의 기억에 이제껏 남자 교환원 목소리를 들어본 적은 한 번도 없었다.

"거기 누구요?"

남자의 목소리는 그 어떠한 상황에서도 자기를 방해해서는 안 된다는 듯 고압적이었다.

"코킨츠 박사요."

박사는 말했다.

"혹시 교환원이 있으면 샌드위치를 좀 주문할까 해서 전화했습니다만……."

"코킨츠 박사님?"

남자가 갑자기 걱정스런 목소리로 말했다.

"저는 훈련감독관입니다. 지금 어디 계십니까?"

"내 연구실에 있소. 지금 누구라고 하셨소?"

"이 건물을 담당하는 공습대비훈련 감독관입니다. 아시겠지만 훈련경보가 발효되어서요."

"경보라고요? 벌써 전쟁이 벌어진 거요? 나는 아무 이야기도 못 들었는데? 그렇다면 진작 누가 이야기를 해줬어야지."

남자는 즐거운 듯 껄껄 웃었다.

"아닙니다. 전쟁이 벌어진 건 아니에요, 선생님. 그저 뜬소문이죠. 전쟁은 아니라고 제가 보증하죠. 다만 실전처럼 대규모 경계경보가 발령된 것뿐입니다. 어쨌든 지금은 건물을 벗어나실 수 없고요. 거기에 그대로 계시면 사람을 올려 보내서 방공호로 모시도록 하겠습니다."

"하지만 나는 방공호로 갈 수 없어요. 여기 일 때문에 밖으로 나갈 수가 없는데……. 하여간 난 못 가요."

"아…… 혹시 카나리아 때문에 그러십니까? 그 정도면 저희가 돌볼 수 있습니다."

"아니요, 카나리아 때문이 아니오. 그거랑은 좀 다른 거요. 여기서 나갈 수는 없고, 배는 고프고 그렇군요. 혹시 샌드위치 좀 보내줄 수 있소?"

훈련 감독관은 잠깐 동안 골똘히 생각했다. 그러자 조만간 불시에 경보와 맞닥뜨린 사람들을 위한 이동매점이 도착할 것이라는 사실이 떠올랐다.

"그러면 잠시만 거기서 기다리세요. 몇 분 뒤에 음식을 가지고 올라가겠습니다. 대신 절대로 움직이시면 안 됩니다."

"뉴욕 시 전체를 걸고 약속하겠네."

박사가 대답했다.

감독관은 웃으면서 전화를 끊고 이동매점이 오고 있는지 보러 나갔다.

그사이에 털리와 그의 부하들은 재빨리 행군해서 대학에 도착했고, 그곳 역시 방금 지나온 도시와 마찬가지로 인적 하나 없이 무덤처럼 적막하다는 것을 깨달았다. 털리는 점점 불안해지고 긴장이 되었다. 시간이 지나면 지날수록 미국을 단숨에 무릎 꿇게 만들 유일한 목표물을 놓칠지도 모른다는 생각에 사로잡혔다. 자신은 물론이고 그랜드 펜윅 원정부대에게 있어서, 이것은 시간 싸움이었다.

도시가 공격을 받기 전에 코킨츠 박사와 폭탄을 장악해서 범선을 타고 벗어날 수만 있다면 승리는 그들의 것이다. 하지만 그 전에 도시가 핵무기 공격을 받는다면 그와 부하들은 모두 죽어버리고 모든 노력도 허사가 된다.

이상하게도 그는 죽는 것이 두렵지 않았다. 다만 글로리아나 대공녀의 불쌍한 모습이 머릿속에 떠올라서 그를 괴롭혔다. 그는 이것이 애국심이라고, 나라에 대한 사랑 때문에 그토록 불안해하면서 반드시 이기겠다는 결심이 선 거라고 생각했다. 하지만 그 외의 다른 이유가 있다는 사실을 곧 인정할 수밖에 없었다. 그 이유란 금발머리에, 부드럽고 유려한 목소리에, 축복처럼 다정하고도 친근한 미소를 지닌 글로리아나였다. 전쟁에 참가한 다른 부대원들이 가진 동기는 순수한 애국심일지도 모른다. 하지만 털리에게 이 전쟁은 점점 기사 수업처럼 되어갔다.† 비록 스스로 시작한 일이긴 했지만 말이다.

부대원이 대학 건물 주변에 흩어져서 확인한 결과, 문에는 모두 자물쇠가 채워져 있고 창문과 출입구는 닫혀 있기 때문에, 강제로 뚫고 들어가는 수밖에 없다는 결론이 나왔다. 털리는 행정본부의 출입구를 부수고 진입하기로 결정했다.

"윌."

그는 부관에게 말했다.

"저 나무를 베어 공성망치‡로 만들어서 문을 부수게."

인도에 서 있는 작은 보리수 나무 한 그루였지만 그걸 베어내기란 쉽지 않았다. 뉴욕의 나무들이 대개 그렇듯이 이 나무에도 보호장비가 둘러쳐져 있었다. 나무 둘레에 튼튼한 쇠 울타리가 있어서 털리의 부하들은 우선 철퇴로 그 울타리를 박살냈다. 쇠가 부딪치는 날카로운 소리가 조용한 거리에 퍼지자 깜짝 놀란 비둘기들이 푸드덕거리며 날아갔다. 그러나 이 소리는 적막한 상황에 적응한 부대원들의 신경을 자극하진 못했다. 털리의 부관인 윌은 여전히 자기들의 침략 소식이 알려지면서 도시 전체가 겁을 내고 모조리 도망쳤다고 확신했다.

울타리를 박살 내고부터는 일이 어렵지 않았다. 그들은 나무를 베어 쓰러뜨리고 가지를 쳐낸 다음, 공성망치로 만들었다. 이런 일에 특히 익숙한 윌은 공성망치의 끄트머리에 쇠사슬 갑옷을 두르고 가죽 끈으로 묶어 고정했다.

"그랜드 펜윅의 명예를 위해!"

그는 소리쳤다.

"우리의 와인을 위해!"

여덟 명의 궁수들이 공성망치를 들고 뒤로 물러섰다가 힘차게 문을 향해 돌진했다. 무수한 북을 한꺼번에 치는 듯 요란한 소리가 울려퍼졌다. 문은 한가운데에 강렬한 충격을 받고 잠시 덜덜 떨렸지만, 여전히 굳건했다.

"다시!"

윌이 소리쳤다.

"두 번만 더 치면 되겠다!"

실은 두 번 하고도 한 번을 더 쳐야 했다. 20세기 대학생들의 진취적 기상에도 끄떡없었던 튼튼한 문이었지만, 14세기 전사들이 시도하는 막무가내 공성에는 속수무책이었다. 문은 마침내 체념한 듯 활짝 열렸다. 그와 동시에 그랜드 펜윅 병사들은 공성망치를 든 채 건물 안으로 우르르 진입했다. 넓은 홀은 역시 텅 비어 있었고, 적막한 분위기 속에 적의 그림자도 찾을 수 없었다.

"이런 젠장."

† 기사시대에 기사가 귀부인의 사랑을 얻기 위해 방랑하면서, 그녀의 이름으로 무훈을 세우던 일을 말한다.

†† 중세시대에 성문을 부수기 위해 사용한 무기. 커다란 통나무의 끝부분을 뾰족하게 깎아 여러 사람이 들고 성문에 들이박는다.

윌이 말했다.

"이놈의 자식들이 얼른 나와서 한바탕 했으면 좋겠네요. 고작 스무 명 남짓이서 이 넓은 도시를 뒤져본들, 언제 그놈들 코빼기나 볼 수 있겠습니까. 그냥 후딱 제대로 한판 벌이고 항복을 받아야 어디 가서 뭘 좀 먹을 텐데요."

"우리는 자네가 생각하는 것보다 승리에 더 가까이 다가갔네. 하지만 별로 시간이 없군."

틸리가 대답했다. 그는 벽에 붙어 있는 안내판에서 찾던 이름을 발견했다.

"코킨츠 박사. 201호실. 2층이로군. 여기하고 바깥 경계병만 남고, 나머지는 나를 따라 위층으로! 누구든지 접근하면 생포하든지 죽이든지 마음대로 하라!"

틸리는 장검을 꺼내들고 계단을 한 번에 두 개씩 뛰어 올라갔고, 윌이 그 뒤를 따랐다. 왼쪽 복도에서 그는 201호 문패가 달린 방문을 발견했다. 문은 잠겨 있었지만, 손잡이 쪽을 세게 걷어차자 활짝 열렸다. 코킨츠 박사는 실험실 안에서 증류기와 저울, 시험관, 유리 냉각기에 둘러싸인 채 그들을 보고 눈을 깜박거리고 있었다. 그는 안경을 벗어 옷자락에 쓱쓱 닦고는 다시 안경을 끼며 물었다.

"샌드위치 가져오셨소?"

코킨츠 박사와 Q폭탄과
카나리아는 그랜드 펜윅으로

    털리 배스컴이 그랜드 펜윅의 전쟁 포로로 코킨츠 박사를 사로잡긴 했지만, 그 사실을 포로에게 납득시키기란 무척 힘들었다. 아마 역사상 어느 전쟁 때보다도 힘들었을 것이다.

    박사에게도 선뜻 믿을 수 없는 이유는 충분했다. 첫째, 그는 샌드위치가 오기를 기다리고 있었는데 난데없이 장검을 든 사람들이 들이닥쳤다. 둘째, 그는 20세기의 훈련감독관이 커피와 샌드위치를 들고 올 줄 알았는데, 갑자기 갑옷과 쌍두 독수리가 새겨진 겉옷을 입은 14세기 전사 두 명이 무기를 들고 나타났다. 마지막으로, 대부분의 미국인들과 마찬가지로 코킨츠 박사도 미국이 침략당했다는 사실, 그것도 그랜드 펜윅 공국이 쳐들어왔다는 사실이 믿기지 않았다. 당시 정황을 잘 알고 있던 사람이라 하더라도 이런 상황에서는 깜짝 놀랄 수밖에 없었을 것이다.

"샌드위치가 없다고요?"

그는 땅으로 푹 꺼져버릴 것 같은 모습으로 멍하니 서서 중얼거렸다. 털리는 인내심을 발휘해 샌드위치는 없고 박사는 이제 전쟁 포로라고 이야기해주었다. 벌써 세 번째 설명이다.

"도무지 이해할 수가 없군."

박사는 천천히 고개를 가로저으며 말했다.

"이해할 수가 없어. 너무 일을 많이 하다 보니 이제 헛것이 보이는 건가. 당신들은……."

그는 털리와 윌을 가리켰다.

"그저 환각일 뿐이야. 너무 일을 많이 해서 그런 걸 거야. 정신이 현실을 초월하다 보면 이렇게 환상 속에 도피처를 갖게 되지. 분명히 지금 내 상황이 그렇군. 자네들은 아마 내 몸에 비타민이 부족해서 생겨났을 거야. 그러면 환각이 일어난다고도 하니까. 눈을 감고 깊이 숨을 들이쉬고 나면 당신들도 사라져버리고 없겠지."

그는 눈을 감고 두어 번 숨을 들이쉬고 내쉰 다음 미심쩍은 듯 눈을 떴다. 하지만 무장한 두 사람은 여전히 갑옷을 입은 채 사나운 눈초리를 하고 그의 앞에 서 있었다.

"자, 그렇다면……."

코킨츠 박사가 말했다.

"당신들은 환각이 아니고, 나는 정말로 전쟁 포로가 됐나 보군. 하지만 이 문제는 이성적으로 해결할 수 있을 거요. 말해보시오. 미국이 지금 어디랑 전쟁을 하고 있는 거요?"

"그랜드 펜윅 공국이오."

틸리가 말했다.

"그랜드 펜윅 공국이라……."

박사가 말했다. 그는 단어 하나하나의 무게를 가늠하듯, 그 실체를 재보겠다는 듯, 느릿느릿 발음했다.

"그러면 당신들은 환각이 분명하군."

그는 결론지었다.

"나도 그랜드 펜윅 출신이오. 어떻게 국민을 전쟁 포로로 잡을 수 있겠소?"

"이것 보시오."

틸리는 시간이 흐르는 게 초조해서 굳은 표정으로 말했다.

"우리는 당신의 환시가 아니오. 이건 실제 상황이란 말이오. 그랜드 펜윅 공국은 벌써 두 달 전에 미국을 상대로 전쟁을 선포했소. 우리는 뉴욕을 침공한 거고, 당신은 포로가 되어 그랜드 펜윅으로 압송될 거요."

"그런데 왜 그랜드 펜윅이 미국에 전쟁을 선포한 거요?"

코킨츠 박사가 물었다.

"와인 때문이오."

윌이 대답했다.

"당신네 미국인들이 우리 와인의 모조품을 만들어서는 그 싸구려 술에다가 '그랜드 엔윅 와인'이라고 이름 붙였기 때문이오. 그래서 이렇게 된 거요."

"와인 때문이라……."

코킨츠 박사가 말했다.

"겨우 그것 때문에 한 나라가 미국을 상대로 전쟁을 벌인단 말이오?"

박사는 믿을 수 없다는 듯 어깨를 으쓱해 보였다.

"그걸로 충분하지."

털리가 대꾸했다.

"당신은 전쟁 포로로서 우리를 따라와야 하오. 당신이 만든 폭탄도 함께. 폭탄은 어디 있소?"

"폭탄?"

박사는 그 단어를 듣는 순간 갑자기 꿈에서 깨어난 듯한 기분이었다.

"폭탄이라니? 무슨 말을 하는 거요? 나는 전혀 모르오."

"여기 나온 폭탄 말이오."

털리는 찢어진 「뉴욕 타임스」 조각을 그의 앞에 내밀었다.

"폭발하기만 하면 모든 것을 날려버릴 그 물건 말이오."

박사는 두 사람 너머 의자 위에 놓인 납 상자를 흘끔 쳐다보았다. 아주 순식간이었지만, 털리는 이미 커다란 손으로 그 상자를 집어들었다.

"바로 이것이로군!"

털리가 의기양양하게 말했다. 그가 상자를 앞으로 내밀자 그 무게로 인해 하마터면 상자가 떨어질 뻔했다. 털리는 손에 들고 있던 장검을 떨어뜨리며 간신히 반대쪽 손으로 상자를 받았다. 그러자 코킨츠 박사는 발레리나처럼 펄쩍 뛰어올랐다가, 두꺼운 안경 속의 눈을 꾹 감은 채 부들부들 떨며 주저앉았다.

"제발……."

그는 이마 위로 한 손을 들고 흔들며 말했다.

"제발 조심해주시오. 지금 당신이 들고 있는 그 상자가 얼마나 위험한 물건인지 아시오?"

"이게 바로 그 폭탄인가?"

털리는 일부러 야단스럽게 상자를 흔드는 척하며 물었다.

"제발."

코킨츠 박사가 사정했다.

"조심하시오. 아기 생쥐 만지듯 조심스럽게 다뤄주시란 말이오. 맞소. 그게 바로 폭탄이오. 그런 식으로 흔들거나, 떨어뜨리거나 충격을 가하거나, 어떤 식으로라도 잘못 건드리면 바로 폭발할 거요. 그렇게 되면 뉴욕과 필라델피아, 보스턴까지 모두 박살이 난단 말이오. 반경 수백만 킬로미터 내의 생명체는 흔적도 없이 날아갈 거요. 거기다가 치명적인 가스가 나와 수년에 걸쳐 모든 것을 말살해버릴 거요. 그러니 제발 부탁이오. 죄 없는 수백만 명의 목숨을 위해서라도 제발 그 물건을 조심스럽게 내려놓으시오."

월은 점점 미심쩍어진다는 듯 이 광경을 보고 있었다. 그는 이게 도대체 무슨 소리인지 전혀 몰랐다. 다만 털리가 폭탄이 있다고 말했으니, 폭탄이 있는 줄 알 뿐이었다. 하지만 지금 대장이 들고 있는 그 상자가 이 코킨츠 박사라는 사람 말대로 그랜드 펜윅 전체는 물론이고, 그 이상까지도 박살 낼 물건이라는 것은 도무지 믿을 수가 없었다.

그는 장검을 들고 폭탄 앞으로 나섰다.

"그걸 이리 줘보세요. 제가 당장 두 동강 내서 안에 뭐가 들어 있는지 살펴보죠. 이 사람은 거짓말을 하는 것 같아요. 화약이 들어 있다고 해도 기껏해야 이 방 하나 날려버리지 않겠어요? 어쩌면 이 안에는 흙이나 모래밖에 없을지도 몰라요."

"안 돼요! 안 돼!"

코킨츠 박사가 비명을 질렀다.

"안 돼요. 제발 부탁이니 건드리지 말아요."

그는 몸을 날려 윌을 가로막으며 장검을 든 그의 팔을 양손으로 붙들었다.

"거짓말 같진 않아."

털리가 조용히 말했다.

"내 생각엔 이게 바로 우리가 찾던 거야. 이제 떠나야지. 그나저나 한 가지 물어보고 싶은 게 있소. 도대체 뭐 하러 이런 물건을 만든 거요?"

털리는 박사에게 상자를 들이밀며 물었다.

"미국의 평화를 지키기 위해서요."

코킨츠 박사가 대답했다.

"이건 평화를 위한 유일한 무기란 말이오. 핵폭탄을 비롯해서 지금까지 고안된 그 어떤 무기보다도 강력하니까."

"평화를 지키기 위한 무기라고?"

털리는 약간 놀랐다는 투로 말하며 상자를 다른 손으로 바꿔 들었다. 그는 장검을 짚고 서 있는 월을 바라보았다.

"하긴 저기 월이 짚고 서 있는 장검도 평화를 지키기 위한 무기지. 이 물건만큼 한꺼번에 많은 사람을 죽이지는 못하지만 말이오. 우리 그랜드 펜윅은 세상에서 가장 작은 나라라 다른 어느 나라보다도 평화를 지키기 위한 훌륭한 무기가 절실하오. 그러니 기꺼이 이 물건을 가져가겠소. 자, 어서 갑시다. 아래층 으로! 앞장서시오!"

코킨츠 박사는 어깨를 으쓱하더니 문가로 걸어갔다. 그러다 가 곧 몸을 돌렸다.

"내 카나리아는 어떻게 합니까? 내가 없으면 아무도 돌봐줄 사람이 없소."

"돌봐줄 사람이 있다고 해도 별 차이가 없을 거요."

털리가 대답했다.

"이 도시는 곧 핵폭탄 공격을 받을 거니까. 누군가가 평화를 지키기 위한 무기를 사용하기 전에 얼른 뜨는 게 상책이오."

"핵폭탄 공격이라고?"

월과 코킨츠 박사가 동시에 소리쳤다.

"그렇소. 이걸 읽어보시오."

털리는 두 사람에게 「뉴욕 타임스」를 꺼내 보여주며, 핵폭탄 공격에 대비하기 위해서 향후 24시간 이내에 발효될 공습대비 훈련 경보에 대한 기사를 가리켰다.

"경보는 현재 발효 중이오."

그가 말했다.

"곧 공격이 시작될 게 틀림없소."

"이건 단지 훈련이오."

코킨츠가 해명했다.

"훈련감독관이 그렇게 말했소. 실제 공격은 없다고."

털리는 믿기 어렵다는 듯 잠시 그를 바라보다가 다시 한 번 신문기사를 읽었다. 그러고 보니 실제로 핵폭탄 공격이 있으리라는 말은 없었다. 읽으면 읽을수록 이것은 단지 훈련경보라는 사실이 분명해졌다.

"어쩌면 당신 말이 맞을지도 모르지."

그는 결국 동의했다.

"그렇다면 다행이고. 어쨌든 이 훈련이 계속되는 사이에 우리는 엔데버 호에 당신과 폭탄을 싣고 여길 벗어나야 해. 자, 어서 앞장서시오."

"하지만 내 카나리아가……."

박사가 말했다.

"카나리아도 가져가시오. 어서 서둘러요."

털리가 명령했다.

코킨츠 박사는 새장을 들고 서둘러 연구실 밖으로 나갔다. 계단 바로 앞에서 그는 털리에게 말했다.

"제발 계단을 내려갈 때 조심하시오. 넘어지기라도 하면 뉴욕 시 전체가 날아가버릴 테니까."

어쩌다 보니 **전투에서 승리하다**

그랜드 펜윅 공국이 미국을 상대로 벌인 용맹스러운 전쟁에서 언급할 만한 충돌은 단 한 번이었다. 그것도 장소나 인원에 비해 무척 소규모였기 때문에 군사학자나 일반인 모두가 만족할 만한 적절한 용어를 찾기 힘들 정도였다. '전투'라고 하기는 어려웠다. '교전'이라고 하기엔 좀 애매했다. '무력 충돌'이라고 하기엔 어울리지 않아 보였다. 그저 '싸움'이 벌어졌다고 해야 적당할 것 같은데, 한쪽이 다른 쪽을 일방적으로 몰아붙였으니 가장 사실과 가까웠다.

양쪽의 화력이나 부상자를 따져보면 사소하다고 할 수 있는 싸움이었지만, 좀 더 따져보면 세계의 그 어느 전투 못지않게 중요한 사건이었다. 무엇보다도 그 사건을 통해 미국인 수백만 명이 목숨을 구했다는 사실을 기억해야 한다. 그것도 아이러니

하게 아군이 아니라 침략군에 의해서 구원받았다는 사실을 말이다. 동시에 그 침략군은 목표로 하던 물건을 탈취하고 적들을 물리친 뒤에 아주 멋진 방법으로 전장에서 귀환하였다. 물론 이들의 적이었던 미국인들은 패배했다는 사실을 결코 인정하지 않았지만 말이다.

털리의 지휘 하에 코킨츠 박사와 쿼디움 폭탄을 노획해 범선 엔데버 호로 되돌아가던 그랜드 펜윅 원정부대는 110번가와 브로드웨이 사이의 교차로에서 뉴욕 지구 민방위 대장인 스니펫 장군이 이끄는 병력과 맞닥뜨렸다.

스니펫 장군 측은 그가 탄 차를 모는 운전사 한 명과 두 대의 방송차에 나누어 탑승한 무장 경찰 두 명과 운전사 두 명, 그리고 이동매점 차량에 올라탄 자원봉사자 네 명과 무장 경찰 두 명이었다. 합쳐서 고작 열두 명이었지만 네 대의 자동차에 나누어 타고 있었기 때문에, 말하자면 기계화 부대라고 할 수 있었다.

말할 필요도 없지만 거리가 텅 비어 있었던 까닭에 양측 부대는 멀찌감치에서 서로를 알아보았고, 500미터 거리에 접근하자 전투 준비를 했다. 14세기식 방어술을 펼치는 펜윅 군대는 갈퀴 모양의 대형으로 흩어졌다. 맨 첫 번째 줄에 선 궁수로부터 약 2보 떨어진 곳에 두 번째 줄 궁수가 섰다. 그 뒤에는 또 다른 전사들이 세 번째 줄을 이루었다. 갈퀴 대형의 양쪽 끝에는 측면 방어를 위해 중기병이 장검과 철퇴를 들고 섰다. 물론 이번에는 거리 양쪽으로 건물이 서 있었기 때문에 측면 공격의 가능성은 없었다.

스니펫 장군은 거리 뒤쪽으로 돌아서 그랜드 펜윅 군대를 앞뒤로 협공했어야 옳았다. 하지만 그는 백병전이 벌어지기 전까지도 이런 전략이 필요할 거라고는 생각지 못했다.

적군이 전투 준비를 하고 있음을 확인한 스니펫 장군은 부하들에게 대기하라고 명령한 다음, 운전사가 모는 차에 무장 경찰 한 명만 대동하고 호위 없이 앞으로 나갔다. 협상을 하기 위해서이다.

운전사는 천천히 차를 몰고 적군에게서 수백 미터 떨어진 지점에 세웠다. 자동차는 컨버터블 형이었다. 장군은 차가 멈추자 앞 좌석에서 일어나 펜윅 군대를 향해 손짓을 했다.

"당신들, 도대체 이게 뭐 하는 짓이오? 왜 방공호로 가지 않았소?"

털리는 스니펫 장군에게 자신이 미국과 전쟁 중인 그랜드 펜윅 원정부대의 지휘관이며, 당신은 지금 병력이 열세이니 원한다면 명예롭게 퇴각할 수 있는 기회를 주겠다고 말했다. 하지만 퇴각하지 않는다면 아무리 많은 희생을 치르는 한이 있어도 전투밖에는 방법이 없을 것이라고 강조했다.

이에 대한 스니펫 장군의 답변은 불경스럽기도 하거니와 전혀 상황 파악이 안 된 것이었다. 그는 그랜드 펜윅 군대에게 "병신 같은 놈들"이라고 욕하면서 당장 방공호로 꺼지지 않으면 부하들을 시켜 사격하겠다고 소리소리 질렀다.

털리는 협상은 이것으로 충분하다고 생각하고, 궁수들에게 사격을 준비하라고 명령했다. 목표는 500미터 앞에서 대기하고 있는 또 다른 자동차 세 대였다. 햇빛 아래 번쩍이는 화살이 시위에 메겨지고, 궁수가 왼쪽 팔을 활 쪽으로 뻗으면서 천천히 당기자 팔과 어깨가 일직선으로 펴졌다. 이 광경을 본 스니펫 장군은 완전히 이성을 잃고 옆에 있는 경찰관에게 소리쳤다.

"저 웃기는 옷을 입은 키 큰 놈을 쏴버려!"

카빈 소총으로 무장한 경찰관이 사격 자세를 취하기 위해 자동차 밖으로 나오자, 틸리가 윌에게 말했다.

"저놈은 예절도 모르는구먼. 모자를 한 방 쏴주게."

윌이 목표물을 겨냥하는가 싶더니 쏜 화살이 눈 깜짝할 사이에 성난 벌처럼 날아갔다. 경찰관이 카빈 소총을 조준하려고 들어올리는 순간, 1미터 가까이 되는 화살이 그의 모자를 낚아채서는 30여 미터나 날아가서 아스팔트 위에 꽂혔다. 땅 위에 비스듬히 꽂힌 화살대에는 그랜드 펜윅의 첫 전과인 경찰관의 모자가 대롱대롱 매달려 있었다.

화살이 모자에 맞는 순간 경찰관도 총을 발사했지만, 조준이 빗나가는 바람에 틸리의 머리에서 20미터 떨어진 데 가서 총알이 박혔다. 그 와중에 틸리도 옆에 있는 부하에게 활을 빌려서 아까 윌이 보여주었던 것만큼이나 손쉽게 스니펫 장군의 모자를 향해 화살을 날렸다. 이번에 쏜 화살도 역시 장군의 모자를 낚아채서 앞서 윌이 쏜 화살 근처에 박혔다.

틸리가 쏜 이 마지막 화살은 자신들이 이러한 전투에 연루되어 있다는 건 까맣게 모르고 있을 수백만 명의 목숨을 위험하게 만들었다. 털리는 활을 빌리느라 쿼디움 폭탄을 궁수에게 잠시 맡겼다. 이 물건이 무엇인지 전혀 몰랐던 궁수는 생각 없이 상자를 함부로 다루었다. 몇 분 뒤에는 털리도 폭탄에 대해서 완전히 잊고 있었다. 조상으로부터 물려받은 특유의 군인다운 본능으로, 지금이 바로 적에게 치명적인 한 방을 먹여야 할 때라고 판단한 것이다.

"전방을 향해 일제히 발사!"

그는 소리쳤다.

"나머지는 칼과 방패를 들고 돌격 앞으로!"

거리 아래쪽으로 화살 세례가 퍼부어졌다. 한 무더기의 화살들은 높은 건물들을 따라 하늘 높이 올라갔다가 포물선을 그리며 스니펫 장군이 탄 자동차 뒤에 요란한 소리와 함께 떨어졌다. 화살이 시위를 떠나자마자 그랜드 펜윅 군대는 방패와 장검을 뽑아들고 스니펫 장군 쪽 차들을 향해 돌진했다. 윌은 재빨리 장군의 차를 포위한 다음 운전사를 끌어내고 경찰관의 카빈총을 빌딩 유리창을 향해 던져버렸다. 그러고 나서 주먹으로 장군을 한 대 갈겼는데, 이미 말했듯이 윌이 워낙 건장한 탓에 장군은 이후에 무슨 일이 일어났는지 모를 정도로 한 방에 뻗어버렸다.

뒤에 서 있던 세 대의 자동차들은 전투태세조차 갖추지 못한 상황이었다. 이동매점 차량에 있던 사람들은 햇빛에 번뜩이는 장검을 들고 소리 지르며 달려오는 적군의 모습을 보자마자 잽싸게 차를 몰고 도망쳐버렸다. 하지만 차에서 내려 서 있던 두 명의 경찰관은 어쩔 줄 몰라 멍하니 있었다. 그러다 그중 한 사람이 카빈총을 발사했고, 총탄은 펜윅 군대의 궁수 가운데 한 사람의 가슴에 명중했다. 궁수는 땅에 쓰러졌다가 일어나는 듯 하더니 다시 쓰러져서 이내 조용해졌다. 쓰러진 이는 톰 코블리라는 키 작은 농부로 나이는 마흔다섯이었다. 그는 지난 5세기 동안 그랜드 펜윅이 배출한 어느 누구보다도 더 영예로운 죽음을 맞이했다. 톰 코블리야말로 지난 500년 사이에 조국을 위해 산화한 유일한 인물인 것이다. 그의 시신은 소금으로 방부 처리되어 훗날 고향으로 옮겨졌다. 그리고 영광스럽게도 펜윅 성의 지하에 있는 납골당의 로저 펜윅 경 시신 곁에 안장되었다.

미국인 경찰관의 용감한 대응은 곁에 있던 동료가 다가오는 적군을 향해 총을 쏠 용기를 불어넣었다. 하지만 불행히도 그에겐 제대로 조준할 여유가 없었다. 겨우 두어 방 쏘았나 싶었는데, 펜윅의 궁수들이 그를 덮쳐눌렀다. 쿼디움 폭탄을 맡아 들고 있던 펜윅 병사는 무기라고는 아무것도 없었기 때문에 마침 들고 있던 납 상자를 집어던졌다. 그가 힘껏 던진 납 상자는 6미터 정도 공중을 날았다. 털리는 상자가 날아오르는 광경을 목격했다. 그는 상자가 떨어질 만한 위치에서 3미터 뒤에 있는 자동차 위에 서 있었다. 만약 그대로 상자가 떨어진다면 미국 동부 해안 지역의 주요 도시는 완전히 박살이 날 상황이었다.

순간 털리는 상자를 향해 몸을 날려 양손으로 그것을 받은 다음 땅 위를 데굴데굴 굴렀다. 상자는 그의 가슴에 단단히 붙

들려 있었다. 그가 땅 위에서 일어난 순간 뉴욕 시민들은 죽었다 살아난 거나 마찬가지였다.

그랜드 펜윅 군대는 적군을 맞아 혁혁한 승리와 함께 자동차 세 대를 노획했다. 병사 두 명이 감시하고 있던 코킨츠 박사는 이 광경을 지켜보다가 기절했다. 몇 분 뒤에 정신을 차리긴 했지만, 의식이 돌아오자마자 틸리가 안심하라며 눈앞에 내민 퀴디움 폭탄을 보고는 또다시 기절해버렸다.

전투는 스니펫 장군이 벌인 최초의 협상에서부터 5분도 지나지 않아서 그랜드 펜윅의 압승으로 끝났다. 그랜드 펜윅은 미국의 장비를 모두 노획하고 장군과 그의 운전사, 네 명의 경찰관까지 포로로 잡았다. 나머지 병력은 이미 도망친 상황이었다. 틸리는 부하들에게 노획한 자동차로 범선 엔데버 호가 기다리는 커나드 선착장까지 가라고 명령했다. 하지만 그랜드 펜윅 공국 부대 전체를 통틀어 자동차를 운전할 수 있는 사람은 틸리뿐이었으므로 나머지 차들은 포로들이 운전했다. 운전사가 도망치지 못하도록 양 옆에서 펜윅 병사들이 번뜩이는 장검을 들고 지켰다.

선착장으로 가는 동안 스니펫 장군이 의식을 되찾았다. 그는 이게 도대체 무슨 짓이냐고 호통을 쳤다.

"이런 짓을 하다니, 평생 감옥에서 썩을 줄 알아!"

그는 고래고래 소리를 질렀다.

"당장 내려놔! 아니면 뉴욕 경찰을 모두 불러낼 테니!"

장군이 노발대발했지만 아무도 신경을 쓰지 않자, 이번에는 이성적으로 목소리를 낮추어 이게 도대체 어찌 된 영문인지 물었다.

털리는 또다시, 당신은 그랜드 펜윅 공국에 의해 전쟁 포로로 붙잡혀서 압송되는 중이고, 계급이 육군 대위인 것 같으니 그에 합당한 대우를 받을 것이며, 문명국가가 그러하듯이 몸값을 치르고 풀려날 수도 있다고, 장군에게 인내심 있게 설명했다. 이 말을 듣자 장군은 또 한 번 폭발했다. 겨우 노여움이 가라앉고 나서야 그랜드 펜윅 공국이 어디에 붙어 있는 나라이며, 도대체 왜 전쟁을 일으켰느냐고 물었다.

답변은 이랬다. "그랜드 펜윅은 길이가 8킬로미터에 폭이 5킬로미터인 독립국가로, 알프스 북부 산지에 위치해 있으며, 어떤 캘리포니아의 와인 제조업자 때문에 이 전쟁이 벌어졌다." 이 대답을 듣고 나서 장군은 굳은 침묵을 지켰다. 털리는 당장 생각할 문제가 무척 많았는데 그가 입을 다물어주니 잠시나마 결단을 내릴 여유가 생겨서 고마울 뿐이었다.

털리가 직면한 첫 번째 문제는, 어떻게 코킨츠 박사와 쿼디움 폭탄을 그랜드 펜윅까지 무사히 옮기느냐는 것이었다. 그의 뜻대로 할 수 있는 교통수단이란 범선뿐인데, 공국에서 가장 가까운 항구까지 가려면 3주나 걸렸다. 그랜드 펜윅과 미국이 전쟁 중이므로 그 3주 사이에 미국 함정에 의해 바다 한가운데서 격침될 수도 있다. 그는 가까운 공항으로 달려가 비행기를 탈취하는 방법도 생각해보았다. 하지만 그 계획에는 변수가 너무 많았다. 첫째, 대서양을 횡단할 만한 비행기와 조종사를 찾는 건 불가능할 것이다. 둘째, 가장 가까운 비행장—그는 아이들윈드 비행장이 적격이라고 생각했다—까지 가는 도중에, 적의 정예부대를 만나기라도 하면 격퇴시키기 어려울 것이다.

그는 결국 범선을 믿어보기로 했다. 범선이기 때문에 방어 능력도 없고, 고향 땅의 항구에 도달하기까지 오래 걸리지만, 한 가지 믿는 구석이 있었다. 바로 미국이 그랜드 펜윅과 전쟁을 치르고 있다는 것을 전혀 모르고 있다는 기묘한 사실이었다. 그랜드 펜윅의 원정부대가 뉴욕을 침공해서 컬럼비아 대학까지 진격한 다음, 건물에 난입해서 미국이 보유한 최고 수준의 무기를 노획했다는 것을 아는 사람이 과연 몇이나 될까. 사실이 밝혀지기 전에는 모두가 그랜드 펜윅 공국으로 무사히 귀환할 가능성이 분명히 있다.

그런데 한 가지 문제가 남아 있었다. 털리는 백악관으로 쳐들어가 대통령을 사로잡는다는 원래 계획을 완수해야 할지 아직 결정하지 못했다. 이 문제로 고민하다가 원래 계획을 취소하기로 마음먹었다. 이제는 협상에서 대통령보다 더 큰 구실을 할 코킨츠 박사와 쿼디움 폭탄을 갖고 있기 때문이다.

코킨츠 박사에 생각이 미치자, 문득 박사가 그랜드 펜윅 출신이라고 말했던 것이 떠올랐다. 털리는 건너편에 앉아 있는 윌에게 고개를 돌렸다. 두 사람은 장군을 가운데 놓고 양쪽에 앉아 있었다.

"윌."

털리가 말했다.

"그랜드 펜윅에 코킨츠라는 성을 가진 사람들이 있던가?"

월은 몇 분 동안이나 골똘히 생각하고 대답했다.

"제가 직접 본 적은 없는데요. 하지만 언젠가 아버지께서 코킨츠라는 이름을 가진 사람들에 대해 이야기하신 기억은 나네요. 부부였다나 그랬어요. 원래는 집시였는데 여행 중에 여자가 임신해서 여행을 계속할 수가 없었나 봐요. 그래서 두 사람모두 아이를 낳을 때까지 그랜드 펜윅에 살 수 있다는 허락을 받은 거죠. 아버지 말씀으로는 여자는 죽었고, 대공께서 남자를 딱하게 여겨서 원한다면 언제까지나 공국에 살아도 좋다고하셨대요. 그래서 그 남자는 삼사 년 정도 공국에 머물다가 아들과 함께 떠났다더군요. 아마 미국이었을걸요. 제가 아는 건그 정도예요."

"나는 그 이름이 훨씬 더 낯익은 것 같은데……."

털리가 말했다. 그는 컨버터블의 뒷 좌석에서 두 병사 사이에 끼어 앉아 있는 박사를 바라보았다. 그는 무릎 위에 카나리아가 든 새장을 올려놓고 새에게 뭐라고 말을 걸고 있었다.

"그렇지!"

털리는 갑자기 깨달았다.

"새야. 우리 아버지가 그랜드 펜윅의 자생종 새에 대해 쓴 책의 내용을 반박한 사람이 바로 코킨츠였지. 그랜드 펜윅처럼작은 나라에 무슨 고유종이 있겠느냐고 했었어. 이제 기억이나는군. 이봐, 당신!"

그는 박사를 불렀다.

"언젠가 그랜드 펭윅에는 자생종 새가 없다고 주장하는 논문을 쓴 적이 있지 않소?"

"그렇소."

코킨츠 박사가 순순히 대답했다.

"그렇다면 이제부터 당신은 그랜드 펭윅의 자생종 새들에 대한 모든 걸 배우게 될 거요. 우선 이것부터 시작해서,"

그는 겉옷에 새겨진 쌍두 독수리를 가리켰다.

"참새에 이르기까지 말이오. 그랜드 펭윅의 참새들은 특이하게도 머리 위에 깃털 장식이 있거든."

"참새가 아니라 동고비겠지요."

두꺼운 안경 너머로 눈을 깜박거리며 코킨츠 박사가 말했다.

"여기서야 동고비라고 부르든 독수리라고 부르든 당신 마음이지."

털리가 반박했다.

"하지만 그랜드 펭윅에서는 그 녀석들을 참새라고 부르고, 참새 녀석들 머리 위에는 깃털 장식이 있음을 명심하시오."

그들은 마침내 커나드 선착장에 도착했다. 페드로와 선원들은 선착장 위에 축 늘어져서 봄날의 햇볕을 쬐고 있었다. 털리가 손을 흔들자 모두 재빨리 다가왔다.

"지금 떠납시다."

털리가 말했다.

"어서 닻을 올리고 출항 준비를 하시오."

"몇 시간만 더 있으면 안 될까?"

페드로가 물었다.

"우리 선원 녀석들이 벌써 4, 5년째 미국 여자 구경을 못 해서 말이야."

"닻을 올리라니까. 노닥거릴 시간 없어!"

털리가 으르렁거렸다.

페드로는 쑥 들어가더니 이미 선착장 위에서 바쁘게 오가는 선원들을 향해 신호를 보냈다. 코킨츠 박사와 장군, 그리고 네 명의 경찰관과 운전사는 로프를 타고 범선 갑판으로 올라갔다. 그들은 곧바로 선실 안에 갇혔다. 나머지 그랜드 펜윅 부대원들도 배 위로 올라왔다. 털리는 모두 배에 탈 때까지 선착장 위를 지켰다.

"잠깐 기다려."

털리가 말했다.

"아직 할 일이 하나 남았어."

그는 선착장의 밧줄 감개에서 밧줄을 풀어내서 옆에 있는 건물 옥상으로 던졌다. 옥상에는 국기 게양대가 있었고, 거기 미국 국기가 걸려 있었다. 그는 미국 국기를 끌어내려 겨드랑이 밑에 끼웠다. 그리고 쌍두 독수리의 한쪽 머리에서는 "그렇지", 다른 한쪽 머리에서는 "아니지"라고 말하고 있는 그랜드 펜윅 공국의 국기를 대신 걸어 올렸다.

그러고 나서 그는 범선으로 돌아왔고, 배는 서서히 강 하구로 향했다.

직접 타륜을 잡은 페드로는 부하들을 선원들의 천국인 뉴욕에서 놀게 해주지 못한 것 때문에 심통이 나서 투덜거리며 말했다.

"다섯 시간 동안이나 있었구먼. 그래, 미국하고 벌인다는 전쟁은 어떻게 됐나?"

"우리가 이겼지."

털리가 침착하게 대답했다. 페드로는 너무 놀란 나머지 씹는 담배 한 조각을 꿀꺽 삼키고 말았다.

묻고 싶은 것은 하나,
"대체 무슨 일이 일어난 거야?"

국방부는 동부 해안 지역에 발령한 대규모 공습대비훈련을 불과 6시간 만에 취소하기로 결정했다. 이유는 여러 가지가 있었지만 국민들이 더 이상 참지 못할 것이라는 점이 가장 큰 문제였으며, 이에 대해서는 다른 선택의 여지가 없었다. 미국은 오랫동안 개인주의를 중시해왔고, 그 많은 국민들을 통치하는 데도 최소한의 법률만 필요하다고 생각하는 나라이다. 그러니 라디오도, TV도, 냉장고도, 시원한 음료수도, 커피 한 잔도, 위스키 한 병도, 맥주 한 잔도 없이 집 안, 지하실, 지하철역, 방공호에 무조건, 무기한으로 갇혀 있는 데 동의할 국민은 단 한 사람도 없었다.

얼마 후에는 이렇게 죽은 듯 사느니 차라리 죽음의 위협을 받아들이는 편이 낫겠다는 사람들이 생겨났다. 아이들과 떨어

진 어머니들은 두 시간이 지나자 한계에 다다랐다. 감독관들의
요청, 경찰관들의 위협, 애국심의 호소, 나아가 당신의 아이들
은 집에서처럼 안전하리라는 다짐을 받았는데도 이들은 결코
불안을 떨치지 못했다. 여차하면 순식간에 한 줌의 재가 될 상
황이었지만, 집 밖으로 나온 어머니들은 여자들만이 보여주는
특유의 분노에 사로잡혀 당장 아이들을 돌려보내라고 요구하
고 나섰다.

어머니들의 분노에 직면한 민방위 본부는 속수무책이었다.
결국 여자들이 승리해서, 경보가 여전히 발효 중인데도 외곽
지역부터 효력이 서서히 사라져갔다. 뉴욕뿐 아니라 보스턴과
필라델피아, 워싱턴 D.C., 프로비던스, 로드아일랜드에서도 마
찬가지였다. 미국 역사상 최초로, 아니 세계 역사상 최초로, 여
자들이 전쟁을 막은 것이다.

억류되어 있던 사람들이 대부분 남자들이었던 시내에서는
반발이 비교적 늦게 나타났다. 전쟁에 적극적으로 참여한 적이
있는 세대였기 때문에 남자들로선 그렇게라도 무리지어 있어
야 한다고 생각했는지도 모른다. 방공호에 갇혀 있는 데 대한
반항이 고개를 든 것은 서너 시간이나 지나서였다.

뉴욕에는 비행접시를 타고 온 화성인들이 도시를 침략했다
는 소문이 파다했다. 이미 언급한 바 있지만, 최초의 반응은 공
포였다. 그 뒤에는 거짓 용기랄까 허세가 뒤따랐고, 지하철에
서 모두들 '암마리 귀리멍네'며 '창가의 작은 강아지', '때 저
물어 날 어두우니' 같은 노래들을 합창했다. 그러고도 아무 일

도 벌어지지 않자 사람들은 오히려 초조해졌다. 이런 감정은 곧 집에 가겠다는 걸 막는 감독관들을 향한 반발로 이어졌다.

국방부 장관은 뉴욕을 통제하기 위해 최대한 노력했고, 민방위 본부 대장인 스니펫 장군에게 직접 거리로 나가서 화성인 소문을 가라앉히라고 했다. 하지만 명령을 하달한 지 3시간이 지나도록 스니펫 장군으로부터는 아무런 보고가 없었다. 다른 민방위 지휘관들로부터는 시민들이 거의 통제불능 상태라는 걱정스러운 보고가 빗발치는데도 말이다.

웨스트사이드의 86번가 지하철역에서는 한 무리의 남자들이 역에 멈춰선 열차를 파괴했다. 이들은 모터를 완전히 분해하고, 좌석 쿠션을 난도질했다. 말리려는 사람들은 이 난동에 참여하지 않은 다른 사람들에 의해 제지당했다. 이건 마치 이 지저분하고 시끄러운 열차에 반감을 품고 있던 차에 기회 한번 잘 만났다는 분위기였다. 지난 몇 년간 북적거리는 지하철에서 당한 괴로움에 복수하겠다고 작정한 사람들 같았다.

이스트사이드의 77번가 지하철역에서는 아예 열차가 철로에서 탈선되고 말았다. 역에 있는 포스터 속 사람 얼굴에는 남자든 여자든 어김없이 콧수염이 그려졌다. 기묘한 우연의 일치로 경보가 울리던 당시에 59번가에서 지하로 대피한 사람들에겐 담배 부족 사태가 벌어졌다. 감독관들의 말에 의하면 역에 모인 500여 명이 보유한 담배는 겨우 20갑이었다. 삽시간에 담배가 동나자 군중이 소리소리 질렀다.

"원자탄을 맞아도 좋으니 카멜이나 한 대 내놔!"

"필, 립, 모리스! 필, 립, 모리스!"

이 처참한 외침이 어둡고 적막한 터널을 통해 쇠로 만든 기둥과 대들보로 번졌다.

비슷한 성격의 폭동이 임박했음을 알리는 열댓 개의 징후들이 뉴욕뿐 아니라 다른 도시에서도 포착되었다. 문제는 몇 안 되는 감독관들이 무수히 많은 군중을 통제해야 하는 데 있었다. 군중은 개인적으로나 집단적으로나 안전하게 갇혀 있기보다는 탁 트인 장소에서 각자 최후를 맞는 편을 선호했다.

훨씬 더 오래갔어야 할 무시무시한 공습대비훈련이 6시간 만에 해제된 것은 이런 상황 때문이었다. 하지만 국방부 장관이 훈련을 취소하기로 결정하게 된 까닭은 또 있었다.

뭐니뭐니 해도 가장 혼란스러운 사건은 스니펫 장군의 실종이었다. 화성인에 대한 소문의 진상을 알아내라고 지시한 지 3시간이 지나도록 아무 보고가 없자, 국방부 장관은 뉴욕에 있는 민방위 본부로 연락해 탐색반을 출동시켰다. 오토바이를 탄 탐색반 경찰관 200여 명은 배터리 공원에서 브롱크스까지 맨해튼의 거리를 샅샅이 뒤졌다. 그러나 장군의 흔적은 어디에도 없었다.

그의 자동차와 두 대의 방송차는 커너드 선착장에서 발견되었다. 차체에는 몇 군데 움푹 들어간 자국이 있었다. 도무지 알 수 없는 건 뒷 좌석에 깊이 박혀 있는, 길이가 90센티미터나 되는 화살이었다. 장관은 세 대의 자동차를 경찰서 주차장으로 옮기고 자기가 직접 조사해볼 때까지 보관하라고 지시했다. 그러고 나서 곧바로 사람을 시켜 문제의 화살을 가져오라고 했다.

곧이어 경찰은 또 다른 보고를 했다. 컬럼비아 대학의 행정 본부 출입문이 파괴되었는데, 누군가 근처의 가로수를 베어내 만든 공성망치로 한 짓이 분명하다는 내용이었다.

경보를 해제하게 한 최후의, 그리고 결정적인 일격은 다름 아닌 동부 해안 지역 신문사들로부터 온 압력이었다. 독자들이 집 안에만 갇혀 있고, 배포며 인쇄며 조판 부서 직원들이 회사에 나올 수 없는데다가, 용케 회사에 나오더라도 일을 할 수가 없었다. 그래서 신문사들은 기약도 없이 막대한 손해를 보게 됐다고 주장한 것이다.

뉴욕에서는 「타임스」, 「헤럴드 트리뷴」, 「데일리 미러」†, 「데일리 뉴스」, 「저널 아메리칸」, 「컴퍼스」, 「포스트」, 「월드 텔레그램 앤드 선」의 편집장들이 통행금지 조치를 무시하고 39번가의 블릭스 주점에 모였다. 그들은 각자의 차이와 그에 대한 비판은 잠시 미루어두기로 했다. 대신 경보를 즉시 해제하고 독자들을 집으로 돌려보내지 않는다면, 지면에서 국방부 장관을 혹독하게 까버리자고 한마음으로 굳게 맹세했다.

「타임스」의 편집장은 이렇게 말했다.

"우리가 일간신문을 자유롭게 배포할 수 없다면, 지금, 혹은 앞으로의 전쟁에서 커다란 것을 잃는 셈입니다. 사람들이 폭탄으로 인해 사망했기 때문에 신문을 읽을 수 없다는 것과, 폭탄에 대한 두려움 때문에 신문을 읽을 수 없다는 것에는 큰 차이가 있죠."

「데일리 미러」의 편집장은 이 말을 봉투 뒤 여백에 적어두었다가 훈련경보 해제 후에 처음 나온 신문의 제1면 표제를 이렇게 뽑았다.

타임스, '우리는 원폭보다 우월하다' 라고 선언.

　그렇게 경보는 해제되었지만, 이후에 닥친 일들은 경보 당시만큼이나 혼란스러움, 그 자체였다. 다시 자유로워진 사람들이 친척들이며, 신문사며, 소방서며, 경찰서며, 라디오와 TV 방송국이며, 정보를 얻을 수 있는 곳이라면 어디든지 전화를 해대서 통화량이 폭주했다. 모두가 무사한지, 화성인들은 물러갔는지, 맨해튼에서 전투가 벌어졌다는 소문이 사실인지, 그리고 외계인들이 번쩍이는 다트 비슷한 핵폭탄을 강물에 발사했기 때문에 지금 물이란 물이 전부 방사능에 오염되었다는 이야기가 사실인지 궁금했던 것이다. 시내에 사는 사람들은 얼른 집으로 돌아가고 싶어 했다. 반면에 외곽에 사는 사람들은 호기심에 끌려서 도시로 나와보고 싶어 했다. 보스턴으로는 올드 노스 교회[††]의 격전지를, 필라델피아로는 독립기념관의 파괴된 잔해를 구경하러 가듯이,
사람들은 세계에서 가장 자랑스러운 도시 뉴욕의 시커매진 뼈대를 구경하고 싶어

[†] 「데일리 미러」는 비교적 선정적이고 흥미 위주의 기사를 싣는 신문으로 유명하다.
[††] 18세기에 건축된 교회로 독립전쟁의 역사적 유적지이다.

했다.

수천여 가족들이 곧바로 만나지 못하고 흩어진 것도 혼란을 키웠다. 마음을 졸인 남편들과 아내들이 앞다투어 낸 실종 신고만도 수만 건에 이르렀다. 경찰이며, 민방위 본부, 적십자, 심지어 관광안내소까지 나섰지만 신고 건수가 너무 많아서 미처 처리하지 못한 것도 부지기수였다. 그래서 자기 집에 세 든 코킨츠 씨가 사흘이 넘도록 집에 들어오지 않았으며, 전혀 행방을 알 수 없다는 라이너 여사의 신고 또한 이러한 소문과 궁금증과 히스테리와 혼란의 늪에 완전히 빠져버렸다.

그러나 라이너 여사는 55년간이나 브루클린에 살았던 관록을 발휘하여 수백만 명이 얽혀 있는 상황에서도 자신의 목표와 이해를 흔들림 없이 지켜나갔다.

"지금 바로 코킨츠 씨를 찾아내요! 안 그러면 내가 당장 쫓아갈 테니."

그녀는 맨해튼 지부의 실종자 신고센터에 호통을 쳤다.

"내가 일 년에 내는 세금이 얼마나 되는지 알고나 그러우?"

"사모님."

운 나쁘게 그녀의 전화를 받은 직원이 지친 목소리로 대답했다.

"세 시간 동안 들어온 실종 신고만도 벌써 수만 건이에요. 센터 직원 중에서도 네 사람이나 실종됐는데, 저희는 대체 어디에 실종 신고를 해야 되는지도 모르는 상황이고요. 하여간 그분 성함이 어떻게 된다고 하셨죠?"

"코킨츠요."

라이너 여사가 말했다.

"코킨츠라는 이름을 어떻게 발음하는지는 삼척동자도 다 안다우. 아주 간단해요. 슈미트라는 이름마냥 읽기도 쉽다니깐."

"그러면 제가 잘못 읽은 모양이네요. 죄송하지만 다시 한 번 말씀해주시겠어요?"

"이봐요, 젊은 양반."

라이너 여사가 말했다.

"내가 지금 할 일이 없어서 10센트씩이나 내가면서 댁한테 전화하는 줄 아시우? 그 양반 이름은 코킨츠 씨라고. 가끔 밤 늦게 들어와서 좀 귀찮긴 하지만 그래도 제법 괜찮은 독신남이고 신사라우. 자기 말로는 컬럼비아 대학에서 일한다고 하고. 전에는 한 번도 3일 내내 집에 안 들어온 적이 없었다니까."

"예, 그러면 저희가 찾아보도록 하겠습니다."

직원이 대답했다.

"발견하는 대로 알려드리죠."

그는 전화를 끊고서, '코켄츠'란 이름의 독신에, 나이는 50세, 두꺼운 안경을 끼고 새를 좋아하며 밤에 나돌아 다니길 좋아하는 사람이 실종되었다는 보고서를 작성했다. 그는 이 보고서를 이미 작성한 20여 장의 다른 보고서 위에 얹어놓고 다음 전화를 받았다.

하지만 라이너 여사는 이 정도에 만족할 사람이 아니었다. 그녀는 코킨츠 박사가 알려준, 그녀 외에는 미국 대통령만이 알고 있는 연구실 직통번호로 전화를 걸어보았다. 하지만 아무도 받지 않았다. 그녀는 직접 컬럼비아 대학에 찾아가서 확인을 할까 말까 잠시 고민했다. 하지만 코킨츠 박사 말고도 챙겨야 할 다른 하숙생들이 많은 까닭에 지금은 장을 보는 게 우선이었다. 그녀는 일단 장을 보고 행방불명된 하숙생을 찾아내기 위해 대통령에게 편지를 쓰기로 작정했다.

편지를 쓰는 데 한 시간 가까이 걸렸지만 문장이 마음에 쏙 들었기 때문에 시간이 아깝지 않았다. 내용은 다음과 같다.

우리 미국 대통령 보시우.

우리집 하숙생 코킨츠 씨가 벌써 3일째 안 보이지 뭐유. 그러니 좀 찾게 도와주시우. 그 양반은 독신이고 신사라우. 평소에도 꼬박꼬박 집에 들어온 건 아니지만, 이런 경우는 또 처음이라우. 어떤 때는 일하다가 못 들어왔다고 하고, 어떤 때는 영화를 보다 조느라 집에 못 들어왔다고 하더구먼. 그 양반이 없을 때는 내가 새 모이를 줬으니까 이번에도 당연히 주기야 주지. 하지만 걱정이 돼서 말이우. 워낙에 신사인데다가 월세도 꼬박꼬박 내던 양반이라 더 그렇다니까. 그러니 제발 그 양반을 찾게 도와주시우. 어떻게 사람들을 시켜서 극장들을 뒤져볼 수는 없겠수? 어떤 극장은 하루 종일 문을 연다니까 거기 가면 실종된 사람들이 제법 있지 않을까 싶어 그러우.

친애하는 국민의 한 사람

일라이저 라이너

P.S. 솔직히 나는 지금껏 공화당만 찍었다우. 아, 물론 대공황 때야 어쩔 수 없이 민주당을 찍었지만서도.

　우편 기능이 아직 완벽하게 회복되지 않은데다가, 라이너 여사가 수신자를 무작정 '우리 미국 대통령'이라고 적은 탓에, 이 편지가 백악관에 도달하는 데만 나흘이 걸렸다. 그리고 중요한 편지를 골라 비서실장에게 제출하는 비서실 직원 책상에 놓이기까지는 무려 사흘이 더 걸렸다. 비서실장은 갑작스런 변덕이 생겨 이 편지를 대통령에게 보여주기로 했다. 중요한 내용이라서가 아니라, 나름대로 훈훈한 내용이니 대통령에게 위안이 되리라 생각했기 때문이다.

　그사이에 대규모 공습대비훈련 때문에 벌어진 온갖 소동들이 만천하에 드러났다. 하지만 그조차도 훈련이 빚어낸 뉴스거리들에 파묻혀 지나가버렸다. 「헤럴드 트리뷴」에서 뉴욕 항만 지역을 담당하는 한 기자는 어느 세관 창고 꼭대기에 미국 국기 대신 쌍두 독수리 깃발이 휘날리고 있는 것을 발견했다. 하지만 누구도 무슨 영문인지 몰랐다. 미국 국기가 매일 해 뜰 때 게양되었다가 해질 때 걷히는 것은 확실했다. 하지만 그 담당자도 훈련 중에 실종되었다. 그 사람은 훗날 캐나다의 토론토에 머물렀던 것으로 밝혀졌다, 그는 마침 그때가 안식년이었다고 분개했다. 대타로 들어온 누군가가 깃발을 게양하는 법을 까먹은 게 분명하다면서 말이다.

기자는 이 이야기를 기사로 작성했지만, 「트리뷴」 지는 이 기사를 대서특필하기는커녕, 유치찬란한 장난질에 지나지 않는다며 사설에서 질타했다. 하지만 이 내용은 국방부 장관의 관심을 끌었고, 그는 이전에 스니펫 장군의 자동차에서 발견된 90센티미터짜리 화살을 가져오라고 시켰던 것처럼 쌍두 독수리 깃발도 가져오게 했다.

컬럼비아 대학의 건물 문짝이 급조된 공성망치에 의해 박살났다는 기사가 실린 것은 훈련경보가 울리고 사흘 뒤였다. 하지만 건물 내에는 특별히 손상된 것이 없었다. 그래서 이 사건 또한 일부 군중이 벌인 무책임한 장난으로 간주되었다.

유력한 용의자는 정원 초과로 인해 불합격 처리된 합격대기자들이었다. 이들이 자기들을 받아들이라는 뜻에서 문을 박살내지 않았나 생각한 것이다. 대학 총장은 정밀하고도 정확한 조사 결과, 이 사건이 학생들 소행은 아니라는 보고를 듣고서 만족스러워했다. 그리고 문을 부수기 위해 멀쩡한 나무를 베어내고, 어느 박물관에서 훔친 게 틀림없는 14세기풍 쇠사슬 갑옷을 그 끄트머리에 두른 범인의 행동에 개탄했다.

"이런 갑옷은 지극히 희귀합니다."

그는 이렇게 성명을 발표했다.

"이것은 중세의 미늘갑옷 혹은 사슬갑옷이라고 부르는 것으로, 착용자의 머리와 가슴과 어깨를 보호하기 위한 것입니다. 유감스럽게도 이 못된 짓에 이용되어 복원할 수 없을 만큼 망가지고 말았습니다."

하지만 허가를 얻어 이 갑옷을 조사한 메트로폴리탄 박물관의 갑옷 전문가는 미국 내에 있는 모든 미늘갑옷을 섭렵한 자기로서도 처음 보는 물건이라고 확언했다.

"이 미늘갑옷은 분명 14세기풍이지만, 상태로 보건대 무척 보관이 잘 되었거나, 혹은 최근에 어느 갑옷 제작 전문가가 만든 것이 분명합니다. 오늘날 이런 갑옷을 만들어내는 곳은 세계에서 오직 한 곳, 바로 그랜드 펜윅 공국입니다."

이와 같은 갑옷 전문가의 주장은 「타임스」에 독점으로 게재되었으며, 이 또한 국방부 장관의 눈길을 끌었다. 그는 이전에 화살과 독수리 깃발을 가져오라고 했던 것처럼 미늘갑옷을 가져오도록 했다. 그다음에 그는 『브리태니커 백과사전』을 펼쳐 놓고 그랜드 펜윅 공국에 대한 내용을 모조리 찾아보았다. 하지만 내용은 겨우 다섯 줄뿐이었고, 그나마 별 볼 일 없는 역사 얘기가 대부분이었다. 그 가운데 한 줄에서 그랜드 펜윅의 국기가 '쌍두 독수리' 그림임이 명시되어 있었다. 국방부 장관은 이 발견에 정신을 빼앗긴 나머지, 그날 저녁에는 그만 다섯 시 반이 넘도록 사무실에 남고 말았다. 20년간의 공직 생활 이래 처음이었다.

평상시 같으면 신문 1면을 장식할 만큼 기이한 이런 일도 대규모 공습대비훈련의 여파로 생겨난 다른 뉴스거리에 파묻힌

덕에 언론사나 대중에게는 거의 알려지지 않았다. 경보가 해제된 후 이틀 동안 동부 해안 지역 신문들은 일제히 훈련에 얽힌 뉴스만을 내보냈다. 내용이란 하나같이 이번 훈련을 통해 국민들이 유사시에 올바르게 대응할 능력이 있음을 확인했다는 관료들과의 인터뷰라든지, 웨스트사이드 지하철역의 차량 훼손이라든지, 지하철역에서의 합창, 자원봉사자들의 활약상, 훈련 내내 훌륭한 인내심 또는 바보짓을 보여준 아이들과 부모들에 대한―공식적인 발표와는 조금씩 모순되는―보도기사 따위였다.

브롱크스 지역에선 어느 소년이 잃어버린 개를 찾아준 민방위 대원이 대단한 찬사를 받았다. 퀸스의 한 고아원에 수용된 사람들에게 아이스크림 수십 통을 제공한 사람도 온종일 영웅 취급을 받았다. 월도프 아스토리아 호텔의 지하 방공호에서 태어난 아기에겐 월도프 블리츠 커닝햄이란 이름이 붙여졌다. 아기의 부모는 한 달 내내 호텔에서 귀빈으로 대접받았고, 각지에서 1만 달러어치는 족히 될 아기용품이 쏟아져 들어왔다. 나중에는 아기 엄마가 둘 곳도 없으니 제발 기저귀나 분유를 그만 보내달라고 사정해야 할 정도였다.

「데일리 뉴스」지를 제외한 다른 신문들은 일종의 의무감에 사로잡혀 국민들에게 비행접시를 타고 온 화성인의 습격 따위는 없었다고 단언했다. 또한 이런 이야기를 퍼뜨리는 사람들 때문에 이번 훈련이 위협당했다며 유감을 표시했다.

외계인 침입을 보고했다는 이유로 해임된 민방위 4―300지역 제3분과 위험물 처리반의 톰 멀리건은 이 기사를 읽자마자 같이 일하던 반원 두세 명을 소집했다. 그는 자기 집에 모인 이들에게 짧고도 씁쓸한 일장 연설을 했다. 내용인즉 금속 옷을 입은 외계인들에게 공격받았다는 사실을 믿지 않는 민방위 본부 고위 간부들이 자신들을 바보로 여기고 있다는 것이었다.

"솔직히 말해주게."

톰이 말했다.

"자네들은 그때 번쩍거리는 옷을 입고 브로드웨이에 있던 그놈들을 봤나, 못 봤나?"

반원들은 분명히 봤다고 대답했다.

"그리고 그때 그놈들이 우리한테 광선인지, 휘파람 소리를 내며 날아가는 무기를 발사하지 않았던가?"

이에 대해서는 의견이 갈렸다. 어떤 사람은 광선이라고 했고, 어떤 사람은 휘파람 소리를 내며 날아가는 무기라고 했다.

"당시에는 조국을 위해 그 사실을 대중 앞에 밝히는 것이 우리의 임무라고 생각하지 않았나?"

톰이 말했다.

"내 생각에 화성놈들은—그는 번쩍이는 옷을 입은 사람들이 외계인이라고 믿어 의심치 않았다—아직 여기 있어. 어쩌면 아무도 모르는 사이에 사람들을 죽이고 있을지도 몰라. 그 쇳덩어리 옷은—그의 말 한 마디 한 마디는 관료주의에 대한 고발이나 마찬가지였다—진짜 모습을 숨기기 위한 게 분명해. 그놈들은 사람들을 속이고 있어. 외계인이 남아 있다는 걸 들키면 곤란해질 테니까. 그래도 우리는 사실을 알고 있지 않나? 하지만 아무도 우리를 믿지 않으니, 「데일리 뉴스」에 가서 이 이야기를 하는 수밖에. 이 친구들은 우리가 겪은 사실을 바로 보도해줄 거야."

민방위 본부에서 밀려나 갑작스럽게 민간인이 되어 지하철 방공호로 떠밀린 사람들은 그리 열성적이지 않았다. 누군가가 화성인들이 쇳덩어리로 몸을 감싼 데에는 그럴 만한 이유가 있었을 거라고 지적했다. 또 다른 누군가는 우리가 속한 단체도 우릴 믿지 않는데, 신문사 같은 데서 거들떠나 보겠냐고 말했다. 하지만 톰은 이미 마음을 굳힌 상태였다. 그는 「데일리 뉴스」의 제법 영향력 있는 사람을 안다면서, 그 사람이 우리 말을 듣고 신문에 보도할 만한지 판단할 것이라고 했다.

「데일리 뉴스」에 아는 사람이 있다는 말은 사실 약간 부풀려진 것이었다. 그가 아는 사람이라곤 자기한테 6, 7개월치 신문을 한꺼번에 구독하게 한 신문 보급소장뿐이었다. 우여곡절 끝에 보급소장에게 이 이야기를 들려주자, 그는 이렇게 물었다.

"시내에서 벌어진 일이 확실합니까?"

"그럼요. 100번가와 브로드웨이 사이였어요."

"그러면 그쪽 판매부수가 좀 늘어나겠군."

보급소장은 혼잣말처럼 중얼거렸다.

"내가 사회부장한테 전화해둘 테니까, 지금 당장 그 친구한테 가서 이야기해봐요. 화성인 이야길 다 해주라고요. 괜찮을 것 같아요. '화성인, 시내에 착륙하다.' 끝내주는 표제니까요. 이름을 밝히더라도 신문에는 어느 민방위 대원의 목격담이라고만 나갈 거니까 걱정 말고요. 알았죠?"

"알겠소."

톰이 대답했다.

그는 반원 세 명과 함께 상당히 고무되어서 이스트사이드에 있는 「데일리 뉴스」 신문사로 갔다. 그들은 겨우 2분 남짓 사회부장을 만났다. 부장이라는 사람은 사진이 한 장도 없다는 말에 화가 난 듯했다. 그는 곧 이들을 다른 기자에게 넘겼다. 마른 체구에 안경을 끼고, 정직해 보이는 인상의 젊은 기자였다. 그는 이들에게 수많은 질문을 던졌다. 질문이 어찌나 꼼꼼했던지, 톰은 어느 고위층 인사가 화성인 이야기를 캐내기 위해 이친구를 끄나풀로 심은 게 아닐까 의심할 정도였다. 어쨌든 톰은 최대한 자세히 대답했고, 이 이야기를 신문에 실어도 좋다는 동의서에 서명했다. 반원들도 마찬가지로 서명하고 나서 모두 집으로 돌아갔다.

"내일 아침 1면에 나올 거야!"

톰은 말했다.

하지만 그런 일은 일어나지 않았다.

사회부장은 젊은 기자가 작성한 기사를 읽는 동안 신중해야 한다는 강박과 흥분 사이에서 오락가락했다. 기사를 싣고 싶었지만, 다년간의 경험으로 보건대 반드시 재확인을 해야 한다고 생각했다. 그래서 편집장에게 기사를 가져갔고, 편집장은 내용을 죽 훑어보았다.

"그 친구들은 사실이라고 맹세하더군요."

사회부장이 말했다.

"신상조사를 해봤는데 특별히 문제될 점은 없었습니다. 민방위 본부 소속이에요. 거기서도 화성인이 나타났다는 보고를 올렸더군요. 본부는 이 친구들이 술에 취해서 차단복까지 잃어버렸다고 했습니다. 제법 먹힐 만한 이야기입니다. 좀 위험하긴 하지만요."

편집장은 책상 위에 양발을 올려놓은 채, 발끝을 뚫어지게 쳐다보며 생각에 잠겼다.

"요전날 「트리뷴」, 어느 세관 창고 꼭대기에 웃기게 생긴 깃발이 걸려 있더라던 기사 기억하나?"

그가 물었다. 그는 무척이나 말이 빠른데다가, 불필요하다고 생각하면 음절이건 관사건 접속사건 무시해버렸다.

"그럼요."

사회부장이 대답했다.

"웃기는 일이야. 스니펫을 찾겠다고 며칠이나 난리를 쳤는데 결국 못 찾았지. 자동차만 발견했고."

편집장이 말했다.

그는 갑자기 다리를 내려놓고 몸을 책상 쪽으로 기울였다.

"자동차는 경찰서 차고에 있었는데 뒷 좌석이 온통 구멍 투성이였대. 똑똑한 친구 몇 명 보내서 얼른 사실을 확인해보게. 훈련 기간 동안 민방위 대장은 사라지고, 자동차만 구멍이 난 채 발견된 까닭이 뭔지."

"그럼 이 화성인 얘기는……?"

사회부장이 물었다.

"그것도 집어넣게."

편집장은 다시 책상 위에 발을 올려놓으며 말했다.

"우리가 찾아낸 걸 좀 봐. 장군은 사라졌지, 세관에는 이상한 깃발이 걸렸다고. 장군의 차는 전투라도 한 듯 구멍 투성이지. 민방위 대원들은 번쩍거리는 옷을 입은 놈들이 쳐들어왔다지 않나. 게다가 컬럼비아 대학의 문이 박살 나고, 그걸 박살 낸 공성망치에서 이상한 갑옷이 발견되었다고 하고. 사건들을 종합해보면 결론은 하나야. '화성인, 맨해튼을 공격하다 / 민방위 대장 납치되다.' 기사 작성하면 다 가져와. 아까 인터뷰한 그 친구들도 모두 데려오고. 신문이 나올 때까지 여기서 꼼짝 못하게 하게. 우리한테는 비장의 카드니까."

사회부장은 득달같이 달려나가 기자 두 명을 불렀다. 이들은 재빨리 지시를 전해 듣고, 사진기자 두 명을 대동해 신문사를 빠져나갔다.

백악관, 완전히 뒤집어지다

"대통령 각하."

국방부 장관이 말했다.

"오늘 특별히 개인 면담을 요청한 까닭은 전혀 믿어지지 않지만 사실임에 분명한 사건 때문입니다. 도무지 믿기지 않아서 어디서부터 말씀드려야 할지 모르겠습니다."

"일단 자리에 앉으시오."

대통령이 미소를 지으며 말했다.

"어디서부터 시작해야 할지 모르겠으면 생각나는 것부터 말씀해보시오."

"그러지요."

장관이 말했다.

"제가 지금부터 '사실'이라는 말을 거듭 쓰더라도 용서하시기 바랍니다. 제 말씀을 여간해서는 믿기 힘드실 겁입니다. 하지만 저로선 몇 번이고 생각하고 또 생각한 끝에 내린 결론입니다."

"일단 말씀해보시오."

대통령은 어리둥절한 표정이었지만 조용히 말했다.

장관은 훅 하고 숨을 들이쉬었다. 너무 긴장해서 목소리가 떨리고 있었다.

"대통령 각하."

드디어 그는 작심한 듯 말을 꺼냈다.

"우리는 지금 다른 나라와 전쟁 중입니다. 미처 몰랐지만 꽤 오래전부터 그랬던 것 같습니다. 지난번 대규모 공습대비훈련이 있었을 때 적국의 특공대가 뉴욕 시를 침공해 목적을 달성하고 유유히 사라져버렸습니다. 대통령 각하, 사실은 우리가 그 나라와 전쟁 중이었을 뿐 아니라 그 전쟁에서 패배한 것 같습니다. 미국 역사상 최초로 말입니다."

"맙소사! 지금 제정신이오?"

"그렇습니다."

국방부 장관은 가장 충격적인 대목을 넘겼기 때문에 아까보다는 침착해졌다.

"저는 멀쩡합니다. 말씀드린 내용도 분명 사실입니다. 우리가 전쟁 중이라는 것은 저도 몰랐습니다. 사실은 이런 일이 가능하다고 생각한 적도 없습니다. 적어도 공습대비훈련 당시 이상한 일이 벌어지기 전까지는 말입니다. 아, 이번 훈련의 효과에 대해서는 아직 평가 중입니다. 그런데 훈련 중에 벌어진 이상한 일이 눈에 띄더군요. 그래서 재무부에 요청해서 특별검찰부† 가운데 가장 뛰어난 요원을 둘만 파견해달라고 했습니다. 도대체 무슨 일이 일어난 건지, 그 배경까지 최대한 자세히 알아보라고 그 친구들에게 지시했죠. 그들은 우리가 지금 전쟁 중이고, 침공을 당했고, 전쟁에 진 게 틀림없다고 보고했습니다."

그는 혼잣말처럼 덧붙였다.

"우리가 전쟁 중이라는 걸 확인하기 위해 특별검찰부에서 비밀요원까지 빌려 쓴 일도 사상 최초가 아닐까 싶습니다."

대통령은 벌떡 일어나 주위를 서성이더니, 국방부 장관 앞에 서서 그의 얼굴을 빤히 내려다보았다.

"자네 어디 아픈 게 아니냐고는 묻지 않겠네. 딱 보기에도 멀쩡해 보이니까. 방금 한 말이 농담이냐고도 묻지 않겠네. 미국 대통령을 상대로 장난질을 할 만큼 어리석지는 않겠지. 이제 말해보게. 그 나라가 어디인가? 그들이 무슨 짓을 한 건가? 또 언제, 무엇 때문에 그런 건가? 무엇보다 궁금한 건, 자네는 도대체 무슨 근거로 조용히 치러진 이 전쟁에서 적이 이겼다고 결론 내린 건가? 내가 알기로 이 나라는 누구에게도 점령당하지 않았네."

"점령당하진 않았습니다, 각하."

국방부 장관이 말했다.

"하지만 패한 것은 사실입니다."

그는 의자 옆에 내려놓았던 서류가방을 집어들었다.

"잠시 이걸 좀 보시죠"

대통령은 고개를 끄덕이며 책상 쪽으로 다가섰다.

국방부 장관은 서류가방을 열고 둘둘 말린 문서를 꺼내 책상 위에 펼쳤다.

문서 제일 위에는 쌍두 독수리가 그려져 있었는데, 한쪽 독수리는 "그렇지", 다른 쪽 독수리는 "아니지"라고 말하고 있었다. 그 아래에는 고풍스러운 글씨체로 '그랜드 펜윅 공국'이라고 적혀 있었다.

대통령은 문서를 천천히, 큰 소리로 읽어나갔다. 막바지에 "그랜드 펜윅 공국은 이 문제를 평화적으로 해결하기 위해 모든 노력을 경주해온 바, 지금 이 시간부로 미합중국을 상대로 전쟁에 돌입함을 선포하는 바이다"라는 대목을 읽고는 굳은 표정으로 말했다.

"듣던 중에 가장 고약한 소리로군."

그는 천천히 의자에 앉아 국방부 장관을 바라보았다.

두 사람은 거의 30분 동안이나 말없이 서로를 보았다. 뭔가 말을 해야 할 때라고 생각했다. 아니, 지금은 굳이 말을 하지 않아도 상대방의 생각을 알아차려야 할 때였다. 하지만 두 사람의 생각은 뒤죽박죽이었다. 거의 파국에 이른 거나 마찬가지라는 생각에서부터 어처구니없다는 생각까지 왔다 갔다 했다. 하지만 이제 생각을 하나로 고정한 다음 이해해야 했

† 대통령 경호 및 위조지폐 적발 등을 담당하는 부서이다.

다. 침묵을 먼저 깨뜨린 건 대통령이었다.

"그것 좀 다시 줘보게."

장관은 그랜드 펜윅 공국에서 보낸 선전포고문을 건네주었고, 대통령은 다시 한 번 그 문서를 읽었다.

"그런데 이건 도대체 어디 있다가 이제 온 건가? 자네도 이게 정식으로 접수된 외교문서라는 사실을 알고 있는 것 같군."

"그렇습니다."

장관이 말했다.

"사실은 비밀요원들이 국무부 소속 쳇 베스턴이라는 친구의 아파트에서 찾아낸 겁니다. 아파트 라디에이터 뒤에서 나왔습니다."

"이게 왜 거기에 있었지?"

대통령이 물었다. 그의 얼굴은 분노로 달아올랐다.

"전적으로 그 친구만의 잘못이라 할 수는 없습니다."

장관은 서둘러 대답했다.

"그 친구는 중유럽 담당 부서에서 일하고 있습니다. 이 공문도 원칙대로 사환을 통해 그 친구에게 전달되었습니다. 그는 이 문서를 읽자마자 국무부 기자실 친구들이 장난을 친 줄 알았다고 합니다. 그래서 주머니에 넣고 저녁에 카누를 타러 갔는데, 마침 카누가 뒤집어졌다는군요. 그날 밤 물에 젖은 이 선전포고문을 말리려고 라디에이터 위에 올려놓았다가 까맣게 잊어버린 모양입니다. 비밀요원들이 우리가 그랜드 펜윅과 전쟁 중이라는 다른 증거를 찾아낸 다음에 이 문서도 찾아낼 수 있었죠."

"다른 증거라니?"

대통령이 날카롭게 물었다.

장관은 화성인의 침입, 갑옷을 입은 무리가 맨해튼에 나타났던 일이며, 스니펫 장군의 실종, 심하게 파손된 그의 자동차가 다른 차 두 대와 함께 42번 선착장에서 발견된 일, 부두의 세관 창고에 그랜드 펜윅의 국기가 걸려 있었던 일 등을 간략하게 보고했다.

"비밀요원들이 세부사항까지 확실히 조사했습니다. 훈련 중에 그랜드 펜윅이 뉴욕을 침공한 것이 확실합니다. 하지만 어째서 스니펫 장군을 납치했는지는 현재로선 알 수 없습니다.

그저 우발적인 행동이 아니었을까 하는 생각이 듭니다. 당시 화성인 침략 소문이 있어서 뉴욕 지하철역에 불안감이 퍼졌습니다. 진정시키기 위해 제가 장군에게 직접 조사하라고 지시했거든요. 조사 중에 침략군을 만나 포로가 된 것이 아닐까 합니다. 장군이 탔던 승용차 뒷 좌석에서 깊이 박혀 있는 길이 1미터의 화살을 발견했습니다. 또 경찰관 네 명도 실종되었습니다. 장군과 함께 붙잡힌 것 같습니다."

"화살이라고?"

듬성듬성한 머리카락을 쓸며 대통령이 물었다.

"그렇습니다."

국방부 장관이 대답했다.

"미리 말씀드려야 했는데……. 그랜드 펜윅 공국은 14세기 이후로 전쟁을 겪은 적이 없습니다. 그래서 아직도 백년전쟁 당시 무기와 장비를 사용하고 있습니다. 사슬갑옷을 입고, 무기로는 장궁과 철퇴와 창과……."

"우리가 14세기 유럽인들에게 침공당했다는 말인가?"

대통령은 그의 말을 중단시켰다.

"그렇습니다."

장관이 대답했다.

대통령은 자리에서 일어났다가 곧 다시 앉았다. 그리고 눈을 감고는 책상 위에 팔꿈치를 올린 채 마치 머리가 목에서 떨어져 나올 것 같다는 듯 손으로 받쳤다.

"나는 아직도 모르겠네."

대통령이 말했다.

"도대체 왜 침공한 건가?"

"와인 때문입니다."

장관은 인내심 있게 대답했다.

"캘리포니아 주 마린 카운티의 산라파엘에 있는 어느 와인 제조업자가 그랜드 펜윅의 유일한 수출품인 와인의 모조품을 만들었습니다. 그래서 그랜드 펜윅은 생계가 위협받는다고 판단한 겁니다. 유감스럽지만 그건 일리가 있습니다. 지난 몇 세기를 되돌아봐도 그 정도면 충분히 전쟁의 명분이 됩니다. 중국의 아편전쟁이나, 네덜란드와 영국 간의 향료전쟁처럼 오래 지속된 전쟁도 비슷한 이유로 시작되었으니까요."

"하지만 지금은 20세기야."

대통령이 말을 끊었다.

"전쟁이 아니더라도 다른 방법이 있지 않나? 미국이 그렇게 무도한 국가도 아니고 말이야. 우리는 평화를 지지하네. 우리의 기본 정책은 약소국을 보호하자는 것이 아닌가. 그런데도 그 친구들이 전쟁을 벌인 이유가 대체 뭔가?"

"문제는 우리가 너무 큰 반면, 상대방은 너무 작다는 데 있었습니다."

국방부 장관이 조용히 대답했다.

"선전포고문에 적힌 대로라면, 그 친구들은 이 문제를 평화적으로 해결하려 노력했습니다. 그랜드 펜윅 와인의 모조품을 금지해달라는 글로리아나 12세 대공녀의 공식 서한이 상무부商務部에 도착한 것이 확인되었습니다."

"그래서 어떻게 되었나?"

대통령이 물었다.

국방부 장관은 얼굴을 붉혔다.

"사실 여부를 확인하기 위해 그 서한을 양조업자들에게 보냈더니만, 글쎄 그 친구들이 그걸 홍보용으로 사용했지 뭡니까. 자기네가 만든 모조품이 항의 서한까지 받을 정도로 진짜 그랜드 펜윅 와인과 흡사하다며 광고를 한 거죠. 유럽 와인 제조업자들의 전통 기술을 획기적으로 발전시켰다는 과대광고를 섞어가면서 말입니다."

"오, 이런!"

대통령이 탄식했다.

"그렇게 된 겁니다."

장관이 말했다.

잠시 침묵이 흘렀다.

"이후에 그랜드 펜윅 국민들이 다른 조치를 취했나?"

"그렇습니다. 가짜 포도주 판매에 항의하는 글로리아나 12세의 또 다른 공식 서한이 이번에는 농무부農務部로 전달되었습니다. 현재까지 확인된 바에 의하면, 우리는 농무부에서 발행한 소책자를 보내준 것 외에 공식 답장을 하지 않았습니다. 그 소책자 제목은 「캘리포니아의 포도 재배 문화와 와인 제조에 대해서」라고 합니다."

대통령은 눈을 감았다.

"그 친구들이 보낸 선전포고문이 처음에는 포토맥 강에 빠졌다가, 나중에는 라디에이터 위에 말라비틀어지도록 방치되었다고 했지?"

그는 혼잣말처럼 중얼거렸다.

"나는 그 공국이 오히려 딱하네. 우리는 그 친구들이 전쟁을 벌이지 않도록 막은 게 아니라 부추긴 셈이군. 비밀요원까지 동원한 뒤에야 이미 그들이 우리를 습격했다는 사실을 알아냈고 말일세. 그나저나 그 친구들은 도대체 여기까지 어떻게 온 건가?"

"그게 수수께끼입니다. 일단 두 가지 가설이 있습니다. 첫째는 상당히 촌스러운 방법이긴 하지만 그래도 가장 설득력이 있습니다. 어찌어찌 잠수함 같은 것을 타고 왔다는 겁니다. 이 가설이면 스니펫 장군과 경찰관 네 명을 납치해서 감쪽같이 사라져버린 일도 설명이 가능합니다. 훈련 기간 동안 허드슨 강 밑으로 몰래 들어왔다면 우리는 전혀 알아차릴 수 없었을 겁니다. 그래서 그들이 맨해튼으로 진군해서 장군을 사로잡을 때까지 거의 아무도 몰랐던 거죠. 그 사실을 알고 있었던 소수 의견 또한 워낙에 다른 뜬소문이 무성한 탓에 덩달아 무시되었고 말입니다.

하지만 저는 잠수함 가설에 회의적입니다. 그랜드 펜윅처럼 작고, 육지에 고립된 나라가 잠수함을 가지고 있을 리 없고, 어디서 빌릴 수도 없었을 테니까요. 두 번째 가설은 그 친구들이 배를 타고 건너왔다는 것입니다. 이는 경보가 울린 후 1주일 뒤에 영국의 어느 신문에 실린 묘한 이야기가 뒷받침하고 있습니다. 뉴욕에 경보가 울려퍼지던 순간 출항한 퀸 메리 호 선장이 영국에 도착해서 기자들과 인터뷰하는 중에 이렇게 말했다고 합니다. 바다 쪽으로 제법 나왔을 때 돛대 두 개에 네모난 돛이 달린 범선을 발견하고는 뉴욕 항이 폐쇄되었다고 스피커로 알려줬다고요. 그런데도 범선이 멈추지 않기에 다시 한 번 스피커로 알렸답니다. 그러자 갑자기 범선에서 화살이 잔뜩 날아왔다지 뭡니까. 다행히 아무도 다치진 않았다고 합니다."

대통령은 다시 한 번 선전포고문을 집어들고 자세히 읽어보았다. 그는 넋을 잃은 기분이었다. 세계에서 가장 큰 나라가 쥐도 새도 모르게 세계에서 가장 작은 나라에 침략당하다니, 현실로 받아들이기가 힘들었다.

"자네는 그랜드 펜윅이 전쟁에서 이겼다고 했지? 그건 그 친구들이 우리를 침략했고, 인질을 데려갔기 때문인가?"

"그렇습니다."

장관이 대답했다.

"만약 이 일이 알려지면, 하긴 알 만한 사람은 다 아는 것 같습니다만, 하여튼 우리는 세계의 웃음거리가 될 겁니다. 엄청나게 체면이 깎이겠지요. 모스크바 놈들이 어떻게 할지 생각해 보십시오. 코딱지만 한 나라에서 온 쥐꼬리만 한 병력이 제국주의적 자본주의자들에게 한 수 가르쳐줬다느니 하며 떠들 게 아닙니까. 자유의 수호자를 자처하는 미국이 도리어 작은 나라를 짓밟았다느니, 자본가의 이익을 위해 그 작은 나라를 굶주리게 했다느니 하겠죠. 말도 안 되는 이야기지만, 소련과 그 위성국가들에는 충분히 먹혀들 만한 선전거리입니다.

국제적으로도 우리가 아주 크게 진 것이 분명합니다. 우리가 아무리 변명하고 자세하게 설명해도 결과는 악화되기만 할 겁니다. 라틴아메리카의 어떤 나라들은 '우리는 미국말을 듣는데, 왜 미국은 우리 말을 안 듣느냐'고 대들 겁니다. 그러면서 그랜드 펜윅을 들먹이겠죠. 자기들도 그 작은 나라처럼 직접 이야기해야 되겠느냐고 으름장을 놓을 겁니다. 우리가 진 것은 분명합니다. 그랜드 펜윅이 우리에게 전쟁을 선포했다는 사실 자체가 이미 국가적 체면이라는 점에 있어서 우리를 패배시킨 셈이죠."

대통령은 아무 말도 못 하고 자리에 앉아서 책상만 바라보았다. 국방부 장관이 보고한 놀라운 뉴스에 여러 가지 국면이 있기 때문에 어디에 생각을 집중해야 할지 몰랐다. 대통령은 책상 위에 있던 서류철 하나를 무심코 펼쳤다.

그는 언짢은 표정으로 모조리 긴급 표시가 되어 있는 수많은 서류들을 간추리기 시작했다. 서류 더미 맨 아래에 어느 싸구려 편지지에 애들같이 둥글둥글한 글씨로 쓴 편지가 보였다. '우리 미국 대통령 보시우'로 시작되는 편지였다. 그는 이 편지를 펼쳤다. 국방부 장관은 대통령이 편지를 읽다가 화들짝 놀라는 모습을 지켜보았다.

편지를 다 읽자마자 대통령은 급히 전화기를 들고 말했다.

"FBI의 후버 국장을 대주게. 그래, 직통으로."

전화가 연결되는 동안, 대통령은 수화기를 한 손으로 막고 국방부 장관에게 말했다.

"코킨츠가 없어졌네. 사라져버렸어! 폭탄은 어찌 되었는지 모르겠군. 그랜드 펜윅이 코킨츠와 쿼디움 폭탄을 가져갔다면 우리는 끝장이야. 그렇다면 그랜드 펜윅이 세계에서 가장 힘센 나라가 된 거니까."

계획과 전혀 다르지만, 어쨌든 개선행진

마운트조이 백작은 그 물건을 당장 미국에 돌려줘야 한다고 주장했다. 그는 Q폭탄을 보유하는 것이 거대하고 무시무시한 화산을 수입해서 풍요한 골짜기 한가운데 모셔다놓고 폭발하기만 기다리는 것과 마찬가지라고 생각했다.

"전하."

틸리가 코킨츠 박사와 폭탄, 스니펫 장군과 네 명의 뉴욕 경찰관을 데리고 돌아온 직후에 대공녀와 개인 면담을 가진 자리였다.

"일찍이 제 판단을 무시하고 전쟁을 벌인 결과, 이런 재난이 닥쳤습니다. 배스컴이란 친구가 악의적으로 가져온 그 물건은 끔찍하기 짝이 없습니다. 농장을 오가는 마차의 요란한 바퀴소리 때문에 약간이라도 흔들리는 날엔 모든 게 끝장이니까요.

우리뿐 아니라 우리의 아이들이며, 훌륭한 포도며, 가정이며, 숲이며, 더 나아가 스위스, 프랑스, 네덜란드, 독일, 이탈리아, 에스파냐까지 말입니다. 사실상 서양 문명의 요람 속에 있는 전 유럽이 위험해집니다. 그러니 저 배스컴이란 녀석을 탄핵해서 멀리 유배 보내야 합니다. 그놈은 우리 정부가 원하던 것과는 정반대로 승리를 거두어버렸습니다. 전하, 기억하시겠지만 계획은 전쟁에서 지는 것이 아니었습니까? 그런데 배스컴은 보란 듯이 이겨버리지 않았습니까?"

그러나 글로리아나는 살짝 만족스러운 미소를 지어 보였다. 그녀는 틸리가 거둔 전혀 예상치 못한 성공에 흥분해서, 이제는 자기 아버지보다도 그를 더 존경하게 되었다. 하지만 백작은 열을 내며 그녀의 반응을 무시했다.

"도대체 어떻게 해야 합니까?"

그는 말했다.

"이제는 우리가 미국에 원조를 해줘야 하는 것 아닙니까? 처음에 계획한 대로 그들이 우리를 원조하지는 않을 테니까요. 우리보다 수천 배나 더 큰 나라를 원조하기란 백만 년이 걸려도 불가능할 겁니다. 그 순진한 미국 사람들이 악당 배스컴이 한 짓을 알게 된다고 생각해보십시오. 그중에 어느 누가 그랜드 펜윅 와인을 사겠습니까? 거듭 말씀드리지만, 우리는 분명히 그에게 전쟁에 질 것을 지시했습니다. 그런데 그는 무례하고도 불운하게도 이겨버렸습니다. 전하께서도 그의 부관을 따로 부르셔서 공격 계획이며 백악관 습격에 반대하라고 지시하지 않으셨습니까? 그 대신에 뉴욕을 공격하는 게 원래 계획이었습니다. 목표는 곧바로 항복함으로써 미국 관례에 따라 원조를 받는 것이었고 말입니다.

전하! 전쟁에서 상부의 지시를 어기고, 자기들 멋대로 이길 수 있다는 듯 행동했다는 이유로 해임당한 사례는 역사적으로도 많습니다. 배스컴은 공국의 번영과 안전을 도모하기는커녕, 우리의 운명을 지옥 같은 괴물 상자에 걸어버렸습니다."

"보보 아저씨."

글로리아나가 말했다.

"처칠의 회고록을 너무 열심히 읽으셨나 봐요. 제 생각에는 지금 상황도 아주 훌륭해요. 굳이 배스컴 씨를 탄핵할 필요도 없다고 보고요. 일단 추밀원 회의를 소집한 다음, 코킨츠 박사와 배스컴 씨를 참석시키는 게 좋을 것 같아요. 물론 전쟁 포로를 국무회의에 앉히는 건 좀 이상하겠죠. 하지만 지금 이 상황 자체가 무척 이상하니까 괜찮을 거예요. 게다가 우리는 그 폭탄을 어떻게 다룰 것이며, 어떻게 해야 터지지 않게 할 수 있는지에 대한 조언이 필요하고요."

"전하의 분부를 받들겠습니다."

마운트조이 백작은 뻣뻣한 말투로 대꾸했다.

"너무 화내지 마세요, 보보 아저씨."

글로리아나가 살며시 특유의 미소를 지으며 그를 달랬다.

"털리가 엄청난 짓을 저질렀다는 건 저도 알아요. 우리는 어떻게 이 상황을 잘 이용할지 모를 뿐이에요. 그 사람도 나름대로는 흥미로워요. 대단하기도 하고요. 아까 농장 마차 소리 때문에 폭탄이 터지지 않을까 걱정하셨는데, 그건 성 주위의 도로에 짚을 깔면 되지 않겠어요? 그러면 진동도 덜할 거예요."

미국을 공격하기 위해 마르세유 행 버스에 올라타던 날로부터 두 달 만에 털리와 그의 소부대가 귀환했다. 이는 훨씬 더 큰 나라의 훨씬 더 큰 군대가 벌이는 개선행진의 축소판이었다. 범선 엔데버 호는 뉴욕 항을 벗어나 캐나다 해안에서 불어오는 서풍을 받아 북쪽으로 향했다. 결국 이들은 열흘 만에 대서양을 횡단했다. 적당한 바람과 포르투갈 근해의 해류 덕분에 엔데버 호는 지브롤터 해협을 신속히 통과했다. 다만 마르세유에 도착할 때까지 사흘에 걸쳐 사방에서 애매하게 불어오는 지중해의 산들바람 때문에 약간 애를 먹었을 뿐이다. 병사들은 항구에 도착한 뒤 버스를 타고 공국의 국경에서 내렸다.

털리는 부하들로 하여금 두 시간에 걸쳐서 갑옷과 활 등을 번쩍번쩍 윤이 나게 손질하도록 했다. 그 일을 마치고 나자 공국 전체가 원정부대의 귀환을 알아차렸다. 사냥용 나팔 소리가 울려퍼지고 그랜드 펜윅의 깃발이 자랑스럽게 펄럭이는 가운데, 원정부대는 국경을 넘어 모국으로 귀환했다.

그랜드 펜윅의 모든 남녀와 아이들이 귀환하는 군인들을 맞이하러 나왔다. 사람들은 만세를 부르고, 울고, 노래하고, 서로를 얼싸안고, 군인들과 포옹했다. 부대가 행진하는 길 위에는 꽃이 뿌려졌고, 병사들의 목에는 화환이 둘러졌다. 전투 중에 사망한 톰 코블리의 시신을 운구할 때는 다들 그 앞에서 고개를 숙이며 명복을 빌었다.

행진 대열은 다음과 같았다. 갑옷 차림의 틸리가 앞장섰고, 그의 옆에서는 그랜드 펜윅 깃발을 든 윌이 걸었다. 바로 뒤에는 당황스러우면서도 불안한 표정의 코킨츠 박사와 스니펫 장군, 그리고 네 명의 뉴욕 경찰관들이 열 명의 궁수와 두 명의 중기병에 포위되어 따라가고 있었다. 그 뒤는 미국을 이겼다는 뜻에서 미국 국기를 반기半旗로 든 병사가 있었다. 그 뒤에서는 두 명의 병사가 Q폭탄을 운반했다. 안전을 위해 널판 위에 짚으로 만든 완충재를 놓고, 그 위에 Q폭탄을 올려서 들고 걸었다. 행렬의 끝에 펜윅 깃발에 덮인 톰 코블리의 시신이 운구되고 있었다. 전쟁에서 볼 수 있는 것들은 전부 있었다. 개선식이며, 포로, 노획물, 희생자까지. 틸리는 부대를 대공녀가 기다리고 있는 성의 안뜰로 인솔했고, 이곳에서 승리를 기리는 기념식이 거행되었다.

대공녀는 반희석당 대표인 마운트조이 백작과 희석당 대표인 데이비드 벤터 씨를 양쪽에 거느리고 성의 계단에 서 있었다. 틸리의 아버지인 피어스 배스컴도 특별히 마운트조이 백작의 오른편에 서 있었다. 부대가 안뜰에 집합하자, 윌은 깃발을 앞으로 향하게 해서 전 부대원이 대공녀에게 경례하게 했다. 그리고 다시 깃발을 높이 들어올렸다. 틸리는 앞으로 나아가 한쪽 무릎을 꿇었고 미국을 침략하여 포로 여섯 명을 붙잡고 미국에서 가장 강력한 무기를 노획했다고 공녀에게 보고했다.

글로리아나는 이 소식을 듣자마자 놀라서 어쩔 줄 몰라 했다. 같은 자리에 그런 사람이 또 하나 있었으니, 바로 마운트조이 백작이었다. 너무 놀랐지만 공식 행사 장소이니만큼 외눈안경을 떨어뜨려서는 안 되겠기에 얼른 눈가에 손을 갖다 댔다.

모두 가까운 미국 대표부로부터 자기네 부대가 미국에 억류되었다는 소식만 기다리고 있었다. 혹시라도 미국이 전쟁 중이라는 사실을 부정하면 원정부대를 구성하고 미국까지 보내는 데 든 비용조차 못 건질까 봐 백작과 대공녀는 마음을 졸였다. 그런데 실상은 기대와 전혀 달랐다. 부대는 자력으로 귀환했을 뿐 아니라, 전쟁 포로와 미국에서 가장 강력한 무기까지 노획했다니, 믿을 수 없는 노릇이었다.

"이것은 어떤 무기죠?"

글로리아나는 목소리를 부드럽게 하려 애쓰며 물었다.

"폭탄입니다, 전하. 유럽 전체를 날려버릴 수 있는 물건이죠."

털리가 말했다. 그는 자리에서 일어나 Q폭탄을 올린 널판을 든 병사들에게 손짓했다. 그들은 폭탄을 글로리아나 앞으로 가져왔다. 그녀는 차마 믿지 못하겠다는 듯 작은 상자를 바라보다가 손을 갖다 대려고 했다.

"안 돼요, 안 돼! 만지지 마시오. 잘못하면 다 끝장이니까!"

코킨츠 박사가 외쳤다.

"조용히 하시오!"

털리가 박사에게 소리쳤다.

"행진 중에 쓰러지지나 마시지."

그리고 글로리아나에게 말했다.

"저 사람 말이 맞습니다, 전하. 저 생쥐처럼 약해 빠진 사람이 이 폭탄의 제작자입니다. 저 사람 말이 이런 폭탄은 세계에서 유일하고, 한번 터지면 반경 300만 제곱킬로미터는 쑥대밭이 된다고 합니다."

행사를 구경하기 위해 성 안뜰에 모여든 사람들이 쑥덕거리기 시작했고, 사람들은 곧 그 작은 상자로부터 최대한 멀어지려고 성벽 쪽으로 물러났다. 어머니는 아이를 바짝 끌어안았고, 남편은 아내를 뒤로 물러서게 했다. 모든 사람들이 널판 위에 놓인 폭탄을 바라보았다. 쑥덕거리는 소리가 잦아들자 침묵만이 남았다. 그 순간만큼은 햇빛도 따뜻하지 않았고, 성의 모습은 말할 수 없이 낡고 지쳐 보였다.

"안으로 들여놓으시오."

글로리아나가 속삭임에 가까운 명령을 내렸다.

"지하실 깊은 곳에 보관하시오. 그랜드 펜윅 국민들이 다치지 않도록."

틸리는 절을 하며 대답했다.

"분부 받들겠습니다. 그러면 누구도 다치지 않을 겁니다."

폭탄은 지하실 깊은 곳에 보관되었고, 그 앞에 경비병이 한 사람 배치되었다. 그러고 나서 행사는 계속되었다. 틸리는 전쟁 포로를 글로리아나 앞으로 끌어냈고, 전투 중에 사망한 병사의 용기를 찬양했다.

"그는 사망할 당시에 아무 말도 남기지 못했습니다."

틸리가 말했다.

"하지만 쓰러진 다음에도 남은 힘을 다해 또 싸우려고 일어섰습니다."

"그에게 가족이 있나요?"

글로리아나가 물었다.

"없습니다."

"그렇다면 우리 모두의 형제나 마찬가지군요."

글로리아나가 말했다.

"우리 모두가 그의 친척이고요. 비록 평민이긴 하지만, 그의 죽음은 다른 누구보다도 고귀해요. 시신을 로저 펜윅 경 곁에 매장하도록 하세요. 또 그의 사망일을 기려 코블리의 날로 선포합니다. 앞으로 조국을 위한 그의 희생을 대대로 기리도록 하세요."

이날의 행사는 글로리아나 대공녀의 연설로 마무리되었다. 대공녀는 특히 틸리와 함께한 원정부대원들에게 경의를 표했다. 그녀는 마지막으로 승리를 기념하는 뜻에서 연회장에서 모든 국민이 참석할 수 있는 잔치를 베풀겠다고 말했다. 사람들이 기뻐서 함성을 지르자, 코킨츠 박사는 Q폭탄에 대한 걱정으로 더욱 불안해졌다. 글로리아나는 틸리를 한쪽으로 데려가서 개인 면담실에서 잠깐 기다리라고 했다.

틸리와 둘만 남자 글로리아나는 무슨 말을 해야 할지 몰랐다. 공국 전체를 통틀어 그 앞에만 서면 말문이 막히는 사람은 틸리뿐이었다. 그녀도 이 때문에 화가 날 정도였다. 그녀는 원

탁 앞 의자에 앉고 틸리에겐 그 반대편 의자를 권했다. 글로리
아나는 틸리의 피부가 구릿빛으로 그을렸고, 전보다 훨씬 풍채
가 커 보인다는 사실을 깨달았다. 뭔가 빛나는 듯한 느낌이었
다. 그녀의 가슴은 더욱 두근거려서 목소리를 가다듬기도 힘들
었다.

한편 틸리는 대공녀의 아름다운 금빛 머리카락이며, 당당한
턱이며, 또렷한 눈, 그리고 원탁에 올린 손을 바라보느라 정신
이 없었다.

"당신이 겪은 일을 말해보세요."

글로리아나가 말했다.

"특히 그 폭탄에 대해서요."

틸리는 아무것도 빼지 않고 다 이야기했다. 폭탄에 대해서는
돌아오는 중에 코킨츠 박사에게서 추가로 알아낸 내용까지 덧
붙여 자세히 설명했다.

"그러면 이제 어떻게 하죠?"

그가 말을 마치자 글로리아나가 물었다.

"가장 먼저 해야 할 일은 밤낮으로 국경을 감시하는 겁니
다."

틸리가 대답했다.

"미국인들은 저걸 되찾으려 할 겁니다. 다른 나라들도 훔치
려고 할 거고요. 저 폭탄은 그 어떤 것보다 강력합니다. 저것만
있으면 세계 어느 나라보다도 우위에 설 수 있지요. 미국과 소
련 양 진영에서는 폭탄을 얻기 위해 특사를 보낼 겁니다. 다행

히 우리는 두 가지 점에서 유리합니다. 첫째는 워낙 규모가 작으니 국경을 순찰하기 쉽다는 것이고, 둘째는 외부인을 철저하게 차단할 수 있다는 것입니다. 그랜드 펜윅 사람들은 서로 얼굴을 다 알고 있으니, 만약 누가 국경을 넘어온다면 즉시 알아볼 수 있을 겁니다. 낯선 사람은 누구든지요.

물론 미국인들과 소련인들이 낙하산으로 침투할 수도 있겠지요. 하지만 우리가 서로를 다 알기 때문에 한밤중에 낙하산을 떨어뜨린다고 해도 별 소용이 없을 겁니다. 국경을 수비하는 동시에 누구라도 특별한 용건 없이는 성 안으로 들어올 수 없도록 성 주위에도 경비병을 배치해야 합니다. 폭탄이 있는 지하실에는 이중으로 경비병을 세워야 하고요. 하루 24시간 내내 지키게 해서 전하 빼고는 아무도 들어갈 수 없게 말입니다."

"솔직히 나는 걱정이 돼요."

글로리아나가 말했다.

"어쩌면 당신 말대로 우리가 세계에서 가장 강한 나라가 될 수도 있겠죠. 하지만 그것은 우리가 원하던 바가 아니었어요. 우리가 전쟁을 시작한 까닭은 독립을 유지하면서도 명예로운 방법으로 돈을 빌리기 위해서였어요. 세계에서 가장 강한 나라가 돼서 우리가 얻는 것이라곤 국경을 감시하고, 이웃 사람을 의심하게 되고, 그 끔찍한 폭탄이 폭발하지는 않을까 두려워하는 것밖에 더 있어요? 결국 예전보다 자유를 잃는 셈인데, 이 상황을 좋다고 해야 할지 모르겠어요."

"때로 승리는 이익보다 더 큰 책임을 가져옵니다."

털리가 대답했다.

"왜냐하면 승리는 양심을 회복시켜주기 때문입니다. 전쟁 중에는 양심을 잠시 유보하게 되죠. 적어도 패배한 쪽에 대해서는 그럴 수밖에 없으니까요. 말 그대로 승리한 쪽에게는 이득이고, 패배한 쪽에게는 불운입니다. 이렇게 예전에는 전쟁에도 나름의 원칙이 있었습니다. 하지만 요즘 사람들은 문명화가 덜 돼서 고통이 더합니다. 우리는 전쟁 중에는 애국심이라는 명목하에 야만인으로 변하지만, 전쟁이 끝나면 인도주의라는 명목으로 문명인이 되곤 합니다. 초반에는 가능한 한 모든 방법을 동원해서 많은 적군을 죽이려고 하죠. 하지만 나중에는 가능한 한 모든 재원과 노력을 기울여 사람을 살리려고 합니다. 전쟁은 이렇게 엄청난 시간 낭비로 전락했습니다. 그래서 원조를 받을 가능성이 있어 보이면, 싸우지도 않고 무조건 항복하는 거죠. 양측이 팽팽하면 상황은 달라질 겁니다. 하지만 그런 경우는 별로 없죠."

글로리아나는 털리의 말을 완전히 이해하지 못했다. 그녀는 본래 이론적이기보다는 추상적이었다. 그래서 승리의 책임에 대한 털리의 이야기를 듣자니 좀 짜증스러웠다.

"우리가 이겼다고 해서 미국을 원조해야 한다고 생각하지는 않겠죠?"

그녀가 말했다.

"원조를 하려고 해도 일단 미국에게 돈을 빌려야 해요."

털리는 웃으며 대답했다.

"아닙니다. 우리 그랜드 펜윅은 20세기 역사상 가장 놀라운 군사적 기적을 이루어냈습니다. 승전국이 패전국에게 단 한 푼도 줄 필요가 없는 전쟁을 치른 겁니다. 하지만 우리는 이제 완전히 자유롭지 않습니다. 전쟁 전만 해도 우리는 자신만 책임지면 그만이었죠. 하지만 이제는 인류를 책임지게 되었습니다. 우리는 저 폭탄을 터뜨리려는 자들의 손에서 이것을 지켜야 합니다. 저 정도면 한 나라뿐 아니라 전 인류가 달려 있기 때문입니다.

물론 우리처럼 작은 나라가 짧은 시간 내에 세계의 파수꾼 역할을 떠맡는 것은 결코 쉬운 일이 아닐 겁니다. 훨씬 더 큰 나라들도 그걸 부담스럽게 느끼니까요. 미국만 해도 제2차 세계대전 직후에 갑자기 최강국으로 부상하고 나서, 어떻게 할지 몰라 망연자실했습니다. 대부분의 사람들이 최강국이 되느니 차라리 예전 상태로 돌아갔으면 하고 바랐지요. 하지만 그럴 수는 없었죠. 이제는 우리 차례입니다."

"미국이 우리에게 몇백만 달러만 준다면, 차라리 폭탄을 돌려주는 게 낫지 않을까요?"

글로리아나가 물었다.

털리는 자리에서 벌떡 일어나 어깨를 폈다. 그가 허리에 찬 장검에 손을 갖다대자, 글로리아나는 다시 한 번 로저 펜윅 경의 모습을 발견했다.

"우리는 저 폭탄을 보유함으로써 세계를 정상으로 돌려놔야 하는 임무를 부여받은 셈입니다."

그가 엄숙하게 말했다.

"전하께서는 그랜드 펜윅 공국의 군주이시기만 한 것이 아닙니다. 이제 세상 어느 여성보다도 더 강한 힘을 지니시게 됐습니다. 수백만 명의 목숨이 전하의 한마디에 달려 있습니다. 분부만 내려주십시오. 제가 철퇴로 한 번만 내리치면 유럽 대륙을 날려버릴 수 있습니다. 우리가 힘을 지니고 있으니, 세상 모든 국가들이 전하와 협상을 하려 할 겁니다. 이 폭탄을 터뜨리겠다는 협박만으로도 모든 국가들로부터 세계 평화 유지에 대한 협약을 받아낼 수 있을 겁니다. 전하의 선대 군주들께서는 이 나라만 잘 지켜내시면 그만이었습니다. 하지만 전하께서는 이 나라뿐 아니라 세계 전체를 지켜내시라는 임무를 부여받으셨습니다."

"다른 나라도 이런 폭탄을 곧 개발하지 않을까요?"

글로리아나가 물었다.

"그렇습니다."

털리가 대답했다.

"바로 그 때문에 우리가 제때 나서야 하는 겁니다. 얼른 추밀원 회의를 소집해서 이 문제를 다각도로 논의하면 좋겠습니다."

털리와의 개인 면담이 끝난 직후, 마운트조이 백작이 나타나 폭탄을 그랜드 펜윅에 들여온 죄로 털리를 탄핵하고 유배 보내야 한다고 주장했다. 글로리아나는 그의 의견을 묵살하고 내일 추밀원 회의를 열라고 지시했다.

모스크바, 워싱턴, 런던, **그리고 파리**

그랜드 펜윅의 추밀원 회의가 열리던 바로 그날, 미국 대통령 집무실에서는 각료회의가 열렸고, 크렘린에서도 최고 간부회의가 열렸다. 이 모든 회의의 의제는 한 가지, 바로 Q폭탄이었다.

시차로 인해 크렘린의 최고 간부회의가 가장 먼저 열렸다. 회의는 무척 짧게 끝났기 때문에 회의라 하기도 뭐할 정도였다. 회의라고 하면 대개는 의견을 교환하며 한 사람의 이야기를 다른 사람들이 경청하는데, 이 회의는 그렇지 못했다. 수도사를 연상시킬 정도로 아무런 장식이 없는 제복을 입은, 턱이 네모진 남자가 긴 마호가니 탁자 끄트머리의 수북한 문서 더미 앞에 앉아 있었다. 탁자 양 옆으로는 열두 명의 사람들이 줄지어 앉아 있었다. 이들은 하나같이 똑같은 옷을 입고 있어서 마치 거울에 비친 것처럼 보였다.

얼굴 표정도 매한가지였다. 눈은 아무런 감정을 내비치지 않았다. 입술도 일직선으로 다물고 있었고, 훈련이라도 받았는지 다들 손을 회의용 탁자 위에 올려놓고 있었다.

탁자 맨 끝에 앉은 남자는 통일성을 깨뜨린 사람이 없는지 찾아내기 위해 날카로운 눈빛으로 이들을 바라보았다. 가슴주머니에 손수건이나 샤프펜슬을 꽂은 사람은 없는지 말이다. 아무도 그런 일탈을 저지르지 않았다는 사실에 만족하면서, 그는 외모와 전혀 어울리지 않는 새된 목소리로 다음과 같이 읽기 시작했다.

"그랜드 펜윅 공국이라는 독립국가의 프롤레타리아들은 월스트리트의 자본주의적 제국주의자들로부터 무자비한 경제적 착취를 당하고 있던 바, 인류의 흉폭한 착취자들이 씌운 노예의 올가미를 벗어버리기 위하여 세계 각국의 노동자들과 연합해왔다.

그랜드 펜윅 공국의 프롤레타리아들은 자본주의자들의 쇠사슬로부터 벗어나고자 하는 전 세계 프롤레타리아의 선봉에 서고자, 미합중국을 상대로 전쟁을 선포하였다. 왕당파 요새로 돌격하여 승리를 쟁취한 소련의 영예로운 혁명용사들에 버금가는 이 영웅들은, 뉴욕 시로 진격하여 전체 병력의 25분의 1을 잃고도, 야만스러운 금전숭배자들이 문명 세계를 파괴하기 위해 만들어낸 Q폭탄을 노획하는 쾌거를 이뤘다.

Q폭탄으로 말하자면 우리 같은 문명국의 과학자 동무들이

똑같이 제작할 수 있지만, 지금껏 제작을 보류해온 유형의 폭탄이다.

우리 소비에트사회주의연방공화국은 그랜드 펜윅 공국의 영웅적인 프롤레타리아들과 힘을 합쳐 그들을 자본주의적 제국주의자들의 보복에서 지킬 것이며, Q폭탄이 적들의 손에 들어가지 않도록 할 것이다.

또한 외교위원장으로 하여금 그랜드 펜윅을 방문토록 하여, 그곳 인민 대표인 글로리아나 여성 동지에게 소련 대표 자격으로 인민과 Q폭탄을 보호하기 위한 적군赤軍 10개 사단을 파견하겠다고 제안할 것이다. 그리고 안전을 위해 Q폭탄을 모스크바로 이송함으로써, 그랜드 펜윅 공국과 소련 간의 영원한 우정과 공동 방위 체제를 다질 것이다."

"표결하겠소."

그 말이 떨어지자 열두 개의 손이 일제히 위로 올라갔다. 네모진 턱의 사내는 고개를 끄덕이며 문서를 집어들었고, 이들은 모두 회의실을 빠져나갔다.

미국의 각료회의도 예전과는 달리 심각한 분위기에서 진행되었다. 지난 늦봄부터 워싱턴에선 무더위가 기승이어서 대통령은 새로운 합성 소재로 만든 가벼운 양복을 걸치고 있었다.

국방부 장관은 그보다는 공식적인 자리에 잘 어울리는 푸른 서지 양복 차림이었다. 그가 맨 물방울무늬 넥타이는 워낙 귀엽고 작아서 생쥐를 닮은 그의 인상을 더욱 강조했다. 국무부 장관은 진한 회색 양복에 얇은 검정 줄무늬가 들어간 넥타이 차림이었는데 그것도 역시 공식적인 자리에 잘 어울렸다.

원자력위원회의 그리핀 상원의원도 참석했다. 그는 평소처럼 장미꽃 문양이 옷깃에 새겨진 밝은 회색 양복 차림이었다. 잔뜩 붉어진 얼굴은 그가 엄청나게 긴장하고 있음을 보여주었다. 재무부 장관과 농무부 장관, 그리고 내무부 장관은 참석하지 않았다. 원래 이들이 앉아야 할 자리에는 육군과 공군의 오성장군이 한 사람씩 와서 앉아 있었다.

육군 원수는 명예훈장을 단 전투복에 250달러나 주고 산 목이 긴 부츠를 신었다. 그는 텍사스 출신으로 탁상공론을 참지 못하고, 화끈하다는 평판을 얻고 있었다.

"아마 여러분 모두 보셨으리라 생각합니다."

대통령은 「뉴욕 데일리 뉴스」를 한 부 집어들었다. 1면 표제는 '뉴욕, 침공당하다'였다. 그 아래에는 'Q폭탄, 적에게 노획되다', 더 아래에는 '폭탄 개발 과학자도 행방불명'이라는 표제도 있었다.

"아시겠지만,"

육군 원수가 말했다.

"특별히 신경 쓸 것은 없습니다. 이놈의 신문은 화성에서 온 또라이들이 뉴욕을 침공했다고 쓰기도 했거든요. 순 헛소리만 하는 놈들이에요."

그러자 대통령이 침통하게 말했다.

"불행히도 이것은 사실이오. 뉴욕에 훈련경보가 발효된 동안 그랜드 펜윅 공국에서 온 침략자들이 뉴욕을 침공했소. 그들이 Q폭탄도 가져간 거요. 그리고 Q폭탄 제조 방법을 아는 유일한 과학자인 코킨츠 박사까지 납치했소. 그들은 배를 타고 유유히 사라져버렸고, 이제 폭탄과 코킨츠 박사 모두 그들 손에 있소. 이제 그들은 유럽 전체를 날려버릴 수 있는 힘을 지닌 거요. 그들이 마음만 먹는다면 미국 대륙을 날려버릴 수도 있소. 문제는 이것이오. 우리는 앞으로 어떻게 할 것인가? 이에 대해 여러분의 의견을 듣고 싶소."

회의 참석자들은 쉬운 질문을 받고도 선뜻 대답하지 않으려는 아이들마냥 서로 얼굴만 바라보았다. 침묵은 고통스러울 정도로 오래 지속되었다. 국방부 장관은 입술에 손가락을 갖다 대고 마음의 평안을 찾으려 했다.

그리핀 상원의원은 언제라도 질책을 받을 준비가 되어 있다는 듯 두 발 사이를 뚫어져라 내려다보고만 있었다. 국무부 장관은 다리를 꼬고 무릎 위에 놓인 서류에 뭔가를 끄적거리고 있었다. 먼저 말을 꺼낸 사람은 육군 원수였다.

"이런 젠장!"

그가 말했다.

"대통령 각하, 고민할 게 뭐 있습니까? 공수부대 40명과 비행기 한 대만 주십시오. 곧바로 그 웃기는 놈들한테 날아가서, 그놈들이 무슨 영문인지 깨닫기도 전에 폭탄과 코킨츠란 작자를 데리고 돌아오겠습니다."

대통령은 미소를 지었다.

"그랜드 펜윅 공국을 공격하겠다는 거요?"

"설마 지금 그놈들이 무서워서 이러고 있는 건 아니시겠죠?"

육군 원수가 깜짝 놀라 물었다.

"물론 아니오."

대통령이 대답했다.

"하지만 그렇게 간단한 문제도 아니오. 우리는 현재 공국과 전쟁 중이므로, 어떤 방식으로든 공격할 명분은 있소. 하지만 세계 여론도 고려해야 합니다. 우리 같은 큰 나라가 세상에서 가장 작은 나라를 침략했다는 기록을 역사에 남겨서야 되겠소? 그것도 길이가 8킬로미터, 폭이 5킬로미터에, 우리 조상들처럼 자유에 대한 열망으로 가득 찬 나라를 말이오.

우리는 함부로 도발할 수 없소. 그것은 이 나라의 전통에도 위배되는 일이오. 아마 국민들도 반대할 거고, 다른 작은 나라들과의 관계도 나빠질 거요. 특히 안보에 중요한 남아메리카의 여러 나라들과 말이오. 그들은 우리의 공격에 악의가 있다고 생각할 거요. 그게 가장 큰 문제요.

문제는 그뿐이 아니오. 윤리적이고 외교적인 문제도 중요하지만 어쩌면 이게 더 결정적일 것이오. 이번 일을 통해 그랜드 펜윅 사람들의 애국심과 독립에 대한 의지가 잘 드러났소. 만약 우리가 그들을 공격해서 쓸어버린다면, 그들은 패배하느니 차라리 유럽 전체를 날려버리는 편을 택할 것이오.

패트릭 헨리†도 그런 말을 하지 않았소? '자유가 아니면 죽음을 달라'라고 말이오. 그는 초창기 미국인들을 위해서만이 아니라 전 세계 나라와 시민들을 위해서 그런 말을 한 셈이오. 그것은 당시에도 그랬지만 지금 시대에도 적용되고 말이오. 유럽의 붕괴를 묵과하면서까지 Q폭탄을 되찾으려 전쟁을 도발할 수는 없소. 그런 행동은 오랫동안 비난받을 것이오."

그는 잠시 쉬었다가 신중하고도 엄격한 말투로 말했다.

"분명한 것은, Q폭탄과 코킨츠 박사를 보유하고 있는 한 그랜드 펜윅은 전세를 뒤집기 어려운 승리를 거두었다는 사실이오. 세계 군사력의 중심은 아메리카 대륙으로부터 그 작은 나라로 옮겨가버렸소. 받아들이기 힘들지만 사실이오."

"비밀요원들을 보내서라도 폭탄을 되찾을까요?"

국방부 장관이 물었다.

"그것도 생각해보았소."

대통령이 대답했다.

"전략사무국에서 가장 뛰어난 요원 몇 명을 선발해 낙하산으로 그랜드 펜윅에 침투시켜서 폭탄과 코킨츠 박사를 되찾는 방법을 상의해보았소. 전략사무국은 물론 그 작전을 실행하고 싶어 했소. 하지만 그 친구들은 문제를 너무 단순하게 생각하고 있었소. 나는 그렇게 작은 나라에 낯선 사람이 침투하면 금세 눈에 띄지 않겠느냐고 지적했소. 물론 국경은 경비병이 지키고 있소. 우리 요원이 얻어낸 정보에 따르면 폭탄은 성의 지하실에 있다고 하오. 성

† 패트릭 헨리(1736-1799) 미국의 독립운동가. 버지니아 식민지 대표로 1775년 3월 리치먼드의 민중대회에서 "자유가 아니면 죽음을 달라"라는 연설로 영국 본토와의 전쟁을 주장했다.

에도 경비병이 있소. 지하실에는 이중으로 경비병이 서 있다고 하오. 모든 길이 막혀 있는 셈이오. 만에 하나 비밀요원이 눈에 띄지 않게 침투한다 쳐도, 폭탄이 있는 지하실까지 가려면 경비병들을 죽이거나 무장해제시켜야 하오.

그게 성공하더라도 문제는 끝이 아니오. 그 요원은 잘못 건드리면 폭발해서 수백만 명을 죽이고도 가스로 또 수백만 명을 더 죽일 수 있는 무기를 들고, 적국 한가운데서 도망쳐야 하오. 가스는 한번 발생하면 여간해서는 수십 년이 지나도 없어지지 않을 것이며, 어느 국가나 공동체가 해를 입을지 모른다고 하오. 작전 중에 폭탄이 터질 가능성까지 안고 무조건 폭탄을 빼낼 수는 없소. 이 진퇴양난에서 벗어날 다른 방법을 모색해야 하오."

"대통령 각하."

국방부 장관이 말했다.

"이 문제에는 우리가 간과할 수 없는 한 가지 중요한 면이 있습니다. 물론 우리가 세상에서 가장 작은 나라를 공격했다는 오명을 얻을 수도 있습니다. 비밀요원을 동원해 폭탄을 탈취하는 시도의 위험성도 충분히 이해는 갑니다. 하지만 공산주의자들은 이런 문제에도 눈 하나 깜짝 안 할 겁니다.

코킨츠 박사와 이 폭탄의 제작에 대해 이야기할 때 비록 일시적이라고 해도 이 폭탄을 먼저 손에 넣는 쪽이 세계 최강이 될 거라고 했습니다. 이제는 그 주장이 사실로 판명 났고요. 이 시점에서 우리는 소련이 그랜드 펜윅을 침공할 가능성을 무시해서는 안 되며, 그들이 위험을 감수하고 Q폭탄을 탈취할 가능성도 고려해야 합니다. 어쩌면 소련도 비밀요원을 통해 Q폭탄을 빼앗으려고 할지도 모릅니다. 그들이 성공한다면 그 폭탄을 빌미로 우리를 조종하려 들 것이고요.

우리에게 유럽 전역에서 군대를 철수하라고 요구할지도 모릅니다. 공산주의를 적대하는 나라들에 대한 원조를 중단하라고 요구할 수도 있지요. 서독 국민들을 넘겨달라고 할지도 모릅니다. 공산국가인 중국 정부를 승인하라고 압력을 넣을 수도 있고요.† 미국 전역에서 공산당의 자유로운 설립 및 운영을 막는 모든 조치를 철폐하라고 요구할 수도 있습니다."

그는 잠시 말을 멈추고 어깨를 으쓱하면서 양손으로 어쩔 수 없다는 투의 동작을 했다.

"우리나라와 국민을 구하기 위해서라면 굳이 동의하고 말고 할 것도 없을 겁니다. 어쩌면 그들은 자기들만의 세계 질서를 세우려고 할지도 모릅니다. 크렘린이 그렇게까지 하진 않을 거라고 낙관해봐야 소용이 없습니다. 세계 정복은 그들의 확실한 목표이며, 국민의 복종을 얻기 위해 수천 명을 거리낌 없이 학살하지 않았습니까? 그들은 매우 무자비합니다. 증거가 분명히 눈앞에 있는데도 깨닫지 못하고 있습니다.

제 생각에 가장 우선적으로 해결해야 하는 문제는 Q폭탄을 되찾는 것이 아니라 모스크바가 차지하지 못하게 하는 것입니다. 자칫하면 전쟁이

† 미국은 중국 본토가 공산화된 이후 중국을 국가로 승인하지 않다가 1979년에 이르러서야 정식으로 국교를 정상화했다.

될 테니까요."

"소련 놈들이야 보통이 아니지."

육군 원수가 혼잣말을 했다.

"스탈린그라드 전투에서는 아주 생지옥을 만들었을 정도니까요.† 그놈들과 붙으려면 탱크와 야전포가 아주 많아야 합니다. 그러니까 의회에서 육군 예산을 깎아버리면 안 됩니다. 그런데 왠지 그렇게 될 것 같은 안 좋은 예감이 드는군요."

"탱크보다는 중폭격기가 쓸 만하죠."

공군 원수가 끼어들었다.

"발트해와 지중해 동부에서 진격할 수 있을 만큼 항공모함이 충분하면, 중폭격기 따위는 필요 없네."

육군 원수가 반박했다.

세 사람은 서로를 노려보았다.

"여러분."

대통령이 화를 꾹 누르며 말했다.

"우리는 아직 전쟁을 시작하지도 않았소. 비록 일은 벌어졌지만, 공식적으로 전쟁을 선포하려면 의회의 동의가 있어야 하오."

국무부 장관은 꼬고 있던 다리를 풀었다. 워싱턴 외교관들 사이에서 장관의 이런 행동은 그가 뭔가 할 말이 있다는 표시로 읽혔다. 각료들 사이에서도 이런 행동은 잘 알려져 있었기 때문에 모두들 그를 주목했다.

"오늘 아침에 크렘린에 있는 우리 측 대사로부터 암호 전문을 받았습니다. 오늘 열린 회의를 도청한 것이죠."

장관의 목소리는 자신이 맨 넥타이만큼이나 시들해 보였다.

"거기에는 이 문제에 대한 크렘린의 의향이 일부나마 나타나 있습니다."

그는 서류철을 열어 얇은 푸른색 종이를 한 장 꺼냈다.

"바로 이것입니다."

그가 말했다.

"물론 일급비밀이고요."

그러면서 시선은 그리핀 상원의원을 향했다.

오늘 아침 최고 간부회의에서 그랜드 펜윅을 미국으로부터 보호하기 위해 적군 10개 사단을 파견하는 안을 표결에 붙임. 외교위원장이 상호원조 및 방어협정을 체결하는 한편, 안전을 위해 Q폭탄을 모스크바로 이송하는 방안을 협상하기 위해 떠남. 자세한 내용은 행낭을 참조할 것.

                                                              행콕

"행낭이라니, 그게 누구요?"

육군 원수가 물었다.

"외교 행낭 말입니다. 사람이 아니고요."

장관이 옅은 미소를 띠고

† 제2차 세계대전 중에 독일과 소련이 벌인 스탈린그라드 전투를 말한다. 1942년 여름, 33만 명의 독일군은 소련의 석유공급로인 스탈린그라드(지금의 볼고그라드)를 공격했지만 소련군의 강한 저항에 부딪혔다. 결국 이듬해 22만 명의 전사자를 남긴 채 2월 말에 퇴각함으로써 전세가 완전히 역전되었다.

말했다.

"한 번 더 읽어주게."

대통령이 퉁명스럽게 말하며 끼어들었다. 국무부 장관은 다시 한 번 전문을 읽었다.

"어떻게들 생각하시오? 그들이 그랜드 펜윅을 침공하겠다는 뜻 같소?"

대통령이 물었다.

"소련 친구들의 말뜻을 정확히 집어내기는 매우 어렵습니다."

장관이 슬쩍 받아넘겼다.

"암호로 작성된 짧은 전문은 더더욱 그렇습니다. 하지만 행콕은 이런 전문을 보낼 때 항상 정확한 단어를 선택합니다. 여기서 말한 '안'은, 곧 소련 적군 10개 사단이 그랜드 펜윅 국경지대에 주둔하며 침공 준비를 하는 것이라고 해석해도 과히 틀리진 않을 듯합니다.

국경에서 300킬로미터 정도 떨어진 오스트리아의 노이펠덴이 주둔지가 될 것 같습니다. 기계화 부대가 육로로 이동하는데는 대략 5시간, 공수사단은 1시간 정도 걸립니다. 저희 판단에는 소련군 병력의 대다수는 공수사단이 아닐까 합니다. 지금까지의 경험으로 미루어볼 때 평화협정이니 상호원조니 하는 이야기는 합병하겠다는 의지나 마찬가지입니다. 보호를 위해 군대를 파견하겠다는 것은 사실상 점령하겠다는 뜻입니다."

그리핀 상원의원이 충격에 싸여 침묵을 깨고 말했다.

"우리도 즉시 대응책을 마련해야 합니다, 대통령 각하."

그가 소리쳤다.

"우리도 즉시 상호원조와 친선을 제안해야 합니다. 그쪽에서 10개 사단을 보낸다면 우리는 20개 사단이라도 보내지요. 의회도 지원을 아끼지 않을 것입니다."

상원의원이 덧붙였다.

"우리는 한 가지 중요한 점을 간과하고 있는 듯하오."

대통령이 말했다.

"지금 그랜드 펜윅 공국과 전쟁 중이라는 사실 말이오. 적을 보호하기 위해 군대를 보낼 수는 없소. 그런 제안은 거부당할 게 뻔하오. 우리는 그랜드 펜윅과 전쟁 중일 뿐 아니라 인질까지 붙잡힌 상황이오. 더 이상 어떻게 할 수 없는 막다른 지경이지. 소련을 겨냥한 대응책을 마련하기 전에 평화유지협상 조건을 제시해야 하오."

"각하의 말씀은 지금 미국이, 인구 1억 6,000만 명에 거대한 산업체들과 막강한 재력과 최강의 무기를 보유하고 있는 우리나라가, 기껏해야 전체 인구가 미식축구 경기장에 모인 관중 수나 될까 말까 한 작은 나라에게 평화회담을 제안해야 한다는 겁니까? 말도 안 됩니다!"

그리핀 상원의원이 코웃음을 쳤다.

"말이 안 되지만, 그게 현실이오."

대통령이 대답했다.

"영국인들이 미국에 항복을 했을 때도 이와 비슷한 기분이었으리라 생각하오. 사실 그때만 해도 우리는 무척 작은 나라였지만 지금은 큰 나라가 되지 않았소? 이게 싫으면, 혹시 다른 대안을 가지신 분 있소?"

아무도 말이 없었다. 그리하여 국무부 장관이 전권대사 자격으로 대통령 전용기를 타고 그랜드 펜윅으로 날아가기로 했다. 장관은 양국 간의 평화회담을 요청하고, 이를 위해 상호원조 및 공국의 안전을 위해 육군 15개 사단을 파견하겠다는 제안을 하기로 결정되었다. 그리핀 상원의원은 소련군의 예상 주둔지에서 몇 킬로미터 떨어지지 않은 오스트리아 내 미국 지역인 린츠에 미군 15개 사단이 머물러 있다는 사실을 알고 안도의 한숨을 내쉬었다.

"그들에게 무슨 일이든지 합리적으로 해결하자고 전하게."

대통령은 국무부 장관에게 지시했다.

"이 모든 문제의 원인인 산라파엘 와인은 곧바로 시장에서 회수하겠다고 전하게. 그리고 미국에 수출하는 그랜드 펜윅 와인에 대해서는 수량에 상관없이 무조건 관세에 특혜를 주겠다고 하고. 원조금이건, 기계건, 기술 지원이건, 뭐든지 주겠다고 해. 그 대가로 Q폭탄과 코킨츠 박사를 돌려달라고 조심스럽게 제안해보게나. 하지만 정 어려울 것 같으면, 최소한 소련에게는 주지 않겠다는 확답만이라도 받아오게. 인질인 스니펫 장군과 경찰관 네 명을 풀어준다면 더 좋겠고."

그는 국무부 장관을 빈틈없는 눈빛으로 바라보며 말했다.

"이건 여담이지만 말일세."

그는 덧붙였다.

"내가 듣기로 그랜드 펜윅의 군주는 꽤 매력적인 젊은 여자라더군. 이 점을 명심하고 좀 더 잘, 뭐랄까…… 멋지게 보이도록 하게. 선물을 준비하는 게 낫겠군. 뭐 특별히 생각해둔 것이 있나?"

국무부 장관은 최고급 샴페인 12상자가 어떻겠느냐고 물었다. 하지만 곧 생각을 고쳐먹고 이렇게 말했다.

"차라리 밍크코트가 나을까요?"

"아니야."

대통령은 코웃음 쳤다.

"그건 냉동창고에 들어갈 때나 입는 거지. 다른 걸 생각해보게."

결국 이들은 다이아몬드 목걸이를 선물하기로 합의했다. 장관은 거기 덧붙여서 혹시 그랜드 펜윅에 나일론 스타킹과 란제리가 있는지 물어보았다. 제2차 세계대전 직후에 이런 물건들이 유럽 여성들 사이에서 선풍적인 인기를 끌었기 때문이다.

소련에는 최고 간부회의가, 미국에서는 각료회의가 벌어지는 사이에, 런던의 영국 하원에서는 바이런 패트리지 의원이 자리에서 일어나 외교부 장관에게 질문하고 있었다.

"정부 당국은 그랜드 펜윅 공국이 미국을 상대로 전쟁을 선포하고, 그 원정부대가 뉴욕 시를 침공해 엄청난 파괴력을 지닌 Q폭탄이라는 무기를 노획했다는 사실을 알고 있습니까?"

외교부 장관은 천천히 자리에서 일어나 가볍게 목례하고 입을 열었다.

"우리 영국 정부는 그 사건의 전말에 대해 확실한 정보를 갖고 있습니다."

그는 이렇게 말하고 다시 자리에 앉았다.

"그럼 정부는 이 문제를 해결하기 위해 어떤 준비를 하고 있습니까?"

바이런 패트리지 의원이 계속 따졌다.

외교부 장관은 옆에 앉아 있는 수상의 귀에 뭐라고 속삭였다. 수상은 눈을 감고 있었서 마치 잠이 든 것 같았다. 주위가 조용한 가운데 의원들은 슬쩍 코를 고는 듯한 소리를 들었다. 외교부 장관이 속삭이고 나자 수상은 불독처럼 코를 킁킁거리며 이렇게 말했다.

"자네가 알아서 하게, 토니."

외교부 장관은 다시 자리에서 일어나 맞은편의 낮은 의석에서부터 오늘 의사 진행을 보러 온 소련 대사가 앉아 있는 특별 방청석까지 천천히 둘러보았다.

그는 바지 주머니에 양손을 넣고 발끝으로 서서 몸을 흔들흔들 하며 말했다.

"존경하는 의원 여러분. 지난 1402년에 그랜드 펜윅과 영국은 노스 웨스탬프턴에서 조약을 체결했습니다. 이 조약에 따라 우리 정부는 그랜드 펜윅이 외국 군대에 위협당하는 경우에 적절하고도 충분한 원조를 할 의무가 있습니다. 우리 정부는 지금이 바로 1402년도 조약에 명시된 이 조항을 이행해야 할 때라고 판단했습니다. 아, 조약의 원본은 정부기록보관소에 있으니 필요하신 분들은 직접 확인해보시기 바랍니다.

현재로선 파병할 군대의 정확한 규모를 말씀드리긴 어렵습니다만, 예상컨대 최소한 4개 공수사단을 포함한 8개 사단이 되지 않을까 싶습니다. 저는 곧 글로리아나 12세 대공녀를 알현하고 우리가 과거에 맺었던 영예로운 조약을 충실히 이행하려 한다는 사실을 전달하고자 합니다."

외교부 장관이 발언을 마치고 자리에 앉았다.

그러자 야당 여당 할 것 없이 박수와 환호성을 쏟아냈다. 소련 대사는 자신을 향해 미소 짓는 외교부 장관을 쏘아본 다음 서둘러 밖으로 나갔다.

이와 비슷한 원조와 군사력을 지원하자는 결의안이 프랑스 파리의 하원에서도 나왔다. 하지만 이 제안을 표결에 붙이기도 전에, 택시기사들의 초과 근무 수당 문제를 둘러싸고 진통을 거듭해오던 프랑스 정부가 혁명으로 전복되어 온 나라가 무정부 상태에 빠지고 말았다.

그랜드 펜윅, **폭탄의 처리를 고심하다**

그랜드 펜윅 공국에서 Q폭탄 처리 문제를 놓고 열린 추밀원 회의는 이제껏 열린 모스크바와 워싱턴, 런던, 파리의 회의와는 사뭇 달랐다. 이 회의에서 가장 중요한 인물은 미국 과학자이자 전쟁 포로인 코킨츠 박사로 회의의 성공 여부가 그의 손에 달려 있었다. 그는 현재 자신을 포로로 붙잡은 쪽으로부터 승리를 완전히 굳히기 위해 Q폭탄에 대한 조언을 요청받은 미묘한 입장에 있었다.

코킨츠 박사는 마음이 산란했다. 그는 펜윅 성의 대회의실 한쪽에 앉아 있었다. 조금 떨어진 회의 탁자 앞에는 추밀원 의원들이 자리를 잡았다. 참석자는 글로리아나 대공녀, 마운트조이 백작, 데이비드 벤터, 육군 최고 지휘관인 털리 배스컴, 그리고 특별히 털리의 아버지인 피어스 배스컴도 있었다. 털리의 아버지까지 참석한 까닭은 그가 공국 전체를 통틀어 가장 지혜로울 뿐 아니라 가장 학식이 깊은 사람이기 때문이었다. 지금 코킨츠 박사를 괴롭히는 것은 적이 눈앞에 앉아 있다는 사실도 아니고, 그들이 하나같이 14세기풍 복장을 하고 있다는 사실도 아니었다. 그렇다고 양 옆에 서 있는, 키가 180센티미터는 거뜬히 넘는 갑옷 차림의 건장한 병사들 때문도 아니었다. 그를 고통스럽게 하는 것은 조국애와 인류애 사이의 갈등이었다. 애국심 깊은 미국 시민 코킨츠 박사와, 자신의 능력과 지식이 인류의 운명을 좌우하게 된 이후, 이것이 한 나라가 아니라 전 인류의 것이 되어야 한다고 생각하게 된 세계 최고의 과학자 코킨츠 박사 사이의 갈등이었다.

회의를 주도하는 사람은 마운트조이 백작이었다. 그는 공국에 지속적이고도 급박한 위협이 될 수 있는 Q폭탄을 당장 미국에 돌려보내야 한다고 요구하고, 주장하고, 역설했다.

"이 친구가 결국 재앙을 불러들였습니다."

그는 털리를 가리키며 목소리를 높였다.

"언제 터질지 모르는 화약통을 가져와서 우리보고 그 위에 올라타라는 격이 아닙니까! 존경하는 그 부친의 면전에서 감히 말씀드리건대, 그의 행적은 과연 이 나라에 애국심이 있기는 한지 의심스러울 정도입니다. 이 극악무도한 물건을 가지고 왔다는 것은, 아직 밝히지 않은 자신의 요구가 관철되지 않는다면 이 나라를 박살 내겠다는 뜻에 다름 아닙니다."

"그게 무슨 말씀이십니까?"

털리가 물었다.

"그랜드 펜윅 가문을 연구해온 사람이라면 누구나 알아들었을걸세!"

백작은 유쾌한 듯 대답했다.

"자네의 혈통은 저 멀리 로저 펜윅 경의 서자에게까지 거슬러 올라간다네. 확인해보니 1385년에 그랜드 펜윅의 대공위를 털리 배스컴이란 사람이 승계해야 한다는 청원을 평의회가 기각한 적이 있더군. 털리 배스컴은 당시 로저 경이 자신의 정부인 매리언 배스컴과의 사이에서 낳은 아들이었지. 설마 이 사실을 모른다고 하진 않겠지?"

글로리아나는 다시 한 번 털리를 보고 나서, 그제야 털리와 그 유명한 조상의 외모가 비슷한 까닭을 이해할 수 있었다.

"저는 전혀 몰랐습니다."

털리는 벌컥 화를 냈다.

"그건 거짓말입니다. 다시 한 번 그따위 소리를 하면 그땐 몸이 성치 못할 테니 알아서 하시오."

싸움이 커지기 전에 글로리아나가 끼어들었다. 그녀는 마운트조이 백작에게 방금 했던 말을 취소하고 사과하라고 명령했다. 그리고 털리에게는 백작의 사과를 받아들이고 화를 가라앉히라고 했다.

"저는 지금 두 분 모두의 도움이 필요합니다."

글로리아나가 말했다.

"그러니 더 이상의 불화는 용납하지 않겠습니다."

그렇게 싸움은 잠시 멈추었다.

벤터는 Q폭탄을 미국에 돌려주자는 마운트조이 백작의 주장에는 찬성할 수 없다고 말했다.

"우리가 저 무기를 없애버리려고 애쓰는 만큼, 미국도 다시 가져가려고 애를 쓸 것입니다. 만약 우리가 저걸 계속 가지고 있으면, 미국과의 평화협상에서 유리한 위치에 서서 이 나라에 큰 번영을 가져올 수 있을 겁니다. 그것이 이 전쟁의 목적 아니었습니까?"

"전하, 이 문제에는 좀 더 넓은 시각을 가져야 합니다."

틸리는 대공녀에게 이전에 나누었던 대화를 상기시키려는 투로 말했다.

"이건 폭탄과 코킨츠 박사를 계속 묶어두느냐 아니면 돌려보내느냐의 문제가 아닙니다. 폭탄과 박사를 돌려보내는 것보다는 여기 두는 편이 훨씬 안전합니다. 사실 우리는 더 이상 안전하지 않습니다. 만약 이 폭탄이 전쟁에 쓰인다면 여기도 박살나고 말 겁니다. 우리와 아무 상관 없는 전쟁이어도 말입니다. 하지만 폭탄과 코킨츠 박사를 확보하면 조금이나마 안전을 보장받을 수 있습니다. 우리가 생각해야 할 것은 다른 나라들이 이런 폭탄을 결코 만들지 못하게 할 방법입니다. 그리고 그에 대해 조언할 수 있는 사람은 이 사람뿐입니다."

틸리는 코킨츠 박사를 향해 몸을 돌렸다.

"바로 이 사람이 폭탄을 만들었습니다."

틸리가 말을 이었다.

"코킨츠 박사는 혹시 소련인들이 이걸 먼저 만들어내지 않을까 염려했답니다. 그의 생각에 소련은 이런 폭탄을 갖게 되는 즉시 사용할 것이 불을 보듯 빤하다고 합니다. 그는 이 폭탄을 '평화를 위한 무기'라고 부릅니다. 자기 양심을 달래기 위한 표현인지도 모르지만 말입니다. 우리는 앞으로 이런 무기를 제조하지 못하게 할 방법이 있을지, 그로 하여금 일종의 시험을 치르게 해야 합니다."

틸리의 말을 듣고, 글로리아나는 코킨츠 박사에게 물었다.

"혹시 하실 말씀이 있으신지요?"

코킨츠 박사는 자리에서 천천히 일어나 그녀에게 정중하게 경의를 표했다.

"제가 무슨 할 말이 있겠습니까?"

그가 말했다.

"여기서 입을 연다면, 저는 조국의 배신자가 됩니다. 저는 여러분께서 현재 전쟁을 벌이고 있는 상대인 미국 시민입니다. 여러분의 적국이 저의 고국이지요. 그러니 저는 아무 할 말이 없습니다."

"코킨츠 박사."

틸리가 말했다.

"당신은 변명을 하고 있는 겁니다. 당신은 세상 어느 누구보다도 뛰어난 두뇌의 소유자 아닙니까? 그러면서도 지금 자신이 어디에 속해 있는지 모르겠다고 시치미를 떼는 겁니까? 당신은 자신이 미국 시민이라고 하지만, 그보다 먼저 인류의 한 사람이란 사실을 망각하고 있습니다. 미국에 대한 의무는 있는데, 인류에 대한 의무는 없는 겁니까? 당신이 미국 시민이라는 사실 하나만으로 수백만 인류를 말살할 무기를 만들 권리가 있을까요? 어느 것이 우선입니까? 인류 전체를 위한 의무입니까, 아니면 조국을 위한 의무입니까?"

"난 모르겠소."

코킨츠 박사가 풀이 죽어 대답했다.

"내가 아는 것이라곤, 훗날 여기서의 발언으로 인해 법정에 서게 된다면, 그것은 인류의 한 사람으로서가 아니라 미국 시민으로서가 되리라는 것뿐이오."

"아니, 당신은 분명히 알고 있습니다. 다만 인정하지 않을 뿐입니다."

털리는 그를 경멸하듯 말했다.

"당신도 결국 공부깨나 한 노예에 지나지 않습니다. 세상에서 당신 혼자만 할 수 있는, 수백만의 운명이 달려 있는 프로젝트를 명령받아 수행하고는, 애국심이라는 미명하에 자신을 정당화하는 것입니다."

코킨츠 박사는 두꺼운 안경을 벗고 양손을 꽉 쥔 채 털리를 향해 다가갔다.

"당신은 아직 젊소. 그렇기 때문에 잘 알지도 못하면서 함부로 그런 소리를 하는 거요. 당신은 지금 내가 처한 상황을 상상도 못 할 것이오. 나 같은 과학자들은 딴 세상 사람이나 마찬가지요. 우리는 평범한 사람들이 갖는 도덕적 가치는 가질 수 없소. 우리밖에는 아무도 우리 일을 이해하지 못하오. 우리는 같은 무리 안에서만 통용될 뿐 남들은 전혀 이해하지 못하는 언어로 이야기하오. 핵물리학의 언어 말이오. 우리도 우리가 하는 일이 인류에게 끔찍한 위협이 되리라는 것을 잘 알고 있소. 하지만 우리는 법에 의해 다른 사람들에게 종속되어 있소. 그들의 의도에 따라 우리는 천사도 되고 악마도 될 수 있소. 우리가 하는 일이 선이 될지 악이 될지는 그들의 선택과 행동에 따른 것이오. 수백만 명이 죽을지, 아니면 전보다 더 오래, 더 행복하게, 더 건강하게 살 것인지는 그들이 결정하오. 이것 보시오, 젊은이. 과학자를 욕하느니 차라리 과학자를 조종하는 통치자들을 욕하시오. 자기들끼리는 평화에 합의하지 못하고, 과학자들을 파괴에 가담시키는 통치자들을 말이오. 과학 이전에도 전쟁은 있었소. 지금 벌어지고 있는 범죄란 다른 것이 아니오. 전쟁이 과학을 도구이자 노예로 만들었고, 인간의 지식을 어렵사리 결합시켜 인간을 파괴하는 도구로 만들었소."

회의 내내 피어스 배스컴은 탁자 앞에 조용히 앉아 있었다. 그는 아들에 대한 비난이나 코킨츠 박사의 변명에도 무심한 듯했다. 대신 회의실 밖에서 쩍쩍 지저귀는 새소리에 귀를 기울였다. 새는 두 옥타브를 넘나드는 카덴차를 노래하다가, 마치 모든 것이 농담이었다는 듯 약간 의외의 음으로 노래를 마쳤다. 코킨츠 박사도 새들의 노랫소리에 미소를 지었다. 그는 자기 옆의 경비병들도 아이들처럼 즐거워하며 미소 짓고 있음을 깨달았다.

"저게 바로 우리 그랜드 펜윅의 참새랍니다. 초여름이 되면 세계 어느 나라의 참새보다도 더 멋지게 지저귀지요."

경비병 가운데 한 사람이 말했다.

피어스 배스컴은 드디어 긴장을 풀고 자리에서 일어나 글로리아나에게 절하며 말했다.

"전하, 코킨츠 박사와 관련하여 한 가지 제안을 드리고자 합니다. 그는 강제로 고국을 떠나 힘든 여행 끝에 낯선 나라까지 왔습니다. 지금은 그가 우리의 포로이지만 이런 상황이 그에게 아주 낯선 것은 아닙니다. 지난 몇 년간 그는 전혀 자유롭지 않았습니다. 이제껏 인간이라면 당연히 양심에 따라 거부할 일을 억지로 하도록 강요받았습니다. 그는 세상 어느 누구보다도 무거운 짐을 어깨에 짊어지고, 의심과 공포에 사로잡힌 채 살아왔습니다. 그러니 이 회의를 한 시간 정도만 중단하고, 코킨츠 박사를 포로가 아닌 자유로운 한 사람으로서 저와 함께 산책하도록 허락해주십시오. 저는 박사와 함께 우리 국유림을 거닐며 모든 제약과 짐을 벗어버리게 하고, 다시 한 번 진정 자유로운 인간이 되었음을 느끼게 해주고 싶습니다."

"경비병을 딸려 보내야 할 겁니다."

마운트조이 백작이 말했다.

"도망칠 수도 있으니까요. 숲에서 국경이 멀지 않습니다. 폭탄을 다룰 수 있는 사람이 사라진다면, 우리가 폭탄을 가진들 무슨 소용입니까?"

"박사는 결코 도망치지 않을 겁니다."

피어스 배스컴이 점잖게 말했다.

"그렇다면 도망치지 않겠다고 맹세라도 하게 합시다."

마운트조이가 계속 주장했다.

"우리는 그에게 어떠한 제약도 가해서는 안 된다고 봅니다."

피어스가 천천히 대답했다.

"이 사람에게 우리 문제를 해결해달라고 강요해서도 안 됩니다. 그가 우리를 돕는다면, 그것은 어디까지나 자유의지에 따른 것이어야 합니다. 박사는 스스로 애국심보다 더 높은 의무를 깨달아야 합니다. 하지만 포로로 남아 있는 한 그리고 조국에 대한 의무에 얽매여 있는 한 박사는 결코 그 의무를 깨닫지 못할 것입니다. 그러니 한 시간 정도만 그가 어떤 속박이나 압력도 받지 않고 한 인간으로 있게 해주십시오. 더도 덜도 아닌 자유로운 인간, 그 자체로 말입니다."

"아버지."

틸리가 말했다.

"저는 그게 현명한 행동인지 모르겠습니다. 적어도 저는 아버지보다 세상 여러 곳을 다녀보았습니다. 세상에는 남을 속이는, 이기적이고 믿을 수 없는 사람들이 얼마든지 있습니다. 저는 이 과학자를 믿을 수 없다고 봅니다. 혹시나 도망치려고 한다면 아버지께선 제지하실 수도 없을 거예요."

피어스는 아들을 점잖게 나무라듯 바라보았다.

"세상에 남을 속이는 사람이 많은 건 사실이다. 하지만 어떤 사람이건 마음 깊은 곳에 선善을 향한 마음 또한 갖고 있는 법이다. 교도소에 갇혀 있으면서도 담장 밖의 어린이들을 돕는 살인자도 있고, 자기가 전쟁에서 죽인 적군의 묘지를 찾아가는 병사도 있지. 어떤 사람이 자기 속에 있는 선을 부정한다면, 그 것은 그가 괴로움을 겪고 있기 때문이 아니겠느냐. 나는 코킨 츠 박사도 그렇다고 본다. 그의 마음속에는 선이 있지만 아직 드러낼 만한 기회가 없었던 거야. 나는 지금이야말로 그가 해온 일을 되돌아보고, 앞으로 이런 폭탄을 더 만들 것인지, 아니면 이런 폭탄이 만들어지지 않도록 힘을 다할지를 스스로 양심에 따라 결정해야 할 때라고 믿는다."

코킨츠 박사는 자리에서 일어나 글로리아나에게 말했다.

"저도 잠시 숲을 거닐고 싶군요."

"그렇게 하세요."

글로리아나는 부드럽게 대답했다.

"혹시 그랜드 펜윅을 떠나고 싶으시다면 그렇게 하세요. 아무도 막지 않을 겁니다. 박사께서 우리를 도와주셨으면 좋겠지만 선택은 직접 하셔야겠지요. 그러면 회의는 지금부터 한 시간 동안 정회하겠습니다."

코킨츠 박사와 피어스 배스컴은 회의실을 천천히 빠져나갔다. 중기병 두 사람이 뒤따르려고 하자 글로리아나가 손짓으로 제지했다.

"그냥 편하게 걷게 놔두세요. 잠깐 동안이라도요."

코킨츠 박사, 펜윅 성을 향해 걷다

때마침 그랜드 펜윅 숲은 초여름의 아름다움을 한껏 발산하고 있었다. 코킨츠 박사와 피어스가 크고 탐스럽게 길을 덮은 고사리를 밟고 지나가자 부러진 양치류에서 스며나온 향긋한 생명의 향기가 공기를 채웠다. 활짝 피어난 철쭉류 식물이 나무 밑둥에 붉은 더미를 이루었으며, 어떤 것은 너무 높이 자라서 하늘을 향해 활짝 피어난 꽃 무더기를 만들었다. 소나무가 성당 기둥처럼 곧게 자라나 있는 사이로 햇볕이 스며들었고, 벨벳처럼 깔려 있는 이끼 아래에 단단한 참나무 가지들이 드러나 있었다. 두 사람은 가끔씩 활짝 뻗은 참나무 가지를 피해 몸을 숙이며 걸었다.

숲에서는 수많은 소리가 들려왔다. 새소리, 벌레 소리, 흔들리는 나뭇잎과 잔가지 소리, 물소리, 심지어 조그만 개암 열매를 양볼에 가득 넣은 다람쥐들이 내는 소리까지…….

피어스 배스컴은 야트막한 언덕 너머로 박사를 데려갔다. 그곳 작은 골짜기에는 쓰러진 나무둥치가 있었고, 높이가 6미터밖에 되지 않는 작은 폭포가 있었다. 수정처럼 깨끗한 물이 공중을 가르며 잔잔한 연못으로 떨어졌다. 연못 가장자리에는 바위가 몇 개 있었고, 다른 쪽에 피어난 물풀 위에는 멋진 푸른색 잠자리가 날아다녔다.

두 사람은 나무둥치에 앉아 잠시 폭포 소리에 귀를 기울였다.

"그랜드 펜윅의 유일한 폭포랍니다. 우리의 소중한 재산이지요."

피어스가 말을 꺼냈다.

"제가 조사한 바에 의하면 이 바위는 약 500년 전쯤에 지금보다 30센티미터 정도 더 높았지요. 그렇게 따지면 이 폭포는 앞으로 5,000년은 더 갈 겁니다. 비록 마지막에는 높이가 3미터 정도밖에는 되지 않겠지만 말입니다. 하지만 나와 내 세대가 잊히고 오랜 시간이 지난 후에도 이 폭포는 몇 세기나 더 이어질 거라는 사실이 다행스럽더군요. 내가 이 폭포를 보며 느낀 즐거움을 후손들도 갖게 되리라고 생각하니 유대감이 느껴진다고나 할까요. 말하자면 제가 그들 삶의 일부가 되고, 그들도 제 삶의 일부가 되는 것이지요. 물론 이 세상이 앞으로 50세기가 지나도 여전히 존재한다는, 그리고 생명체가 살아남는다는 가정하에서 말입니다."

코킨츠 박사는 상대방의 말에 쉽게 넘어가지 않았다.

"이곳의 토양은 무척 기름지군요. 뭐든지 풍성해요."

박사가 말했다.

"우리나라가 건국된 이래로 여기는 늘 숲이었지요."

피어스가 대답했다.

"5세기 전 우리 조상도 똑같은 숲속을 거니셨고, 지금 우리 주변에 있는 나무들은 그때도 이렇게 그늘을 드리우고 있었죠. 원래 이 숲은 집을 짓거나 활과 화살을 만들 목재, 그리고 장작을 얻기 위해 보존해온 겁니다. 4세기 전부터 활을 만드는 데 사용한 주목 몇 그루는 아직도 남아 있습니다. 하지만 시간이 흐르면서 이 숲도 점점 헐벗게 되었지요. 그래서 200년 전부터 숲의 나무를 베는 것은 금지되었습니다.

아시겠지만 우리 아들은 산림경비대장이고, 나는 그 애 밑에서 일한다오. 때로는 어린 나무들의 성장을 방해하는 오래된 나무나 쓰러진 나무, 다른 나무를 해칠 위험이 있는 나무는 차라리 잘라버리는 편이 낫다고 판단하지요. 그럴 때마다 자유회의를 열어서 나무를 벨지 말지 투표로 결정합니다. 그랜드 펜윅 사람들은 거의 모두 회의에 참석합니다. 다들 이 숲의 나무 하나하나를 알고 있기 때문이죠. 자기 책임을 잘 알고 있기 때문이기도 하고요."

"나무를 베어내면 그 목재는 어떻게 합니까?"

"작은 가지는 장작으로 쓰죠. 더 큰 것은 집을 고치거나 새 집을 짓는 데 사용하고요. 돈은 전혀 내지 않습니다. 우리나라의 보통 가정집에 가보면 깜짝 놀라실 겁니다. 집주인은 자기 집에 있는 모든 목재를 다 식별하거든요. 어떤 목재는 어떤 나무에서 나온 것인지, 그 나무가 어떻게 자라났고 베어졌으며, 심지어 베어질 당시 나이가 몇 살이었는지까지 줄줄 이야기해 줄 겁니다. 나무는 베어진 뒤에도 여전히 사람들의 안식처가 되고, 사람들을 따뜻하게 해주면서 봉사합니다. 그랜드 펜윅에서는 나무를 살아 있는 사람 대하듯 한답니다."

"그런 감정은 잘 이해할 수가 없군요."

코킨츠 박사가 말했다.

"나무는 어디까지나 나무입니다. 사람이 아니에요. 물론 살아 있기는 하지만 매우 하등한 생명체입니다. 나무는 아무것도 느낄 수 없어요. 말씀하신 건 미신이거나 지나친 감정이입에 불과해요."

피어스는 이에 대해 직접적인 대답을 피했다.

"우리가 나무에서 잔가지를 모두 잘라내면 나무둥치만 남죠. 하지만 나무 속에 있는 생명의 힘은 지속됩니다. 비록 훼손되고 형태가 바뀌어도 나무는 계속 살아 있는 겁니다. 박사께선 나무에게 아무런 감정이 없다고 생각하십니까?"

코킨츠 박사는 어깨를 으쓱했다. 전에는 이런 문제에 대해 생각해본 적이 없었다.

"나무둥치에 여전히 생명이 있다는 것, 그렇기 때문에 아직 죽은 게 아니라는 것은 맞는 말씀 같군요."

그는 말했다.

"또 하나 중요한 것은 나무가 계속해서 살아 있기를 원한다는 겁니다."

피어스가 말했다.

"모든 것은 생명을 지니고 있고, 그것을 지키고 싶어 합니다. 그 때문에 스스로 창조할 수도 없는 생명을 파괴할 권리가 사람에게 있는지, 우리는 늘 고민해야 하는 겁니다. 아들과 내가 나무를 베어낼 때, 우리는 단지 나무 한 그루를 베는 것이 아니라 그 나무가 과거에 맺은 모든 관계며, 미래에 줄 기쁨까지 베어내는 셈이라는 것을 느낍니다. 이건 중요한 사실입니다. 그걸 깨달으면 나무 한 그루를 베는 것도 결코 쉽지 않습니다.

과학자들은 통치자들이 얽어맨 법률에 의해 천사나 악마의 역할을 강요당하는 존재라고 한 당신의 말을 나는 이해할 수 있었습니다. 나와 아들도 사람들의 결정에 따라 나무를 치료하거나 베어내면서 천사가 되기도 하고 악마가 되기도 하지요. 나무들은 그에 대해 아무 말도 할 수 없습니다. 발언권 자체가 없죠. 나는 이들에게도 발언권이 있어야 한다고 생각합니다."

그는 바닥에서 나무토막을 하나 집어들어 연못에 던지고는 서서히 가라앉는 모습을 지켜보았다.

"우리 둘 사이에는 한 가지 차이점이 있습니다."

피어스는 말을 이었다.

"생과 사를 결정하는 과학자들의 힘은 당신 말씀대로 하등한 생명체뿐 아니라 같은 인간들마저 능가합니다. 그에 비해 제 삶은 식물보다 겨우 나을까요. 전쟁이 벌어질 경우 과학자가 만들어낸 무기는 특정한 무리가 다른 이들보다 우위에 서게 해주죠. 제 생각에는 그 정도로도 충분히 고통스럽습니다. 그러나 이제는 전쟁에 참가한 나라만이 아니라 아무 관련이 없는 나라들까지 고통을 받는 형국으로 변하고 있습니다. 다른 나라들에겐 발언권조차 없습니다. 나무처럼 말이죠.

이들은 싸움에 전혀 가담하지 않았는데도 말살될 위험에 놓입니다. 이들에겐 전쟁을 시작할 힘도, 전쟁을 끝낼 힘도 없습니다. 오직 거인들의 틈바구니에서 고통받을 뿐이지요. 이들은 자기 자신을 보호하기에도 벅찹니다. 당신이 만든 폭탄이라면 전쟁에는 더 이상 한계가 없겠죠. 모든 것을 파멸시킬 겁니다. 그 무기가 모든 것을 파멸시킬 수 있다면, 과학자의 책임도 단지 한 나라가 아니라 인류 전체에게까지 확대되어야 할 것입니다."

"바로 그것이 제가 지난 10년간 돌고 돌았던 다람쥐 쳇바퀴였습니다."

코킨츠 박사가 씁쓸하게 말했다.

"만약 우리가 폭탄을 만들지 않으면 소련이 만들 겁니다. 우리는 소련이 그걸 만들면 분명히 사용할 것이라고 생각했죠. 그래서 미국은 결코 사용하지 않으리라는 기대를 갖고 폭탄을 만든 겁니다. 미친 짓이긴 합니다만 이 방법이 아니라면 대체 어떻게 제정신으로 살 수 있겠습니까?

앞서 말씀드린 대로, 세상을 정상으로 돌릴 수 있는 사람들은 과학자들이 아니라 과학자들을 통제하는 사람들입니다. 그런데 그 사람들이 워낙 서로를 신뢰하지 못하는 탓에 핵폭탄

같은 구식 무기들을 금지하는 협약조차 아직 체결하지 못한 겁니다.

어디에나 두려움과 의심은 있습니다. 공산주의자들은 공산주의에 담겨 있는 정치적이며 철학적인 본성 때문에 자본주의자들을 두려워합니다. 자본주의자들은 공산주의자들을 삶의 화근으로 생각하죠. 아시아인은 수세기 동안 착취당한 역사 때문에 유럽인을 믿지 못합니다. 유럽인은 아시아의 엄청난 인구며, 인도, 아프리카, 중국의 민족주의와 기술 발전 때문에 아시아인을 두려워합니다. 어디에서도 신뢰가 생길 수 없습니다. 결국 우리 국민의 안전을 보장하는 유일한 방법은 무지막지한 힘을 지닌 무기를 소유해서 아무도 공격할 엄두를 내지 못하게 하는 것입니다."

"그러면 작은 나라들은 어떻게 합니까?"

피어스가 차분하게 물었다. 코킨츠 박사는 어깨를 으쓱했다.

"그건 모르겠습니다."

"박사께선 작은 나라에 대해 생각해보신 적이 없기 때문에 모른다고 말씀하시는 겁니다."

피어스가 말했다.

"작은 나라에 사는 사람들이란, 특이하고 색다르고 시대에 뒤떨어져 있는, 별로 중요하지 않은 존재라고 생각하시겠지요. 하지만 그들 또한 당신의 동포라는 사실을 잊고 계신 겁니다. 그리고 그들을 열등하고, 무시해도 좋은 존재로 생각하시는 겁니다. 아무런 존재감이 없어 보이기 때문이지요."

"아마 그런 것 같습니다. 어디든지 세계에서 가장 비중이 큰 나라가 관심의 대상이니까요. 이것은 누구나 인정하는 유일한 국제법입니다. 선생께서도 벨기에나 아일랜드나 그랜드 펜윅이 파괴되는 것보다는 미국이 파괴되는 것이 자유시민들에게 더 큰 재앙이 되리라는 점에 동의하실 겁니다."

"그럴 수도 있죠. 하지만 벨기에 사람이나 아일랜드 사람, 혹은 우리나라 사람들은 아무도 그 주장에 동의하지 않을 겁니다. 그리고 큰 나라가 아무런 가책도 없이 작은 나라들을 파괴하는 한 세계는 영원히 문명화되지 않을 겁니다.

사회에서도 마찬가지 아닙니까? 힘없고 가난한 시민도 돈많고 권세 있는 사람들과 마찬가지로 보호받아야만 합니다. 그렇게 하지 않는 문명이란 허울일 뿐 진정한 힘이라고 할 수 없습니다. 문명이 없다면 그 어떤 개인도, 어떤 국가도 안전하지 못합니다. 결국 세계가 불안해지겠죠."

코킨츠 박사는 아무 말도 하지 않았다. 그는 출렁이는 연못을 응시했다. 작은 물결이 또 다른 물결과 합쳐지면서 더 큰 물결로 번지고 있었다.

피어스가 말했다.

"만약 Q폭탄을 비롯한 대량살상무기를 없애겠다는 협정이 맺어진다면, 국제 조사단을 결성해 앞으로 그런 무기가 절대 만들어지지 않게 할 수 있을까요?"

"그렇습니다. 조사단 소속 과학자들이 모든 나라의 핵 관련 시설에 마음대로 드나들 수 있다는 보장만 된다면 충분히 가능합니다. Q폭탄에 대해서라면 그 일을 할 수 있는 사람은 세계에서 저 혼자일 겁니다. 물론 다른 사람들도 곧 방법을 알아낼 수 있지요. 하지만 적어도 지금은 저 외에는 그것을 만들 수 있는 사람이 없을 겁니다."

"만약 그런 제어기구가 설립된다면 박사께서는 핵 시설을 조사하시고 다른 사람들을 훈련시킬 의향이 있으십니까?"

"그러고 싶습니다. 그것이 조국에 대한 배신은 아닐 테니까요."

"물론입니다. 그것은 인류와 온 생명체에 대한 문제이니까요. 모두의 과거와 현재와 미래가 달린 일입니다."

피어스가 박사의 말에 고개를 끄덕이며 덧붙였다.

"이것은 한 집단이나 한 나라에 대한 충성 문제가 아니라 살아 있는 모든 생명체에 대한 문제입니다. 인간의 존재뿐 아니라 지구상의 모든 생명체에게 영향을 끼치는 문제죠. 박사께선 한 개체나 한 종에 대해서가 아니라 온 세상에 대한 의무를 지고 계신 겁니다."

"그 말씀은 좀 억지스럽군요."

코킨츠 박사가 어깨를 으쓱하며 말했다.

"지금껏 그런 협정은 맺어진 적도 없고, 여기 숲속에 앉아 있는 우리 두 사람이 협정을 만들 수도 없지 않습니까."

"억지가 아닙니다."

피어스가 주장했다.

"분명히 말씀드리지만, 곧 그런 국제협정이 맺어질 것입니다. 그 협정은 경쟁하고 있는 강대국들 사이에서 나오지는 않을 겁니다. 그들은 어차피 상대방을 믿지 못할 테니까요. 우리 같은 약소국들이 그들로 하여금 조약을 맺고 지키도록 강제해야 합니다."

코킨츠는 피어스의 말에 픽 하고 웃었다.

"아니, 한낱 생쥐가 어떻게 사자를 길들인다는 말씀이십니까?"

그는 조롱하듯 물었다.

"이미 가장 큰 사자 가운데 하나인 미국이 벗어날 수 없는 덫에 걸려들지 않았습니까."

피어스가 대답했다.

"우리 그랜드 펜윅이 세계에서 유일하게 Q폭탄을 보유하고 있기 때문이죠. 우리는 갑자기 세계에서 가장 힘센 나라가 되었습니다. 다른 국가들을 우리가 원하는 대로 움직이게 할 무기가 생긴 겁니다. 약소국가연합을 구성할 수도 있겠지요. 핀란드, 벨기에, 우루과이, 엘살바도르, 아일랜드, 리히텐슈타인, 산마리노, 포르투갈, 노르웨이, 스웨덴, 덴마크, 파라과이, 페루, 칠레, 멕시코, 라이베리아, 이집트, 파나마, 스위스 등등 세계의 작은 독립국들을 총망라해서 말입니다.

이 연합은 강대국들이 모든 핵무기 제조를 중단하도록 촉구하고, 이행 여부를 확인하기 위해 중립적인 약소국 출신의 과학자들로 조사단을 꾸릴 겁니다. 그리고 조사단을 각국의 핵시설에 들여보내라고 강력하게 요구할 수 있습니다. 혹시 어떤 나라가 윤리적인 압력에 굴하지 않는다면 최후의 수단으로 Q 폭탄을 터뜨리겠다고 협박하는 겁니다."

"윤리적인 압력의 효과에 대해서는 확신할 수가 없군요."

코킨츠 박사가 말했다.

"그리고 Q폭탄은 그렇게 선뜻 사용하지 못할 겁니다. 한번 터졌다 하면 폭탄 자체의 위력은 말할 것도 없고, 그로부터 배출되는 탄소 14나, 폭발 뒤에 이어질 강풍과 낙진 때문에 사망자가 속출할 테니까요."

"어차피 쓰러질 나무라면, 조금 더 일찍 쓰러져서 벌목꾼을 죽일 수도 있지 않습니까?"

피어스가 차분히 말했다.

"Q폭탄을 사용하지 않는다 하더라도 우리는 언젠가 다른 이들의 다툼 때문에 누군가의 폭탄이 터져 파멸할지도 모릅니다. 이럴 가능성이 전혀 없다고는 누구도 말할 수 없을 겁니다. 내일 당장이 될지도 모르지요. 하지만 말씀드린 방법을 취한다면 최소한 이 세계가 제정신으로 돌아오겠죠. 아니면 언젠가 닥칠 파멸과 좀 더 빨리 대면하거나요."

"그랜드 펜윅에서는 물론이고 다른 나라에서도 감히 그 폭탄을 터뜨릴 사람은 찾기 힘들 겁니다."

코킨츠가 단호하게 말했다.

"제 아들을 알고 계시지요?"

피어스는 자랑스러운 듯 말했다.

"그 녀석이라면 명령을 듣자마자 서슴없이 해치울 겁니다."

"모두가 파멸하리라는 것을 아는 이상, 누가 그런 명령을 내리겠습니까?"

코킨츠가 물었다.

피어스는 자리에서 일어나 그를 부드럽게 내려다보며 말했다.

"제가 하지요."

잠시 동안 두 사람은 아무 말이 없었다. 그러다가 피어스가 입을 열었다.

"자, 저는 먼저 가보겠습니다. 원하신다면 떠나셔도 좋습니다. 폭포를 지나 오솔길을 따라가시면 프랑스 국경이 나옵니다. 100미터 정도밖에 되지 않습니다. 경비병도 아마 그냥 보내드리라는 지시를 받았을 겁니다. 이곳을 떠나시면 폭탄이야 다시 만드실 수 있겠죠."

피어스 배스컴이 떠난 뒤, 코킨츠 박사는 천천히 일어나 자신이 앉아 있던 나무둥치를 바라보았다. 한쪽 끝에서 푸른 줄기 하나가 힘차고 곧게, 그리고 생기 넘치게 솟아나고 있었다. 그는 잠시 폭포에서 떨어지는 물소리를 듣다가 커다란 푸른색 잠자리 한 마리가 백합꽃 위에 앉아서 날개 흔드는 모양을 지켜보았다.

그리고 프랑스 국경으로 가는 오솔길을 바라보다가 나무 높은 곳에 앉아 있는 새소리를 들었다. 동고비구나 생각하다가, 문득 그랜드 펜윅에서는 저 새를 참새라고 부른다는 사실을 기억해냈다. 같은 새인데도 나라마다 이름이 전혀 다르다는 사실이 우스웠다. 그는 나뭇가지 사이로 보석처럼 날아다니는 새를 잠시 쳐다보다가 빵 조각을 꺼내주려고 주머니에 손을 넣었다.
하지만 주머니는 텅 비어 있었다.

그는 그랜드 펜윅 성을 향해 걷기 시작했다.

강대국들, 쥐구멍 앞에 **줄 서다**

세계의 이목은 그랜드 펜윅 공국에 일제히 쏠려 있었다. 아 작은 나라가 역사상 이토록 유명했던 적은 없었다. 거의 모든 신문에 이 나라의 주요부를 나타내는 지도가 매일같이 실렸다. 어떤 지도에는 해발 60미터 산 정상에 세워진 성의 위치가 정 확히 표시되어 있었다. 다른 지도에는 성의 평면도인 듯한 그 림이 실렸는데, Q폭탄이 보관되어 있음직한 장소에 커다란 십 자 표시가 되어 있었다.

세계 정치의 중심이 된 펜윅 성

「뉴욕 데일리 뉴스」는 무려 5단짜리 성채 지도 위에 이와 같은 표제를 붙였다. 또한 세 면에 그랜드 펜윅의 사진을, 두 면에 글로리아나 대공녀의 모습을 싣고, 한 면은 절반으로 나누어 공국에 대한 정보와 미국 침공의 주역인 정치인들에 대한 기사를 실었다. 대공녀의 얼굴이 실린 면에서는 그녀의 외모를 밀로의 비너스, 영화배우 리타 헤이워드, 영국 엘리자베스 2세 여왕과 비교했고, 동부의 작은 대학 고전학 교수는 그녀가 트로이의 헬렌과 견줄 만하다고 주장했다.

어느 그림—사진이 전혀 없었으므로—은 대공녀가 한 손에 와인 잔을 들고 있는 모습이었다. 그림 밑에는 그랜드 펜윅 와인이야말로 와인 전문가들 사이에서 미녀의 와인으로 손꼽히며, 대공녀는 매일 아침마다 와인을 두 잔씩 마신다는 설명이 붙어 있었다. 그러자 그랜드 펜윅 와인은 그다음 날로 재고가 바닥났다.

「뉴욕 타임스」는 그나마 그랜드 펜윅 공국의 건국에서부터 시작되는 믿을 만한 기사를 실었다. 기사는 「타임스」의 워싱턴 지국장이 제안한 대로 그랜드 펜윅 와인의 우수성에 대한 내용 일색이었다.

오스트레일리아의 「시드니 모닝 헤럴드」는 그랜드 펜윅 사람들의 독립정신을 자국민의 정신과 비교하면서 오스트레일리아 사람들이라면 분명히 이 작은 나라와 공감대를 느낄 것이라고 주장했다. 같은 면에 실린 또 다른 기사에서는 만약 Q폭탄이 유럽에서 터진다고 하더라도 멀찍이 떨어진 오스트레일리

아에는 별 영향이 없을 것이며, 세 강대국이 공국과 협상하고 있는 동안에는 더더욱 두려워할 이유가 없다고 주장했다.

「런던 타임스」도 공국의 역사에 대한 기사를 실었다. 그리고 그랜드 펜윅이 영국 식민지라고 주장하는, 웨일스 출신 퇴역 대령의 편지를 실었다. 하지만 이 편지는 신문 초판이 나온 직후에 삭제되었다. 「프라우다」는 그랜드 펜윅이 무자비한 인민 압제에 대한 투쟁에 돌입했다는 소식, 이 영웅적인 프롤레타리아들을 원조하기 위해 대기 중인 적군 사단의 보고를 실었다.

그 와중에 소련과 미국, 영국 세 나라의 외무부 장관들은 각각 차에 타고—그랜드 펜윅에는 비행기가 착륙할 공항이 없었기 때문이다—공국의 국경으로 향했다. 그들은 세 시간 정도씩 차이를 두고 국경에 도착했다. 소련 외교위원장이 가장 먼저 도착했고, 그다음에 영국 외무부 장관이, 미국 국무부 장관은 가장 늦게 도착했다.

공국과 외부를 연결하는 유일한 자동차 도로로 진입하려면 와인 샛길을 통과해야 했다. 그 입구에서 소련 외교위원장이 탄 차가 털리 배스컴이 지휘하는 궁수부대와 맞닥뜨렸다.

소련의 외교위원장은 들여보내달라고 요구하고, 주장하고, 역설하고, 외쳤지만 모두 러시아어로 말했기 때문에 소용이 없었다. 털리는 고개를 흔들며 그를 밀어낼 뿐이었다. 그다음으로 도착한 영국 외무부 장관 앞에는 궁수부대뿐 아니라 소련 외교위원장의 차까지 막아서고 있었다.

"저 친구더러 갓길로 비키라고 하게. 나는 여기 공무 때문에

왔으니까."

영국 외무부 장관이 운전사에게 지시했다.

운전사는 앞차 번호판에 있는 붉은 별을 알아보고는 이렇게
대답했다.

"소련인 같습니다, 장관님."

"소련인이라고?"

외무부 장관이 말했다.

"그러면 보나마나 차가 고장난 모양이군. 혹시 견인해주길
원하는지 물어보게."

운전사는 밖으로 나가자마자 금세 돌아와서, 저들이 뭐라고
하는지 도통 알아들을 수가 없지만 하여튼 움직이진 않을 모양
이라고 말했다.

"계속 '나이트'라고만 하던데요?"

"그게 아니라 '니예트'겠지."

외무부 장관이 말했다.

"러시아어로 '아니오'라는 뜻일세. 그렇다면 직접 걸어가야
겠군."

그는 재단사를 찾아가는 것만큼이나 내키지 않다는 투로 차
에서 나와 소련인이 탄 차 곁을 설렁설렁 지나가며 모자를 살
짝 들어 인사했다. 하지만 차 안을 들여다보진 않았다. 국경에
도착하자 그는 털리에게 말했다.

"당신이 대장이오?"

털리는 그렇다고 말했다.

"영국 외무부 장관이 글로리아나 12세 대공녀 전하께 경의를 표하며, 외교적 업무를 위하여 뵙기를 청하는 바이오."

외무부 장관이 줄줄 읊었다.

"아무도 들여보내지 말라는 명령이십니다."

털리는 허리에 찬 장검에 손을 갖다 댄 채 엄격하게 말했다.

"아, 그렇군요. 그러면 저희가 도착했다는 소식을 전하께 전해주시고, 언제쯤 알현이 가능할지 알려주시겠습니까? 중요한 일이라서요."

털리는 망설이다가 물었다.

"댁 앞에 있는 차에 탄 사람은 누굽니까?"

"그야 나는 모르지요. 들여다보지도 않았으니까."

외무부 장관이 순진한 척하며 대답했다.

"소련 사람들인가요?"

"아마도요."

"여기 왜 왔을까요?"

"그건 내가 알 바 아니오. 혹시 당신네를 보호해주기 위해서가 아닐까요?"

외무부 장관은 손끝으로 목을 쓱 베는 몸짓을 하며 말했다.

"댁은 왜 오셨습니까?"

"지금 당장은 이야기하지 않는 게 낫겠군요. 이 문제는 전하를 직접 만나서 말씀드려야 할 것 같소."

"역시 우리를 보호해주기 위해서인가요?"

외무부 장관은 뻣뻣한 태도였다.

"앞으로 한 시간 동안만 여기서 답변을 기다리겠소. 이후에는 프리드리히스하펜†에 있는 레데어물 호텔에 머물 테니 그곳으로 와서 날 찾도록 하시오."

차로 돌아가는 중에 외무부 장관은 잠시 소련 차 앞에 멈춰 서서는 뒤쪽 창문 쪽으로 몸을 굽히고 소련 외교위원장에게 손을 내밀었다.

"포츠담 이후에 처음 뵙는군요."

그는 러시아어로 말했다.

"사실 무슨 일이 있나 싶어 걱정을 좀 했죠. 그 이후에는 신문에 당신 이야기가 별로 안 나오기에 말입니다."

외교위원장이 웃으며 말했다. 그의 웃음소리는 요란하게 시작되더니만 갑자기 짝 하는 박수 소리와 함께 끝났다. 그는 한바탕 웃고 나니 기분이 좋아진 듯했다.

"여기서 한참 기다려야 할 것 같소이다. 보드카가 있는데, 같이 한잔 하시겠소?"

"마침 샌드위치를 좀 가져왔지요."

영국 외무부 장관이 대답했다.

"이런 일을 하려면 늘 샌드위치를 갖고 다니는 게 좋죠. 제 차로 오시죠. 여기는 좀 좁아 보이는데……."

"그래도 제 차가 더 편안하답니다."

외교위원장이 말했다.

결국 두 사람은 각자 차 안에서, 운전사를 시켜 음식을 전해 주기로 합의했다. 하지만 영국 외무부 장관은 보드카를 받자마자 길 위에 쏟아버렸다. 소련 외교위원장도 샌드위치의 냄새를 맡아보더니 운전사에게 줘버렸다. 운전사는 미심쩍어 하면서도 결국 샌드위치를 먹어치웠다. 이들이 점심식사를 하는 사이에 미국 국무부 장관이 도착했다. 그는 앞에 서 있는 차 두 대를 근심스럽게 쳐다보더니, 자동차가 멈추자마자 차 밖으로 나와 잰 걸음으로 털리가 서 있는 곳까지 갔다.

"미합중국에서 글로리아나 대공녀께 보낸 외교사절이오. 나는 미국 국무부 장관이오."

그는 서류철을 꺼내 신분 증명서를 보여주었다. 털리는 증명서를 천천히 읽어보고 그에게 물었다.

"백기를 들고 온 겁니까?"

"백기라니?"

놀란 장관이 물었다.

"지금 우리나라는 귀국과 전쟁 중입니다."

털리가 그에게 상기시켰다.

"협상을 하러 오셨다면 백기를 들고 오셔야 합니다. 그렇지 않으면 들여보낼 수 없습니다. 한 발짝이라도 국경 안으로 발을 들여놓았다가는 전쟁 포로로 체포하겠습니다."

"알겠소. 백기를 들도록 하지."

장관은 가슴 주머니에서 손수건을 꺼내 활짝 펴서 공중에 휘날렸다. 그러자 옆에 서 있던 궁수가 길을 비켜주었다. 경비병 두 명이 호위하고 털리가

앞장선 가운데 미국 국무부 † 독일 남부의 도시.

장관은 손수건을 든 오른손을 머리 위로 치켜들고 성을 향해 걸었다.

세 시간 뒤에 장관은 국경으로 되돌아왔다. 거기서 곧바로 뮌헨으로 직행해 그곳의 미군기지 사령부에서 백악관으로 전화를 걸었다.

"대통령 각하. 평화협상안이 나왔습니다. 하지만 우리가 원하는 조건은 아니었습니다. 그랜드 펜윅은 Q폭탄을 반환하지 않겠다고 합니다. 또한 코킨츠 박사를 석방하지도 않겠다고 합니다. 그들은 약소국들을 모아 연합체를 구성한 뒤에 Q폭탄을 가지고 협박해서 우리를 비롯해 러시아, 영국, 캐나다 등 강대국들이 대량살상무기를 폐기하는 협정을 맺게 하고, 그 협정이 제대로 지켜지는지 감시할 수 있는 국제 조사단을 구성하겠다고 합니다."

"우리가 10여 년 전에 계획했던 것과 똑같구먼."

대통령이 대답했다.

"아주 똑같진 않습니다. 조사단은 약소국가들로 구성될 것이며, 코킨츠 박사가 단장이 되어 직접 지휘하겠답니다. 강대국들이 서로를 믿지 못하니, 이젠 약소국이라도 서로 믿어야 하지 않겠냐고 주장하고 있습니다."

1, 2분간 침묵이 이어졌다.

"그 요구를 수용해야 할 것 같군."

대통령이 말했다.

"이 핵무기 경쟁을 끝내기 위해서라면 무엇이든지 동의하겠

다고 하게. 그나저나 소련은 어떻게 할 것 같은가? 사실은 그
게 늘 문제였는데…….”

“제 생각엔 소련도 동의할 수밖에 없을 듯합니다.”

국무부 장관이 대답했다.

“마침 그랜드 펜윅에도 버나드 바루크† 같은 사람이 있는데,
이름은 피어스 배스컴이라 합니다. 그의 아들 털리는 뉴욕을
침공해 Q폭탄과 코킨츠 박사를 나포한 인물이죠. 피어스 배스
컴은 소련이든 어디든 이 제안에 동의하지 않는 나라가 있다
면, 언제든지 폭탄을 터뜨려서 유럽을 쓸어버리겠답니다.”

“그런다고 소련이 눈이나 깜짝할까? 그 친구들은 기회만 있
으면 유럽을 쓸어버리겠다고 벼르고 있는데…….”

대통령이 말했다.

“폭탄 자체는 그들에게 별 해를 끼치지 못할 겁니다.”

국무부 장관이 대답했다.

“하지만 탄소 14 가스는 다르죠. 유럽에서 소련 쪽으로 서풍
이 부니까요. 그렇게 되면 수많은 사람들이 죽을 겁니다. 농작
물이 끝장나고 토양도 황폐화되겠죠. 아무리 소련이라도 그런
위험까지 무릅쓰진 못할 겁니다.”

“그들이 정말로 폭탄을
터뜨릴 것 같소?”

대통령이 물었다.

“각하께선 그 친구들이
궁수 스무 명만 이끌고 미

---

† 버나드 바루크(1870-1965) 미국의 정치가. 사업가
로 활약하다가 정계에 뛰어들어 국방 관련 분야에 몸담
았다. 1946년부터 국제연합원자력위원회 미국 대표로
나서서 원자력의 국제관리를 위한 '바루크 플랜'을 제
안했다. 냉전冷戰, Cold War이라는 말을 처음 쓴 사람
으로도 유명하다.

국을 침공하리라고 상상이나 해보셨습니까? 그것도 범선을 타고 맨해튼에 상륙해서 말입니다."

"무슨 뜻인지 알겠소. 상원의 비준이 필요하긴 하지만 일단 우리는 조사를 기꺼이 받겠다고 하시오. 그 친구들이 우리를 진퇴양난에 밀어넣었으니까…… . 그 외에 그들이 달리 원하는 게 있소?"

"산라파엘 와인을 시장에서 즉시 회수할 것, 그랜드 펜윅은 미국에 원조를 보낼 의무가 없음을 분명히 할 것, 대미對美 와인 수출 자유화, 그리고 차관 500만 달러입니다."

"500만인가, 아니면 500억인가?"

"500만입니다."

"겨우 500만이라고?"

대통령이 소리쳤다.

"그거면 독일 도시 하나에 지원한 금액보다 적지 않나?"

"여기서 한 가지 차이점이 있다면, 독일은 우리에게 졌지만 그랜드 펜윅은 우리에게 이겼다는 것입니다."

장관이 냉정하게 대답했다.

"또 한 가지 추가 조건이 있습니다. 그쪽 각료 중 벤터라는 사람이 있는데, 우리에게 빌린 돈으로 그랜드 펜윅의 와인 맛 껌을 만드는 공장을 짓고 싶어 합니다. 미국에서 이 제품의 독점판매권을 갖는 동시에 관세 면제를 원하더군요. 이 친구들은 껌을 만들어 수출하기만 하면 앞으로 먹고살 걱정은 없을 거라고 생각하는 모양입니다."

대통령은 그만 큭큭 웃고 말았다.

"좋아. 평화협상안에 서명하도록 하게."

그는 말했다.

"일반 비준과 마찬가지로 해. 그나저나 군사 지원은 어떻게 하기로 했나?"

"필요 없다고 하기에 더 이상 권하진 못했습니다."

"스니펫 장군과 경찰관들은?"

"예, 스니펫 장군은 서둘러 돌아가고 싶어 합니다. 민방위 대원들에게 신형 무기를 보급하고 싶다면서요."

"신형 무기? 그게 뭔가?"

"장궁이랍니다."

프리드리히스하펜의 호텔에 머물고 있던 영국 외무부 장관과 소련 외교위원장은 미국식 술집에 함께 앉아 칵테일을 마시고 있었다.

"도대체 미국 친구는 그랜드 펜윅에서 뭘 하고 있을 것 같소?"

술잔이 두어 번 돌았을 때, 소련 외교위원장이 물었다.

"나는 전혀 모르오. 그 친구들한테 껌이라도 팔아볼 속셈인가 보지. 자, 건배나 합시다."

영국 외무부 장관이 말했다.

약소국가연합의 **탄생**

바로 다음 주, 훗날 세계 언론에 의해 '작은 20개국'이라 불리게 될 나라의 대표자들이 펜윅 성의 대회의실에 모였다. 그 사이에 영국 외무부 장관은 글로리아나 대공녀를 알현했으나 자신의 뛰어난 외교관 경력 사상 처음으로 아무 성과도 없이 돌아가게 되어 무척이나 당혹스러웠다.

그는 그랜드 펜윅을 보호하기 위해 영국군 8개 사단을 보냄으로써 1402년의 조약을 준수하겠다고 제안하면 공국이 기쁘게 받아들이리라 낙관하고 있었다. 하지만 글로리아나 대공녀는 아무 도움도 필요 없다며 부드럽지만 단호하게 말했다. 공국의 힘만으로도 충분하다면서 말이다.

첫 번째 예상이 엇나가고, Q폭탄 제작을 금지하는 약소국가연합에 대해 예비토론이 이어졌다. 영국이 이 연합에 협력할지에 대해 비공식적인 의견 교환도 조용히 이루어졌다.

"잠에서 깨어나보니 릴리풋†의 소인들이 거미줄처럼 촘촘하게 수천 개의 밧줄로 저를 꽁꽁 묶어놓은 듯한 기분이었습니다."

훗날 영국 외무부 장관은 수상에게 이렇게 말했다.

"제가 할 수 있는 말이라곤, 영국 정부는 파멸로 치닫는 핵무기 경쟁에 종지부를 찍을 수 있는 일이라면 무엇이든 적극 지지하겠다는 것뿐이었습니다. 핵무기 경쟁은 인류의 근심거리일 뿐 아니라 세계 무역에서 우리의 지위를 회복하는 데에도 방해가 되기 때문입니다. 하여간 처음부터 끝까지 굴욕적이었습니다. 이제 우리도 대책을 마련해야 할 것 같습니다."

"너무 의기소침하지 말게, 토니."

수상이 말했다.

"그런 일은 예전에도 있었으니까. 예나 지금이나 생쥐가 사자의 꼬리를 붙잡는 일은 비일비재했어. 그럴 때 할 수 있는 일은 적극 협력하는 것뿐이지. 그런 일이 역사의 방향을 바꿀 수 있다니 놀랍지 않은가.

이번에는 와인 한 병 때문이었군. 두어 세기 전에는 젠킨스라는 뱃사람의 귀 때문이었다네.†† 그 사건 때문에 온 유럽이 들썩거렸고, 미국 식민지에서 일어난 프렌치 인디언 전쟁†‡에

† 조너선 스위프트의 소설 『걸리버 여행기』에 나오는 소인국.

†† 일명 '젠킨스의 귀 전쟁War of Jenkins' Ear'. 1739년부터 1741년까지 영국과 에스파냐 간에 벌어진 전쟁이다. 1731년에 레베카 호의 선장 로버트 젠킨스가 에스파냐의 해안경비대에 의해 귀가 잘렸다고 주장하면서 파문이 일어났고, 훗날 전쟁으로까지 번졌다.

†‡ 일명 '프렌치 인디언 전쟁The French and Indian War'. 1754년부터 1763년까지 프랑스와 영국이 당시 식민지였던 북아메리카 대륙을 무대로 벌인 전쟁이다. 프랑스와 영국 간의 영토 분쟁으로 시작되어 나중에는 두 나라의 지배 하에 있는 전 세계로 전쟁이 확산되었다.

도 영향을 끼쳤지. 황금 걸상 때문에 거의 100여 년 가까이 아샨티 족과 싸운 일도 있고 말이야.† 에스파냐-미국 전쟁이 시가 때문에 벌어진 게 사실인지는 모르겠지만, 정말 그렇다고 해도 놀랄 일은 아닐세. 그나저나 글로리아나라는 여자는 정말 매력적이던가?"

"진짜 그렇던데요."

"듣기엔 미혼이라던데."

"그렇답니다."

"아아, 지금 우리나라에 미혼 왕자가 없다는 게 안타깝군! 그렇기만 하면 모든 일이 쉽게 풀릴 텐데!"

"있다고 해도 쉽지 않을 겁니다. 글로리아나는 이미 다른 남자를 마음에 두고 있던걸요."

"아이구 세상에! 설마 미국 사람은 아니겠지?"

"아닙니다. 그랜드 펜윅 사람이에요. 털리 배스컴이란 친구죠. Q폭탄을 가져오기 위해 미국 침공을 감행한 장본인이랍니다."

"제법 근사하게 생긴 젊은 건달이겠구먼. 안 그런가?"

"별로요. 그냥 비쩍 마른 녀석입니다. 링컨처럼 생겼더라고요."

"그렇다면 영국계겠군."

수상은 천장을 향해 시가 연기를 훅 뿜어내며 말했다.

"그나마 위안이 되네. 그나저나 다음에 미국 대통령을 만날 날이 기다려지는군. 지난번 전쟁 때 만난 전임자는 회담 때마다 미국산 개런드 총과 우리의 리엔필드 총을 비교해서 무척이나 짜증나게 했지. 한번은 스탈린이 으르렁거리는데도 역사를 거슬러 올라가더니 켄터키 라이플 총과 잉글리시 머스킷 총을 다 비교하지 뭔가.

이번에는 장궁 두 개에 사용법까지 적어서 미국 대통령에게 보내야겠군. 그거면 미국 군사력이 엄청나게 향상될 거야. 큭 큭. 그런데 미국도 핵무기를 금지하는 약소국가연합 구성 제안을 기꺼이 받아들이겠지?"

"그렇습니다."

외무부 장관이 대답했다.

"그들 또한 원칙적으로는 동의했다고 합니다. 심지어 이번 달 「애틀랜틱」지의 어떤 기사에서는 약소국가연합을 가리켜 연방정부라는 점에서는 자기네 48개 주[††]하고도 유사하다고 주장하더군요. 미국인들은 이미 그렇게 생각하는 모양입니다. 소련만 유일하게 반대하고 있습니다. 하지만 그들도 결국 동의할 수밖에 없을 겁니다."

소련 외교위원장은 글로리아나를 알현하지 못했다. 그는 대리인인 털리를 만났을 수 있었을 뿐이다. 글로리아나가 몸이 좋지 않다고 해서였다.

[†] 19세기 초부터 아프리카 가나의 유력한 부족인 아산티 족과 그 라이벌 부족인 판테 족이 벌인 전쟁 가운데 하나. 배후에는 식민지 경영을 하던 네덜란드와 영국의 지원이 있었다. '황금 걸상 전쟁'은 1900년에 아산티 족이 신성시하던 물건인 '황금 걸상'을 내놓으라는 영국 총독의 요구에 여성 지도자인 야 아산테와가 이끄는 아산티의 군사들이 저항하면서 벌어졌다.

[††] 미국의 50개 주 가운데 하와이와 알래스카는 이 책이 출간된 후인 1959년에 편입되었다.

글로리아나는 사실 외교위원장을 직접 상대하긴 어렵겠다고 생각하고, 자기보다 잘해낼 것 같은 털리를 보낸 것이다.

과연 예상대로였다. 털리는 통역을 거쳐서 그랜드 펜윅 공국은 소련이 꿈꿔왔던 것보다 몇 세기 전부터 독립국가였음을 분명히 밝혔다. 그는 Q폭탄을 보유하게 된 이상 다른 나라에 넘길 의향은 전혀 없음을 강조했다. 그리고 그랜드 펜윅의 모든 시민들은 다른 나라의 노예나 속국이 되느니 차라리 Q폭탄에 의해 파멸을 맞는 편을 원한다고 덧붙였다. 물론 그 나라가 어디인지는 정확히 말하지 않았지만.

"국민들의 목숨을 가지고 장난을 쳐서는 안 되지요."

외교위원장이 반박했다. 그는 이렇게 무식한 전법에 익숙하지 않았기 때문에 자기도 무식하게 나가기로 결심했다.

"그렇게 말씀하시니 놀랍군요."

털리가 대답했다.

"소련은 귀국에 적군赤軍의 친선과 보호를 제공하겠소!"

외교위원장이 다시 제안했다.

"친선은 필요 없어요. 충분히 스스로를 지킬 수 있습니다."

"우리는 이 문제가 그랜드 펜윅의 프롤레타리아들과 연관되어 있다고 보오."

외교위원장은 노발대발했다.

"우리는 당신과 다른 귀족들이 우리 소비에트사회주의연방공화국과 영원한 친선을 맺음으로써 그랜드 펜윅의 프롤레타리아들을 자유롭게 해주고 있음을 공국 내 모든 사람이 알 수 있도록 하루 24시간 내내 라디오 방송을 하겠소."

"그랜드 펜윅에는 프롤레타리아가 없습니다."

털리는 차분하게 대답했다.

"라디오도 없고요."

이런 대답이 나오자 잠시 대화가 끊기고 말았다. 그리고 곧 털리가 주도권을 잡았다.

"하지만 빈손으로 돌아가시게 해드릴 수는 없죠. 귀국과 전 세계의 평화를 확고히 하고자 한 가지 제안을 드리려고 합니다."

그는 핵무기 금지조약과 국제 조사단을 구성하는 방안의 개요를 설명했다.

"소련은 처음부터 핵폭탄을 비롯한 살상무기를 금지하자는 운동의 최전선에 서 있었소."

외교위원장이 말했다.

"우리는 최우선적으로 다른 나라들이 보유한 핵폭탄을 모두 제거해야 한다고 주장했지요. 그런데 세계 지배를 획책하는 미국이 계속 이에 반대해온 거요."

"기존의 핵폭탄은 모두 제거할 겁니다. Q폭탄만 빼고요. 그 폭탄은 약소국가연합의 신뢰를 위해 이곳에 영원히 남을 겁니다. 유엔이 말로는 여러 번 선언했지만 실제로는 행동에 옮긴 적이 없는 게 하나 있지요. 세계경찰로서의 의무 말입니다. Q폭탄은 그 의무를 상징하는 물건이 될 겁니다."

외교위원장은 그 말을 듣고 실소했다.

"우리를 무장해제시키고 나서 당신들이 세계를 좌지우지할 생각이구먼!"

"남들이 어떻게 생각하건, 앞으로는 우리가 세계를 움직일 겁니다. 평화를 위해서만 말입니다. 아직 깨닫지 못하신 모양인데 우리는 이미 세계를 지배하고 있습니다. 만약 우리가 지금 Q폭탄을 터뜨리면, 소련에서만도 6주 내에 수십만 명이 목숨을 잃을 겁니다. 그러면 당신도 어쩔 도리가 없을 겁니다. 살아남은 사람도 차라리 얼른 죽었으면 하고 바랄걸요.

2주 전에 코킨츠 박사가 이 폭탄에서 생성되는 가스를 가지고 실험을 했습니다. 그 결과를 직접 보시는 편이 좋겠군요."

그는 회의실 한쪽의 커튼 뒤에 있던 작은 우리를 하나 가져왔다. 그 속에는 이상하게 생긴 생물이 움직이고 있었다. 머리는 없고 한쪽에 털이 수북한 입이 계속 열렸다 닫혔다 했다. 다리가 여섯 개인 몸통에는 군데군데 털이 빠져서 그사이로 푸르스름한 피부가 드러났다.

"이게 뭐요?"

외교위원장이 물었다.

"한때는 생쥐였던 녀석이죠."

털리가 차분히 대답했다.

"Q폭탄에서 생성되는 탄소 14라는 물질을 원래 농도의 10만 분의 1로 희석시키고, 거기에 생쥐를 잠깐 노출시킨 겁니다. 실제로 폭탄에서 생성되는 물질이 대기권에 집중되는 양은 훨씬 막대할 겁니다. 생존률도 매우 낮죠. 사람이건 짐승이건 살아남는다 해도 이런 괴물이 될 거고요."

소련 외교위원장은 우리에 갇힌 짐승에게서 눈을 떼지 못했다. 생물체의 끽끽거리는 비명소리를 들은 것 같았다. 순간 그의 근육이 경련하며, 180센티미터의 거구가 씰룩거렸다.

"그 핵무기 통제 계획에 대해 자세히 말해주시오."

털리는 다시 한 번 설명했다.

"미국하고 영국도 동의한답디까?"

"그렇습니다."

"작은 국가들의 중립적인 과학자들이 조사를 하고요?"

"그렇습니다."

"그 사람들이 우리 실험실에서 알아낸 내용을 미국이나 영국에 팔아넘기지 않는다고 어떻게 보장합니까?"

"우리 말을 믿으세요. 믿거나 말거나 둘 중 하나일 뿐 다른 방법은 없습니다."

털리는 생쥐 우리를 손가락으로 가리키며 말했다.

소련 외교위원장은 벌떡 자리에서 일어났다.

"우선 모스크바에 보고해야겠소."

그는 그 이상한 생명체를 무시무시하다는 듯 다시 한 번 흘끔 쳐다보고 자리를 떠났다.

외교위원장이 떠나자 코킨츠 박사가 들어오며 두꺼운 안경 너머로 어찌 되었는지를 살폈다.

"속아 넘어가던가?"

"그런 것 같네요."

털리가 대답했다.

"다행이군. 그러면 이 녀석들을 이제 꺼내줘야지."

그는 우리로 다가가 그 이상한 생물을 꺼내 어딘가를 뒤집더니 지퍼를 열었다. 그러자 그 안에서 잔뜩 겁에 질린 흰 생쥐 두 마리가 튀어나와서, 그의 팔을 타고 어깨까지 쪼르르 올라갔다. 아까의 괴물은 작은 털가죽 주머니일 뿐이었다.

"학생 시절에 신입생 녀석들을 곯려주느라 이 방법을 쓰곤 했지. 사람들은 뭐든지 덮어놓고 믿어버리기도 잘한다니까. 정말 놀라운 일이야."

세 강대국의 외무장관과 만난 직후 그랜드 펜윅 성에서는 작은 20개국의 첫 번째 회의가 열렸다.

회의에 참석한 나라들은 레바논, 이스라엘, 아일랜드, 덴마크, 아이슬란드, 에콰도르, 과테말라, 스위스, 터키, 그리스, 리히텐슈타인, 핀란드, 포르투갈, 멕시코, 사우디아라비아, 노르웨이, 스웨덴, 벨기에, 파나마, 그리고 그랜드 펜윅이었다.

그랜드 펜윅에는 각국 대표와 수행원들을 수용할 만한 편의 시설이 없었으므로 이들은 모두 스위스 바젤에 머물렀고, 스위스 정부는 이 평화적인 회의를 위해 체류비용을 전액 부담하겠다고 제안했다.

"우리 스위스는 우리와 비슷한 크기와 비중을 지닌 수많은 작은 나라 대표자들을 접대하게 된 것을 무한한 영광으로 생각합니다."

회의는 단 이틀 동안 열렸다. 첫째 날은 자기소개와 신임장 제출이 있었다. 둘째 날은 본격적인 회의로 들어가 글로리아나 대공녀가 의장으로, 에콰도르 대표가 부의장으로 선출되었다. 터키 대표는 의제를 수립하기 위한 위원회를 지명하자고 제안 했으나, 아일랜드 대표는 의제를 만들 위원회를 비롯해 어떤 위원회도 있어서는 안 된다며 이의를 제기했다.

　"큰 나라들은 자기들끼리 온갖 위원회를 만듭니다."

　그는 사투리가 많이 섞인 말투였다.

　"사실 이야기할 내용은 돼지 한 마리처럼 명확합니다. 하지 만 어떤 이들은 본론에 들어가기도 전에 돼지를 제멋대로 썰어 서 베이컨을 만들고, 햄을 만들고, 족발을 만들고, 껍질을 말립 니다. 결국 나중에는 무슨 말을 하려고 했는지조차 완전히 까 먹죠. 햄 위원회에 있는 사람들은 돼지에서 가장 중요한 부분 이 햄이라고 하고, 베이컨 위원회 사람들은 베이컨이 아니면 돼지 따위는 애초부터 존재할 수도 없다고 주장합니다. 그러다 가 아무 결정도 못 내리는 거죠.

　우리는 지금 앞에 있는 놈이 돼지인지 뭔지 분명히 알고 있지 않습니까? 지금 우리는 세 강대국, 혹은 네 강대국 아니면 다섯 강대국이나 더 많은 강대국으로 하여금 야바위는 때려치우고 여차하면 모두를 박살 내버릴 그 폭탄들을 전부 없애버리라고 요구할 약소국가연합을 구성하기 위해 여기 모였습니다.

　그러니 위원회를 만들어서 돼지를 이렇게 저렇게 썰어보자 고 하는 대신 곧장 본론으로 들어가자고 제안하는 바입니다."

이 복잡하고도 열띤 비유는 약간의 혼란을 빚었다. 하지만 마침 알파벳 순서에 따라 아일랜드 대표 옆에 앉아 있던 이스라엘 대표가 모두에게 다시 한 번 내용을 설명해주었다. 몸짓을 곁들인 설명 끝에 이 의견은 만장일치로 통과되었다.

아일랜드 대표는 랍비인 이스라엘 대표에게 이렇게 말했다.

"우리 가톨릭 국가에서 유대 신앙의 덕을 보기는 이번이 처음이 아닌가 합니다."

그러자 랍비는 점잖게 대답했다.

"이것 말고도 한 가지가 더 있었지요. 아시겠지만 기독교 자체가 원래 팔레스타인에서 시작된 것 아닙니까."

두 사람은 신나게 웃었다.

같은 날, 약소국가연합 헌장이 제정되었다. 미리 초안이 작성된 이 역사적인 문서는 아이들도 알아들을 수 있을 만큼 쉽게, 여섯 개의 주요 항목으로 구성되었다.

기나긴 전문前文 따위는 없이 곧바로 본론이었다. 내용은 다음과 같다.

이 문서에 서명한 대표자를 파견한 우리 국가는 합법적인 활동에 대한 인가로서 다음과 같은 의무를 엄숙히 수행할 것이다.

1. 우리는 힘을 합쳐 세계에서 대량살상무기를 금지할 것이다.
2. 우리는 이를 위하여 프레드릭 코킨츠 박사의 지휘 아래 과학자 위

원회를 결성하고, 모든 국가의 원자력 및 핵 시설을 조사함으로써 핵무기 개발을 막을 것이다.

3. 우리는 그랜드 펜윅 공국에서 보유하고 있는 Q폭탄을 무기 삼아, 전 세계의 핵 보유국과 핵이 없는 다른 나라들이 이 조사에 적극 협조할 것을 요구하는 바이다.

4. 우리는 Q폭탄이 이 합의서를 비준한 국가들의 신뢰의 증표임을, 또한 최선을 다해 Q폭탄을 보호할 것임을 분명히 한다.

5. 우리는 보다 평화로운 세계를 만들기 위해 도덕적 · 외교적 · 경제적 · 군사적 능력을 비롯한 모든 협상 능력을 총동원할 것이다.

6. 우리는 전 세계의 자멸을 막는 방법이 오직 이것뿐이라는 판단하에 이를 결의했음을 밝힌다.

아무도 위의 내용에 더 이상 뭔가를 덧붙이거나 뺄 필요를 느끼지 못했다. 대표자들은 통상적인 한두 마디 발언과 함께 합의서에 서명했고, 이는 곧 전 세계에 널리 퍼졌다.

그리고 나서 작은 20개국의 대표자들은 각자 고국으로 돌아갔다. 다음번 회의 날짜도 잡지 않은 채였다. 사실은 서로 다시 만날 일이 없었으면 좋겠다는 바람의 표현이기도 했다.

다만 단합의 상징으로 매달 각국에서 파견된 군인들이 명예 경비병이 되어 공국의 궁수들과 함께 그랜드 펜윅 국경을 수비하기로 합의했다.

그 주에 미국 하원은 20개 약소국이 보내온 핵 시설 조사 요청을 승인했다. 그로부터 2주 뒤에 미국, 영국, 캐나다, 그리고 소련은 보유하고 있던 원자탄을 폐기하는 데 동의했다.

또 그로부터 한 달 뒤에 20개 약소국이 보낸 과학자들이 이른바 4대 강국의 핵 시설을 조사했다. 그리하여 세계는 평화로 가는 지름길까지 가지는 못했어도 자멸로 가는 지름길로부터는 벗어나게 되었다.

마운트조이, **최후의 수단을 쓰다**

　마운트조이 백작은 어딘가 기운 빠지고 무시당한 기분이었
다. 그는 지위와 혈통이 훌륭한데다가—능력까지 뛰어나지는
않았지만—모든 사람의 관심과 주목을 받는 데 익숙했기 때문
에, 이런 감정이 매우 낯설기만 했다.

　그의 가문은 그랜드 펜윅의 통치자 가문 바로 다음가는 고귀
한 혈통으로, 대대로 외교관이나 정치가를 배출했다. 예를 들
어 1402년에 영국과 상호원조 조약을 맺은 사람은 그의 조상인
로버트 마운트조이 백작이었다. 영국 외무부 장관이 그랜드 펜
윅을 방문했을 당시, 마운트조이는 자신의 조상이 한 일을 이
야기하면서 무척 가슴이 쓰렸다. 이에 대해 영국 사절은 최근
에 벌어진 일에 비하면 1402년의 조약은 지나치게 '과도하게',
또한 '일찌감치' 이루어졌다는 의미심장한 대답을 했다.

백작의 또 다른 조상인 데릭 마운트조이 또한 공국에서 전설적인 인물이었다. 그는 워털루 전투가 벌어지기 전날 밤 나폴레옹에게 향후 유럽의 황제를 자처하며 군사 행동에 나선다면 그랜드 펜윅의 쌍두 독수리 깃발이 기꺼이 영국 편에 서서 당신을 용서치 않을 것이라고 선포했다. 그 편지가—당시 그랜드 펜윅의 밀사가 직접 가지고 갔다고 전해진다—프랑스 군대의 사기를 떨어뜨린 까닭에 다음 날 전투에서 보나파르트가 영국 군에 패배하고 말았다고 한다.

이러한 사실들이 머릿속에 떠오르자 백작은 자신의 실수로 인해 조상의 명예에 먹칠을 해서는 안 된다고 생각했다. 지난 몇 달간 그는 전 세계를 뒤흔든 사건의 한가운데에 있었다. 그랜드 펜윅의 역사뿐 아니라 세계의 역사에도 자랑스럽게 기록될 사건 말이다. 그런데 여기서 자기의 역할은 기껏해야 각주, 아무리 잘해도 짧은 한 줄이나 들어갈까. 그나마 이름까지도 틀리게 들어갈 수 있을 정도로 미미했다는 것을 깨달았다.

가장 큰 문제는, 워낙 상황이 복잡하다 보니 태생으로 보나 교육 수준으로 보나 외교에 대한 실권을 갖기에 가장 적절한 자신이 배제되고, 벤터나 털리 배스컴 같은 무뢰한들에게 주도권이 넘어갔다는 점이었다. 이 게임에서는 더 이상 외교에 필수라 할 고상함이나 미묘한 균형과 판단, 또한 모든 것을 약속하면서도 실제로는 아무것도 보장하지 않는 절묘한 말의 재미를 전혀 찾아볼 수 없었다.

털리 배스컴이란 놈이 대량살상무기를 금지하는 협약을 강요하면서, 그러지 않으면 유럽 전체를 날려버리겠다고 협박한 것이 그 예다. 그 일은 마운트조이 백작이 뭐라고 할 새도 없이 순식간에 진행되었다. 물론 결과적으로 잘되었다고 백작도 마지못해 인정했다. 하지만 그렇게 무식하게 처리했다는, 즉 외교의 전례가 깡그리 무시되었다는 사실로 인해 말할 수 없이 큰 충격을 받았다.

따라서 면목을 잃지 않기 위해서, 또한 언젠가 역사 속에 마운트조이라는 이름이 적힐 공간을 확보하기 위해서, 자기가 얼마나 유능한 정치인인지를 보여줄 결정적인 한 방이 필요했다. 그리고 그는 지금 그 방법을 깨달은 참이다.

모든 계획은 포로들이 미국과의 평화협정으로 인해 풀려나기 직전 포로 중 한 사람인 뉴욕 경찰관과 나눈 비공식적이고도 우연한 대화 중에 떠올랐다. 이는 백작의 위축된 자존심을 어느 정도 되살려줄 만했다.

스니펫 장군과 네 명의 경찰관은 그랜드 펜윅 성에서 국경으로 가 거기에서 기다리던 미국 대사에게 인도되었다. 마운트조이 백작이 그들과 동행했는데, 고국으로 돌아간다는 생각에 기뻐하던 경찰관 중 한 명이 이렇게 말했다.

"그 글로리아나라는 여자는 정말 죽여주더군요."

"죽여주다니? 그게 무슨 뜻이오?"

마운트조이 백작이 물었다.

"엄청 귀엽더라 이거죠."

"도무지 무슨 말인지 모르겠소."

"이봐요, 할아버지. 댁처럼 나이 먹은 양반이야 마누라에 애까지 딸려 있을 테니 관심이 없을지도 모르죠. 어쨌든 글로리아나라는 여자는 정말 끝내주더라고요. 하여간 뽕 가게 생겼더라니까. 말 그대로 퀸카잖아요. 언젠가는 어떤 돈 많고 운 좋은 자식이 저 예쁜 언니를 채가겠죠. 안 그래요? 그렇게 되면 아마 저 언니도 뉴욕 5번가의 아파트나 비벌리힐스의 저택에서 살 겁니다. 뭐, 그랜드 펜윅과 미국을 왔다 갔다 하며 살 수도 있겠네요."

그때 이들은 국경에 도착했고, 포로들은 미국 측에 무사히 인도되었다. 마운트조이 백작은 자기가 그 경찰관의 말을 제대로 이해했는지 의심스러웠다. 하지만 적어도 요점은 파악했다. 내용인즉 정말 끔찍했다. 언젠가 돈 많은 미국인이 대공녀와 결혼이라도 하는 날에는 공국의 통치권이 위태로워질 거라는 게 아닌가! 그렇게 되면 독립국가로서의 앞날 역시 위협받게 된다.

지금껏 싸워서 얻은 모든 것을 잃게 될지도 모른다는 데 생각이 미치자, 그는 그날 밤 당장 코킨츠 박사와 벤터 씨를 찾아가 이 문제를 의논했다. 결국 이 위험을 타개하기 위한 계획이 수립되었고—사실은 혼자서 마련했지만—그는 그 계획을 승인받기 위해 대공녀를 만나러 가고 있었다.

대공녀에게 가는 동안 그는 다른 사람들을 무대 중앙에 세우고 박수를 받게 해도 충분하다고 생각했다. 진정한 정치의 천재란 무대 뒤에서 교묘히 연출하는 사람이니 말이다. 자신이야말로 무대 뒤의 사람, 즉 가장 위대한 순간을 연출하는 사람이라고 생각하자, 왠지 기분이 좋아져서 은발머리를 의기양양하게 쳐들었다. 분명 어딘가에서 디즈레일리†의 혼이 자기를 향해 미소를 짓고 있을 것만 같았다.

마침 글로리아나는 집무실에서 석류를 까먹고 있었다. 미국 국무부 장관이 선물한 석류를 어찌나 많이 까먹었는지 탁자 위에 놓인 은쟁반에 껍질이 수북히 쌓여 있었다.

"야단치지는 마세요, 보보 아저씨."

그녀가 말했다.

"하루 이틀 지나면 상할 것 같아서 먹어치웠어요. 덕분에 머리도 좀 개운해졌고요. 요즘엔 온갖 나라에서 오는 사절들을 일일이 다 만나줘야 하지 뭐예요. 저는 사우디아라비아에서 온 사람이 제일 좋더라고요. 저한테 절을 하지 않겠다고 했거든요. 그 사람 말로는 남자가 여자에게 고개를 숙이는 것은 자기네 종교 원칙에 어긋난대요."

"전하 같은 숙녀 앞에서는 고개를 숙이는 것이 명예를 더욱 드높이는 셈이지요."

"그렇게 말씀해주시니 감사해요, 보보 아저씨."

글로리아나가 말했다.

"앉으세요."

그는 자리에 앉아서 대공녀가 건네주는 석류 반쪽을 거절하지도 않고, 손가락으로 붉은 석류 알을 조심스럽게 파먹었다. 백작은 1, 2분 정

† 벤저민 디즈레일리(1804-1881) 영국의 정치가. 뛰어난 웅변술과 탁월한 역량으로 빅토리아 여왕 재위 당시 수상을 역임하며 전 세계에 걸친 식민지를 토대로 대영제국을 건설한 공신이다.

도 그러고 있다가 껍질을 은쟁반 위에 올려놓고 외눈안경을 매만지며 말했다.

"전하, 저는 돌아가신 대공 전하 때부터 20여 년 동안 이 나라를 섬겨왔습니다. 하나님께서 허락하신다면 앞으로도 20여 년은 더 이 나라를 섬기고 싶습니다."

"저도 그랬으면 좋겠어요."

글로리아나는 갑자기 긴장이 돼서 조심스럽게 대답했다. 그녀는 마운트조이 백작이 뭔가 새로운 계획을 꺼내기 전에는 으레 자신의 충성심을 강조한다는 사실을 알고 있었기 때문이다.

"저희 가문은 이 공국이 건국된 이래 계속해서 대공 전하들을 모셔왔습니다."

백작이 말을 이었다.

"전하께서도 기억하시겠지만, 제 선조인 모티머 퍼시먼께서는 로저 펜윅 경의 종자이셨습니다. 지금 이 성이 서 있는 산 위에서의 전투 당시, 제 선조께서는 로저 경과 나란히 서서 싸우셨고, 그날을 기리는 뜻에서 마운트조이라는 이름으로 백작 작위를 하사받았습니다."

"예, 저도 알아요."

"제 소망은 저희 마운트조이 가문의 후손들이 대대로 로저 경의 후손들을 섬겼으면 하는 것입니다. 하지만 그게 가능할지 모르겠군요."

"무슨 말씀이세요?"

글로리아나는 약간 내키지 않는 듯 물었다.

"혹시 어디로 떠나시려는 건 아니죠?"

"아닙니다, 전하. 저희 가족이 아니라 전하 때문에 드리는 말씀입니다."

"저 때문이라고요?"

글로리아나가 소리쳤다.

"그렇습니다. 말씀드리기 황공하오나 이 늙은이가 감히 입을 열겠습니다. 거두절미하고 말씀드리자면, 이는 전하께서 결혼하시지 않아 가정을 이루시지 못한 까닭입니다. 그리하여 지금 펜윅 가문의 혈통이 끊어질 위기에 있습니다."

글로리아나는 얼굴을 붉혔다.

"아직 결혼은 생각하지 않고 있어요."

그녀는 잠시 머뭇거리다가 말했다.

"특별히 결혼하고 싶은 상대도 없고요."

이 말은 사실이 아니었다. 글로리아나는 자신이 누구와 결혼하고 싶은지 잘 알고 있었다.

마운트조이 백작은 의자를 뒤로 젖히며 양 손끝을 맞대고, 부모 같은 자애로움과 판사 같은 지혜가 뒤섞인 표정으로 그녀를 바라보았다.

"국민의 운명을 좌우하는 분의 결혼에는 개인적인 애정이나 욕망이 반드시 최우선은 아니라는 사실을 전하께서도 알고 계시지요? 순수한 로맨스보다는 국가 정책이 먼저입니다. 군주의 결혼이란 사실상 정치적 관습이라 할 수 있는 성스러운 행위입니다. 물론 결혼의 종교적 의미를 폄하하자는 것은 아닙니다. 하지만 결혼이 허가증에 도장을 찍거나 계약서에 서명하는 데 지나지 않는다면 사람들 사이에서 그토록 중요성을 띠지 못할 겁니다.

전하 같은 분께서 결혼을 하실 경우 가장 주된 목적은 후계자를 얻기 위함입니다. 그러므로 배우자감은 육체적으로 건강할 뿐 아니라 국가의 안위에 도움이 될 만한 사람을 골라서 정치적 연합을 구성하는 것도 고려해야 합니다."

"꼭 말한테 짝짓기 시키는 것처럼 말씀하시네요."

글로리아나가 냉랭하게 말했다.

"그저 전하와 이 나라를 걱정하는 늙은 신하의 망령이거니 하고 용서하십시오."

마운트조이 백작이 머리를 조아리며 말했다.

"보보 아저씨."

여전히 불쾌한 표정으로 글로리아나가 말했다.

"그런 말씀이라면 여러 사람이 있을 때 하셔야지요. 어쨌든 계속 말씀해보세요. 저도 이 일에 대해 더 생각해볼 테니까요. 요지인즉, 제가 결혼해야 한다고 결론을 내리신 거죠?"

"이러한 문제를 생각하는 것이야말로 저의 의무입니다."

백작이 대답했다.

"전하를 모시는 다른 두 신하도 같은 의견이었습니다."

"벤터 씨 말고 또 누가요?"

글로리아나가 물었다.

"코킨츠 박사 말입니다."

"코킨츠 박사요? 그분은 새하고 폭탄밖에 모르시잖아요."

"그거야 그게 박사의 전문분야니까 그렇지요. 하지만 박사도 눈이 제법 예리한 편입니다. 하여간 저희 세 사람은 그랜드 펜윅의 통치권 계승을 확고히 하는 최선의 방법은 이것뿐이라는 데 의견을 같이했습니다."

"미국 장관하고 결혼하라고 하신다면 거절하겠어요."

글로리아나가 신중하게 대답했다.

"전 싫어요. 어느 여성 잡지에서 보니까 미국 남자들은 부인에게 못되게 군다더군요."

"부인에게 못되게 군다고요?"

백작이 반문했다.

"그래요. 미국 남자들은 부인을 자기랑 똑같이 생각한대요. 그래서 무슨 문제든지 부인하고 상의한대요. 자기가 짊어져야 할 문제까지도 부인한테 떠넘긴다더군요. 돈이 없으면 자기가 더 벌어올 생각은 안 하고, 부인더러 돈을 벌어오라고 한대요. 어떤 사람들은 자기가 대학에 다니자고 부인더러 돈을 벌어오라고도 한다지 뭐예요. 그런 사람은 남자도 아니에요! 남자 같은 여자일 뿐이죠. 그 부인은 여자 같은 남자고요. 반드시 결혼을 해야 한다면 저를 여자인 그대로 내버려두는 진짜 남자가 낫겠어요. 그래야 제가 그 남자를 잘 다룰 수 있을 테니까요."

"저희, 그러니까 벤터 씨와 코킨츠 박사와 저 세 사람이 생각하기엔 저희가 고른 배우자감이야말로 전하께서 말씀하신 남자의 조건에 완벽히 들어맞는다고 봅니다."

마운트조이는 점잖게 말했다.

"그게 누군데요?"

"털리 배스컴입니다."

"털리 배스컴이요?"

글로리아나의 얼굴이 화끈 달아올랐다.

"그렇습니다. 전하께서 그 사람을 배우자로 진지하게 고려하셔야 할 이유는 너무나도 많습니다. 물론 그 사람은 촌스러운 데가 있어서 전하처럼 기품 있는 분께는 거슬리는 면이 없지 않겠지만 말입니다."

"털리 배스컴 씨는 촌스럽지 않아요."

글로리아나가 화가 난 듯 반박했다.

"그렇게 생각하신다니 다행입니다."

백작이 그녀의 말투에 약간 놀라서 대답했다.

"그로 인해 이 중매의 유일한 걸림돌이 제거되었으니 말입니다. 그 사람이 전하의 배우자가 되어야 하는 첫 번째 이유는 전하께서도 알고 계실 겁니다. 그 사람도 이 나라의 건국자이신 로저 펜윅 경의 후손이기 때문이죠. 저는 그가 그랜드 펜윅의 통치권을 빼앗으려 한다고 비난한 적이 있습니다. 조만간 그의 의도가 현실로 드러나게 될 가능성이 전혀 없다고 할 수도 없고요. 제멋대로 지시를 어기고 미국과의 전쟁에서 이긴 친구니만큼 그의 야심을 쉽게 생각해서는 안 되겠지요. 하지만 전하와 결혼을 하게 된다면 그의 야심도 자동적으로 충족됩니다.

두 번째 이유는 배스컴이 그랜드 펜윅 백성들 사이에선 꽤 인기가 있기 때문입니다. 지금 당장 의회 선거가 실시된다고 해도 그 정도면 충분히 대의원으로 당선될 겁니다. 전하께서도 그가 자기는 민주주의도, 공산주의도, 아나키즘도 싫어하는, 정치적으로 혼란에 빠진 사람이라고 고백한 것을 기억하실 겁니다. 만약 그가 나중에라도 선거에 나선다면 전에는 상상도 못한 정당을 이끌지도 모릅니다. 그 정당이 이 나라를 파멸로 몰고 갈지도 모르고요. 하지만 그가 그랜드 펜윅의 공동 통치자가 된다면 일단 정계에서 물러나게 되는 셈이므로 전보다는 덜 위협적인 존재가 되겠지요."

"그렇다고 털리 배스컴 씨가 전과 크게 달라질 것 같지는 않네요."

글로리아나가 말했다.

"하여간 계속 말씀해보세요. 또 다른 이유는 뭔가요?"

"있긴 합니다만, 전하께서 저더러 말한테 짝짓기 시키듯 말한다고 하시니 선뜻 말씀드리기가 어렵군요."

"아."

그녀는 잠시 이 한 음절만 되풀이하다가 생각에 잠겼다.

이제 그녀가 털리와 결혼하는 문제는 국가적이고 공식적인 문제로까지 커졌다. 그녀는 상상 속에서와는 달리 이 현실이 별로 즐겁지 않았다. 실은 털리와 영원히 함께 사는 상상을 해본 적이 있긴 있다. 처음에는 무척 짜릿했지만, 곧 두려움이 밀려들었다. 어쩌면 그는 그녀가 보기보다 똑똑하지 않다는 것을 알고 실망하게 될지도 모른다. 또한 그처럼 전 세계를 쏘다니는 남자에게는 그녀가 배우자로 어울리지 않을지도 모른다. 자기는 신발을 만들고, 도시를 습격하고, 나무를 베고, 화살을 만들 수 있는데, 아내라는 사람은 요리 하나 제대로 못한다며 비난할지도 모른다. 어쩌면 그는 미국이나 스위스, 프랑스, 아니면 다른 나라에서 여자와 사랑에 빠졌는지도, 이미 살림을 차렸을지도 모른다.

이런 생각을 하다 보니 글로리아나는 아주 외롭고도 무서운 기분이 들었다. 그녀는 갑자기 어린 소녀가 된 기분으로 마운트조이에게 물었다.

"보보 아저씨, 제가 정말 그 사람과 결혼해야 할까요?"

백작은 천천히 고개를 끄덕였다.

"하지만 그 사람이 저랑 결혼하기 싫다면 어떻게 해요? 저를 사랑하지 않으면요? 그 사람은 다른 여자랑 이미 결혼했을 수도 있잖아요? 제가 어떻게 해야 그 사람이 저한테 청혼을 할까요?"

"청혼은 그 사람이 하는 게 아닙니다."

마운트조이가 엄숙하게 대답했다.

"그랜드 펜윅의 군주로서, 전하께서 명령하시면 청혼이 이루어집니다."

"제가요? 안 돼요. 제가 어떻게요? 저는 못 해요."

"하셔야 합니다. 이 나라와 백성을 위한 일입니다."

백작이 대답했다. 그는 엄숙하게 자리에서 일어나 절을 하고 떠났다. 방금 전까지 석류를 열심히 까먹었건만, 글로리아나는 이제 완전히 입맛을 잃었다.

글로리아나의 **말랑말랑한 청혼**

글로리아나 대공녀는 자전거를 타고 성에서 나와 산비탈을
달려 그랜드 펜윅 숲에 있는 털리 배스컴의 오두막으로 가고
있었다. 전에는 계곡으로 향하는 내리막길을 신나게 달리곤 하
던 그녀였건만, 오늘만큼은 그리 빨리 가고 싶지가 않았다. 마
음 같아서는 자전거가 달팽이처럼 느릿느릿 움직였으면 싶었
다. 실제로 그렇게 해보려고도 했다. 하지만 브레이크가 말을
잘 듣지 않는데다가 길이 워낙 가팔랐다. 그녀의 노력이 무색
하게 자전거는 빠른 속도로 달려나갔다. 문득 그녀는 차라리
이 속도로 가다가 바위에 부딪히거나 웅덩이에 빠져 다치면 앞
으로 며칠간 침대에서 쉴 수 있을 텐데, 하고 생각했다. 허나
아쉽게도 바위나 웅덩이는 나타나지 않았고, 무정한 자전거는
쌩쌩 달려갈 뿐이었다.

대공녀의 머릿속에는 온갖 걱정이 들어차 있었다. 그중에서도 가장 걱정스러운 일은 어떻게 청혼하느냐는 것이었다. 일주일 전에 있었던 마운트조이 백작과의 면담 이후, "나와 결혼할 것을 국가의 이름으로 명하노라"부터 "나랑 결혼할래요?"까지 수백 가지도 넘는 문장을 머릿속에서 생각해보았다. 하지만 하나같이 너무 어색하기만 했다. 그래서 아예 더 이상 생각하지 않기로 했다. 대신 그녀는 머리 모양을 어떻게 하면 인상이 좋아 보일까를 걱정하기 시작했다. 평소처럼 어깨 위에 살짝 늘어뜨릴까, 아니면 가지런히 올리는 편이 좋을까? 잡지에는 온갖 머리 모양이 나와 있었지만, 이런 상황에 알맞게 고안된 머리 모양은 하나도 없었다. 문득 그녀는 남자도 똑같은 걱정을 하는지, 여자친구한테 청혼을 하기 전에 머리를 어떻게 빗을까 고민하는지 궁금해졌다.

또 다른 걱정은 얼굴이었다. 그녀는 평소에 화장을 하지 않았다. 하지만 오늘 같은 날에는 화장을 해야겠다고 생각했다. 그래서 조금만 한다는 것이 결국 떡칠을 하고 말았다. 지워보려고 했지만 오히려 더 이상해지기만 했다. 립스틱은 어찌어찌 지웠지만, 아이섀도는 눈두덩 위로 번져서, 밤새 한숨도 못 잔 사람처럼 보였다. 물론 그게 사실이긴 했지만.

옷차림도 걱정되긴 마찬가지였다. 사라사? 트위드? 아니면 정장? 역시 이에 대해서도 조언해줄 사람이 없었기 때문에, 그녀는 트위드 스커트에 터틀넥 스웨터를 입었다. 조금 더운 것 같기도 했지만, 그건 어쩌면 자전거를 탔기 때문인지도 몰랐다. 오두막이 가까워질수록, 그녀는 마운트조이 백작이 털리 배스컴과 결혼하라고 처음 권했을 때와 마찬가지로 아무것도 준비되지 않았음을 절실히 깨달았다. 오두막에 도착했을 때, 그녀는 무척이나 긴장한 채 간신히 자전거에서 내려 문을 똑똑 두드렸다. 문이 열리는 순간, 그녀의 가슴은 숨을 쉴 수 없을 정도로 쿵쿵 세차게 뛰었다. 문을 연 사람은 털리가 아니라 그의 아버지인 피어스 배스컴이었다.

"들어오시죠, 전하."

그는 깊고도 부드러운 목소리로 말했다.

"그러고 보니 지난번 20개 약소국 회의 때 이후로 뵙지 못했습니다. 무척 바쁘게 지내신 모양이군요?"

"조금요."

"그렇군요. 하지만 너무 일에만 매달리지는 마십시오."

피어스 배스컴이 말했다.

"전하께선 다른 사람에게 정무를 맡기는 방법을 배우셔야 합니다. 그것이 신하들에게서 벗어날 수 있는 유일한 방법이고, 또 그 때문에 정부가 존재하는 것이니까요. 앉으세요. 와인 한잔 하시지요."

그는 와인 한 병과 잔 두 개를 가져와 잔에 조금씩 와인을 따랐다. 잠깐 어색한 침묵이 흘렀다. 글로리아나는 자기 잔을 물끄러미 바라보고 있었고, 피어스는 자신의 아들이 물려받은 특유의 호기심 어린 표정으로 그녀를 바라보았다.

"무슨 고민이 있으신 모양입니다."

그가 먼저 입을 열었다.

"그 때문에 여기까지 오신 것 같은데, 말씀해보시지요."

"아, 사실은 틸리를 만나러 왔어요."

"틸리요? 아들 녀석은 잠깐 숲에 갔습니다. 20분쯤 지나면 돌아올 겁니다."

"제가 할 말이 있어서요."

"아들 녀석이 돌아오면 자리를 피해드릴까요?"

"아니요, 그러실 것까지는 없어요. 배스컴 아저씨하고도 상관이 있는 일이니까요."

"그런가요?"

다시 한 번 침묵이 뒤따랐다.

"배스컴 아저씨."

갑자기 글로리아나가 물었다.

"우리 아버지께선 어머니한테 어떻게 청혼을 하셨나요?"

"아…… 청혼이요?"

피어스는 약간 놀란 듯 대답했다.

"제가 그 자리에 있었던 것은 아닙니다만, 두 분도 다른 사람들과 크게 다르지 않았습니다. 두 분이 만나신 건 해마다 열리는 활쏘기 대회에서였지요. 아시겠지만 공국의 남쪽 변방에서 오신 전하의 어머님께서도 참가자 중 한 분이셨고요. 어머님은 활쏘기 실력이 워낙 뛰어나셨기 때문에 전하의 아버님과 결승에서 겨루게 되었지요. 아버님께서는 어머님이 누구신지 한눈에 알아보셨습니다. 그랜드 펜윅 사람들은 서로 얼굴을 다 아니까요. 하지만 그 전까지만 해도 직접 인사를 나눈 적은 없었다고 합니다.

아버님께서 먼저 활을 쏘셨는데, 화살이 과녁 한가운데에 보기 좋게 꽂혔지요. 그런데 뒤이어 어머님이 쏘신 화살은 또 어찌나 정확했던지 아버님이 쏘신 화살을 반으로 쪼개고 과녁에 정확히 박힌 겁니다. 그리하여 대회의 규정에 따라 어머님께서는 은으로 만든 활을 상으로 받게 되셨지요. 그런데 상을 수여하고 난 뒤에, 아버님께서 자리에서 일어나시더니 어머님을 번쩍 안아들고선 모든 사람들 앞에서 이렇게 말씀하셨습니다. '글로리아나는 한 가지 상을 받았지만, 나는 두 가지 상을 한꺼번에 가져가겠소. 여러분 앞에 맹세하노니, 나는 이 여인과 결혼할 것이오.' 그렇게 된 겁니다."

"내가 털리를 들어올릴 수 있을까?"

글로리아나는 저도 모르게 중얼거렸다. 피어스가 들었을지도 모르지만, 그녀는 눈만 깜박거릴 뿐 아무런 내색을 하지 않았다.

"배스컴 아저씨, 버릇없다고 생각하실지 모르겠지만, 혹시 어떻게 아주머니께 청혼을 하셨는지도 알려주실 수 있나요?"

"사실은 제가 아니라 집사람이 했답니다."

피어스가 미소를 지으며 말했다.

"어떻게요?"

글로리아나가 무척 궁금해하며 물었다.

"세세하게는 기억나지 않는군요. 그때 저는 첫 번째 책을 쓰

느라 정신이 없었거든요. 물론 집사람을 사랑하긴 했지만, 집
사람도 저를 사랑하는 줄은 미처 몰랐지요. 한창 울새에 관한
장을 쓰고 있었는데, 어미새가 알을 품는 기간이 정확히 며칠
인지 몰라서 애를 태우고 있었죠. 저는 그때나 지금이나 집필
을 하다가 막히면 잠깐 산책을 합니다. 그러면 일이 술술 풀리
거든요. 마침 저는 엘리자베스의 아버지를 뵈러 갔지요. 우리
는 이런저런 이야기를 했습니다. 그런데 그 양반이 그러더군
요. '그나저나, 피어스. 우리 딸이 얼마 전에 나한테 묻더구먼.
혹시 자네의 장인이 될 생각이 없느냐고 말이야. 그래서 나는
자네만 좋다면 기꺼이 그러겠다고 대답했다네.' 저는 처음에
무슨 말인지 이해하질 못했습니다. 그 노인네는 제가 알아들을
때까지 두어 번이나 똑같은 이야기를 해야 했죠. 무슨 뜻인지
이해한 순간 저는 기뻤습니다. 얼마나 기뻤던지, 노인네한테
달려들어 키스를 다 했지 뭡니까. 집사람하고는 그냥 손을 맞
잡았고요."

그는 털리가 오두막 안으로 들어오는 것도 모르고 눈물이 날
정도로 웃어졌었다. 털리는 글로리아나가 와 있는 것을 보고는
문간에 선 채 들어올까 말까 망설이고 있었다.

"어서 들어오너라, 애야."

피어스가 아들을 보고 말했다.

"전하께서 널 보러 여기까지 오셨구나."

"예."

털리는 대답했다. 그는 집 안으로 들어와 벽난로 쪽으로 가

서 선반 위에 팔을 얹고 섰다. 글로리아나는 갑자기 정신이 아득해졌다. 무슨 말을 해야 할지, 어디서부터 시작해야 할지, 자신이 온 목적을 설명하기 위해 어떤 말을 해야 할지 전혀 알 수 없었다. 그저 도망치고 싶었다. 정말 자리에서 일어나 도망치려는 찰나, 털리가 부드럽게 물었다.

"제가 도와드릴 일이 무엇입니까? 분부만 내려주십시오."

"당신과 의논해야 할 중대한 문제가 있어요."

글로리아나는 초라해진 기분으로 중얼거렸다.

"이 나라의 운명에 대한 공적인 문제예요. 하지만 사적인 문제이기도 해요. 아니, 사실은 공적이라기보다는 사적이고요."

"어떤 문제든 제 힘이 닿는 데까지 도와드리겠습니다."

털리가 대답했다.

"사실은 도와주고 말고 할 문제도 아니에요. 뭐랄까, 둘이 같이 해야 하는 거라고나 할까. 저하고 말이에요."

"제가 전하와 함께 말입니까?"

"그래요. 아니, 그게 아니고……."

그녀는 애원하듯 배스컴 노인을 바라보았다.

"제 대신 좀 말씀해주세요."

그녀가 부탁했다.

"옛날에 들으셨던 것처럼요. 대신 말씀해주세요."

피어스는 잠시 그녀를 바라보다가, 아들을 향해 말했다.

"전하께서 나한테 아버지가 되어달라고 하시는 모양이구나."

그리고 글로리아나에게 물었다.

"맞습니까, 전하?"

"맞아요."

글로리아나가 들릴 듯 말 듯한 목소리로 중얼거렸다.

"뭐가 되어달라고요?"

틸리가 물었다.

"아버지 말이다."

"아버지요? 하지만 아버지께선 이미 제 아버지시잖아요?"

"아무렴, 너는 하나뿐인 내 아들이다."

틸리는 잠시 두 사람을 번갈아 바라보다가 글로리아나에게 다가가서 양손을 잡고 자리에서 일으켜 세웠다.

"아버지께선 기꺼이 명령에 따르시겠다고 합니다."

그가 말했다.

"그리고 저 또한 명령을 받들겠습니다."

그리하여 모두 **오래오래 행복하게**

그해의 가장 큰 행사는 바로 글로리아나의 결혼식이었다. 결혼식은 거의 국제적인 행사가 되어 20개 약소국뿐 아니라 세 강대국의 대표들도 참석했다. 미국 대통령도 전례를 깨고 직접 참석하겠다고 알려왔고, 그 소식이 전해지자마자 소련 수상도 이 한 쌍을 축하하기 위해 만사 제치고 달려오겠다고 전문을 보냈다.

서구의 모든 나라들이 이 소식에 기뻐했다. 이번에 소련 수상이 기독교식으로 치러지는 결혼식에 참석하고 나면 소련 내에서 종교의 자유가 허락될 거라고 관측했기 때문이다. 다음 날 영국 수상은 의회 연설을 통해 여왕도 참석할 거라고 발표했다. 그러자 20개 약소국도 하나하나 대사가 아닌 지도자들이 직접 그랜드 펜윅으로 달려가 글로리아나 대공녀와 털리 배스컴의 결혼식을 보겠다고 했다.

높은 지위에 있는 사람들이 결혼식에 참석하겠다고 하자 털리는 지하 깊은 곳에 Q폭탄을 간직하고 있는 성에 낯선 손님을 들이기가 꺼림칙해졌다.

"폭탄이 어떻게 되기라도 하면 세계 모든 나라가 일시에 지도자를 잃게 되지 않을까요?"

털리가 말했다.

"바로 그렇기 때문에 아무도 폭탄을 건드리려고 하지 않을 거예요."

글로리아나가 차분하게 대답했다.

결혼식에 참석할 손님을 고르는 것도 너무 힘들어서 거의 외교 문제로 비화될 지경이었다. 안전상의 이유로 각 나라의 지도자들은 별도의 수행원 없이 본인만 공국 안으로 들어오게 했다. 그러나 미국 대통령은 어딜 가든 비밀 경호원을 대동했기 때문에 공국 국경에 도착해서도 반드시 경호원을 한 사람 대동하겠다고 고집을 피웠다. 결국 미국 대통령의 경호원은 교회 안을 가득 메운 그랜드 펜윅 군인처럼 사슬갑옷 차림을 한다는 조건으로 동행할 수 있었다. 칼 대신 권총을 차고 있다는 사실만 빼면 이들은 거의 구별할 수 없을 정도였다.

소련 수상 또한 어딜 가든 경호원을 대동했기 때문에 마찬가지로 경호원에게 갑옷을 입게 했다. 영국 여왕은 아예 처음부터 사슬갑옷 차림의 경호원과 함께 도착했다. 이것이야말로 외교상으로나 예의상으로나 칭송받을 만한 일이었다.

결혼식은 성의 대회의실 옆에 딸린 작은 예배당에서 열렸다. 예배당은 주인공들만으로도 꽉 찰 정도로 작았다. 다른 사람들은 대회의실에 남아서 예식이 어떻게 진행되는지 흘끔흘끔 볼 수밖에 없었다. 예배당은 회의실에서 돌계단을 여섯 개나 올라가야 할 만큼 높이 있었기 때문이다.

예식은 저녁에, 즉 태양이 그랜드 펜윅의 서쪽 국경을 이루는 산 너머로 살짝 넘어갈 무렵에 시작되었다. 글로리아나와 털리는 공국의 전통에 따라 14세기풍 의상을 걸쳤다. 대공녀는 주교의 관처럼 높은 모자를 썼다. 거미줄처럼 얇은 베일이 모자에서부터 그녀의 등 뒤로 바닥까지 길게 늘어졌다. 그녀는 망토처럼 만든 하늘색 가운을 겉에 입었고, 가슴께에는 커다란 황금 사슬을 둘렀다. 그리고 아래쪽에 펜윅의 쌍두 독수리 문장을 은색 실로 수놓은, 발목까지 내려오는 상아색 비단 치마를 입었다.

글로리아나의 옆에 선 키 큰 털리는 한쪽으로 늘어진 보닛을 쓰고, 수를 놓은 겉옷에 가장자리가 톱날처럼 생긴 망토와 바지, 14세기 후반에나 신었을 법한 끝이 뾰족한 신발을 신었다.

하지만 그날 코킨츠 박사보다 더 이상야릇한 의상을 걸친 사람은 없었다. 박사는 신랑 들러리로서 줄무늬 바지와 그에 어울리는 코트를 걸치기로 했다. 그러나 그는 자신이 직접 고안한, 옷깃이 없고 주머니가 많이 달린 스포츠 재킷을 벗고 싶지 않았다. 그래서 코트 안에 조끼 대신 스포츠 재킷을 입었는데, 늘 넣고 다니던 몽당연필과 펜을 뺐는데도 그 모습은 요상하기

그지없었다.

예식은 음악 없이 시작되었다. 그러다가 신부가 마운트조이 백작의 팔짱을 끼고 성의 대회의실로 들어와 복도를 따라 걸어오자 뒤쪽에 있던 남성합창단이 라틴어로 옛날 축가를 불렀고, 뒤이어 소년합창단이 화답했다. 그렇게 굵고 깊은 음과 가냘프고 높은 음이 대비되며 울려퍼졌다.

글로리아나는 천천히 행진했다. 그 뒤에는 흰색 비단옷을 입은 단발머리의 귀여운 신부 들러리 두 사람이 신부의 베일 자락을 받쳐들고 걸었다. 그리고 그 뒤로 신부와 비슷한 노란색 옷을 입은 여섯 명의 궁녀가 따라왔다. 대공녀가 예배당의 제단 앞에 도착한 순간, 때마침 저물어가는 태양이 뿜어낸 황금빛이 작은 창문으로 쏟아졌다. 그녀는 틸리와 함께 제단 앞에 섰다가 접의자 위에 무릎을 꿇었다. 모두가 입을 다물어서 예배당과 대회의실은 깊은 고요 속에 있었다.

훗날 어떤 사람들은 그때야말로 예식에서 가장 감동적인 순간이었다고 말했다. 또 다른 사람들은 남편을 사랑하고 소중히 여기겠다는 글로리아나의 부드럽고도 확고한 맹세와 두 사람이 주종 관계임을 다시 한 번 환기시켜 준 '아내에게 복종하며' 라는 문구가 들어간 틸리의 맹세가 가장 감동적이었다고 했다.

두 사람의 맹세와 축도가 끝나자, 사방팔방에서 엄청난 함성이 쏟아졌고, 마운트조이 백작은 신부의 손에 키스를 했다. 백작은 두 사람을 엮어준 이 순간이 승리의 순간임을 실감했다.

대공녀가 남편과 함께 서구 주요 나라의 수도를 방문하는 신혼여행을 떠나기 전에, 코킨츠 박사는 Q폭탄이 보관되어 있는 지하실에 잠깐 들어가보겠다며 글로리아나의 허락을 얻었다. 누구도 대동하지 않고 혼자서 말이다.

택시기사들의 초과 근무 수당 문제를 가까스로 해결하고 재구성된 프랑스 정부에서 신랑신부에게 파리로 가는 비행기 편을 제공했다. 신혼부부가 떠나자마자 코킨츠 박사는 카나리아에게 중얼거렸다.

"디키. 이 작은 나라는 정말 대단한 지질학적 융기 활동의 산물이란다."

코킨츠 박사는 카나리아의 짹짹거리는 소리를 뛰어난 지성의 증거로 간주했다.

"그렇단다, 디키."

그는 말을 이었다.

"그랜드 펜윅의 국경을 이루는 산들은 수십억 년 전 지구 표면이 냉각되는 동안에 서로 충돌하면서 밀려 올라가 생겨났단다. 이전에 그랬다면 나중에 또다시 그러지 말란 법도 없지 않겠니. 지진이 일어나거나, 땅속에서 어떤 압력이 생기거나, 지구 반대편에서 일어난 어떤 실수로 인해 여기 있는 산들이 영향을 받으면 어떻게 되겠니? 무슨 일이 일어날지 궁금하지? Q폭탄이 터지고 말 거란다. 그렇게 되면 세계를 파멸에서 구하겠다던 계획도 모두 물거품이 되는 거지."

그는 카나리아와 대화를 마치고 원형 계단을 내려가 Q폭탄이 있는 성의 지하실로 갔다. 경비병들은 이미 글로리아나로부터 박사를 들여보내라는 명령을 받았기 때문에 길을 비켜서서 커다란 문을 열었다. 육중한 문은 신음하듯 삐걱대며 열렸다. 어둑어둑한 방 한가운데 세워진 돌 받침대 위에 짚으로 만든 완충재가 놓여 있었고, 그 위에 Q폭탄이 들어 있는 납 상자가 있었다.

코킨츠 박사는 잠시 기다렸다가 등 뒤에서 문이 닫힌 다음에 상자 쪽으로 천천히 걸어갔다. 그가 들고 있는 랜턴 불빛이 발 근처에서 희미하게 빛났다. 그는 폭탄 앞에 멈춰 서서 랜턴을 내려놓았다. 그러고는 안경을 닦는데, 손이 자기도 모르게 떨리고 있었다. 이윽고 그는 폭탄을 향해 손을 뻗었다.

어쩌면 그가 납 상자의 무게를 잊어버렸기 때문인지도 모른다. 아니면 랜턴 불빛이 너무 약한 탓에 거리를 잘못 계산했을지도 모른다. 그것도 아니면 그가 너무 초조해했기 때문인지도 모른다. 이유야 어쨌건 그가 폭탄을 들어올리는 순간, 폭탄이 손에서 미끄러지면서 짚으로 만든 완충재 위에 떨어졌다. 그가 공포에 질려 폭탄을 바라보는 사이에 상자는 다시 지하실의 돌 바닥에 쿵 하는 소리를 내며 떨어지고 말았다.

하지만 아무 일도 일어나지 않았다.

놀라움에 얼굴이 굳어버린 박사는 잠시 폭탄을 물끄러미 바라보았다. 그러고 나서 조심스럽게 폭탄을 집어들었다. 그는 주머니칼을 꺼내 한참 끙끙댄 끝에 폭탄의 한쪽 면을 뜯어내고 속을 살펴보았다.

"그러면 그렇지."

그는 생각에 잠긴 듯 말했다.

"결국 실패작이었군. 하숙집 주인 라이너 여사한테 얻은 머리핀을 스프링으로 썼더니 결국 부러져버렸어. 그 덕분에 모두 목숨을 건졌군. 아무도 이 사실을 모르니 천만다행이야. 라이너 여사도 그렇고."

그는 폭탄을 다시 조립한 다음, 랜턴을 집어들고 지하실에서 나왔다.

문 앞에 서 있는 경비병들을 지나치는데, 그중 한 사람이 물었다.

"폭탄은 멀쩡하죠, 박사님?"

"상태가 아주 좋소. 그 어느 때보다도 말이오."

코킨츠 박사가 대답했다.

역자 후기

　미국 작가 레너드 위벌리의 소설 『약소국 그랜드 펜윅의 뉴욕 침공기』는 20세기 중반 냉전시대를 소재로 한 반전反戰 풍자소설의 걸작이다.

　지도에서도 찾기 힘들 만큼 세계에서 가장 작고 힘없는 약소국이 어느 날 갑자기 초강력 핵폭탄을 보유함으로써 세계 제일의 강대국으로 군림한다는 유쾌한 줄거리를 통해 강대국과 약소국 간의 불평등한 관계를 따끔하게 꼬집고 있다.

　이 작품은 1959년에 《핑크 팬더》 시리즈의 주인공 피터 셀러즈와 〈네 멋대로 해라〉의 여주인공 진 시버그 주연의 영화로 제작되어 더욱 유명해졌다. 이 영화에서 피터 셀러즈는 주인공인 글로리아나 대공녀와 마운트조이 백작, 그리고 틸리 배스컴의 1인 3역을 멋지게 소화함으로써—이것이 원작과는 다른 부분인데, 글로리아나가 나이 많은 할머니로 등장하는 대신 털리 배스컴은 코킨츠 박사의 딸과 결혼한다—호평을 받았고, 훗날 스탠리 큐브릭의 반전영화 〈닥터 스트레인지러브〉에서도 또다시 1인 3역을 맡음으로써 명배우로서 입지를 굳혔다.

사실 역자도 이 작품의 원작보다는 1999년 EBS에서 일요일 낮에 방영한 영화를 먼저 봤다. 처음에는 단지 피터 셀러즈가 나오는 코미디 영화라고 하기에 궁금해서 틀어본 것이었는데, 콜럼비아 영화사의 마크인 횃불을 든 여신상이 자기 발밑에 나타난 생쥐 한 마리를 보고 헐레벌떡 도망치는 황당한 시작과, 〈핑크 팬더〉를 연상시키는 도입부의 귀여운 생쥐 애니메이션이 뭔가 심상치 않아 보이기에 결국 끝까지 보게 된 것이다. 영화 또한 원작에 충실하면서도 종종 더 기발한 각색을 덧붙이고 있는, 원작 못지않은 수작이었다. 하여간 워낙 소재 자체가 특이하고도 기발한 까닭에 이후 오랫동안 기억에 남았는데, 운 좋게도 신촌의 어느 헌책방에서 이 영화의 원작 소설인 리틀 브라운 출판사의 1955년 판 하드커버를 발견한 것이다.

물론 발표된 지 반세기 가까이 지난 작품이라서 지금의 현실과는 어울리지 않는 부분도 눈에 띈다. 가령 '소비에트 사회주의 연방공화국', 즉 소련이란 이름은 지구상에서 사라진 지 오래이고, 작품 속 모든 문제의 제공자이며 또한 해결사를 자처하는 미국의 모습조차도 어딘가 낙관적이기보다는 진부해 보이기까지 한다. 냉전시대가 끝나며 이젠 007 영화나 프레데릭 포사이드의 소설마저 역사의 뒤안길로 사라져버리나 싶더니, 최근 들어 미국과 북한 사이에 핵무기 개발을 둘러싸고 벌어지는 긴장 상황이 예사롭지 않다.

과연 우리 인류에게 평화란 불가능한 것일까? 자국의 이익만 고수하는 강대국의 횡포 대신에 수많은 작은 나라들의 평화에 대한 요구가 먹혀들어가는 그런 세상은 찾아오지 않을 것인가? 지금의 현실 속에서는 어디까지나 훌륭한 농담처럼 들리는 이 한 권의 책이야말로 일련의 테러와 전쟁 등으로 전 세계가 공포에 떨고 있는 상황에서, 평화의 의미를 다시 한 번 되새겨주고 전쟁의 허무함을 통렬히 비판하고 있다는 점에서 더욱 의미 깊은 작품이 아닐까 싶다.

오랫동안 숨죽이고 꼬리 감추며 살다 겁도 없이 머리 위로 쪼르라니 올라선 생쥐를 불러 햇빛 보게 해주신 뜨인돌출판사 여러분께 진심으로 감사드린다. 아울러 쥐구멍 같은 이 세상에도 볕 들 날이 오기를 빈다.

박중서